回天の剣

島津義弘伝 下

天野純希

角川春樹事務所

目次

登場人物

島《しま》津《づ》義《よし》弘《ひろ》

通称武庫《むこ》。後に惟新《いしん》。
兄龍伯の名代として島津家を支える。
祖父の日新斎から「雄武英略を以て
他に傑出し」と評された猛将。

島津龍《りゅう》伯《はく》

旧名義久《よしひさ》。島津家第十六代当主。
義弘の兄。日新斎から「三州の
総大将たるの材徳自ら備わり」と
評された名将。

島津忠《ただ》恒《つね》

義弘の三男。
龍伯の娘・亀寿の夫。

亀《かめ》寿《じゅ》

龍伯の三女。

島津家の家臣

山田有《あり》栄《なが》

島津家老中・
山田有信《ありのぶ》の嫡男。

押《おし》川《かわ》郷《ごう》兵《べ》衛《え》

義弘の家臣。

柏《かし》木《わ》源《ぎ》藤《げんとう》

島津家の陪臣《ばいしん》。

島津晴蓑《せいさ》

旧名歳久《としひさ》。義弘の弟。秀吉の下知により竜ヶ水で自害。日新斎から「始終の利害を察するの智計並びなく」と評された智将。

島津家久《いえひさ》

通称中書《ちゅうしょ》。義弘の末弟。豊臣家に降伏後、急逝。日新斎から「軍法戦術に妙を得たり」と評された勇将。

島津豊久《とよひさ》

家久の嫡男。旧名忠豊《ただとよ》。日向佐土原城主。

伊集院幸侃《いじゅういんこうかん》

旧名忠棟《ただむね》。島津家筆頭家老。

伊集院忠真《ただざね》

幸侃の嫡男。妻は義弘の娘・御下《おした》。

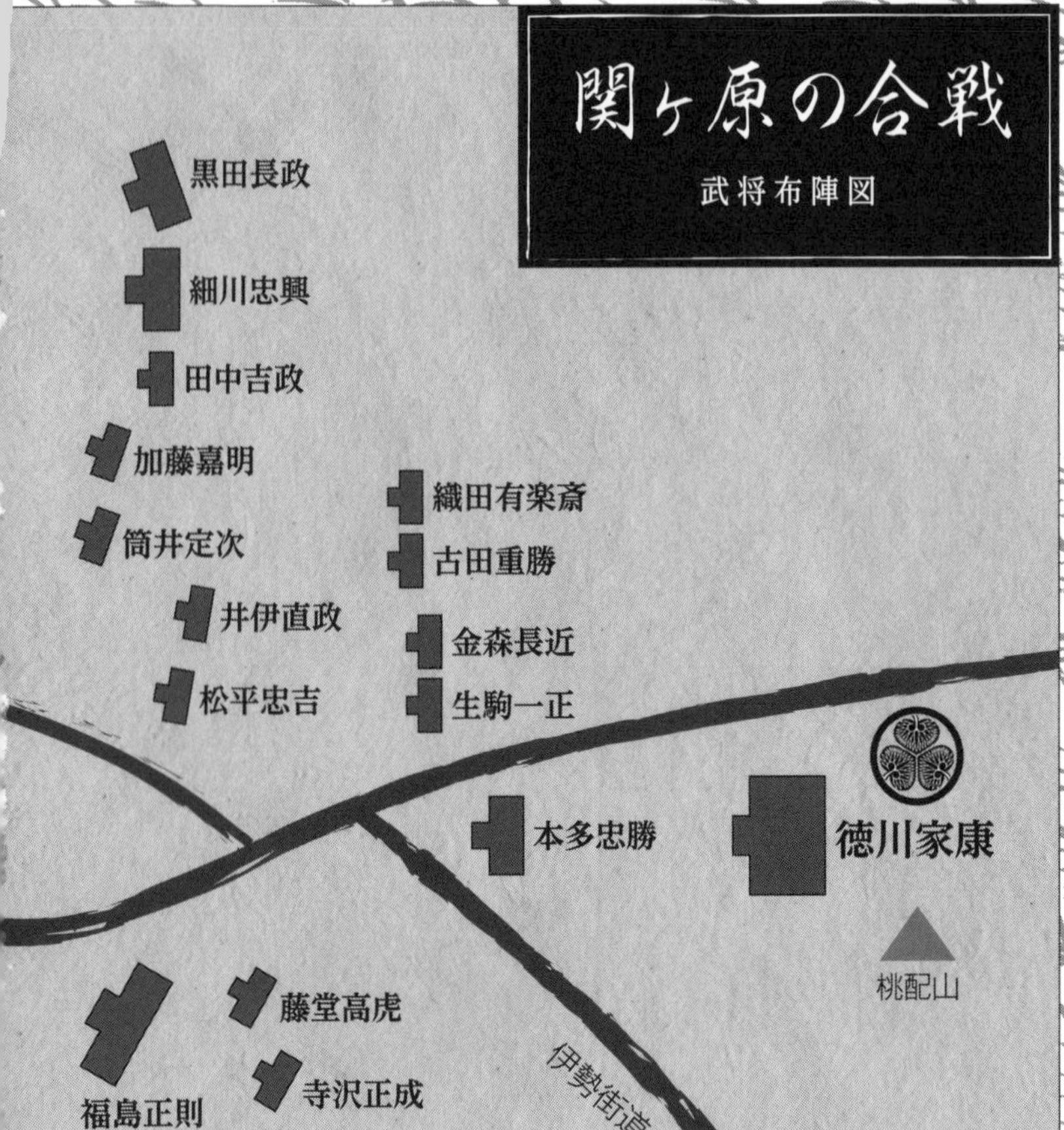

関ヶ原の合戦
武将布陣図
黒田長政
細川忠興
田中吉政
加藤嘉明
筒井定次
井伊直政
松平忠吉
織田有楽斎
古田重勝
金森長近
生駒一正
本多忠勝
徳川家康
桃配山
藤堂高虎
寺沢正成
京極高知
福島正則
伊勢街道
烏頭坂
西軍
東軍
裏切り

笹尾山
石田三成
島左近
島津義弘
蒲生郷舎
北国街道
島津豊久
北天満山
小西行長
南天満山
宇喜多秀家
戸田重政
平塚為広
大谷吉継
木下頼継
赤座直保
東山道
小川祐忠
朽木元綱
脇坂安治
小早川秀秋
松尾山

装画　中野耕一
装幀　五十嵐徹
（芦澤泰偉事務所）

回天の剣

島津義弘伝

下

第五章

庄内の乱

一

もう、長くはあるまい。目の前の老人を見て、家康《いえやす》は確信を深めた。

加賀大納言前田利家《かがだいなごんまえだとしいえ》。家康より四つ年長の六十二歳だが、肌の色艶《いろつや》は悪く、肉はほとんど削げ落ちていた。酒は進まず、膳に並ぶ山海の珍味にも、ほんの形ばかりしか箸をつけていない。

慶長《けいちょう》四年（一五九九）二月二十九日、利家は家康との和睦《わぼく》の証として、自ら病身を押して伏見《ふしみ》の徳川《とくがわ》屋敷を訪れていた。

騒動の発端は、家康が故太閤秀吉《たいこうひでよし》の遺命に反し、無断で諸侯との縁組を行ったことにある。家康とこれを糾弾《きゅうだん》する利家、石田三成《いしだみつなり》ら反徳川派との間で、上方は一時騒然とした。互いに兵を集め、一歩間違えば全面的な戦になりかねなかったのだ。

結局、病の篤い利家は徳川討伐を号令することなく、家康が詫びを入れる形で双方矛を収めることとなった。

来月には、家康が大坂の前田屋敷を訪問することが決まっている。互いの屋敷を訪ねるのは、和睦が一時凌《いちじしの》ぎのものではないことを天下に喧伝《けんでん》するためではあったが、先に徳川屋敷を訪ねることを呑《の》ませた時点で、家康は勝利したと言っていい。恐らく、利家は己の死期が近いことを悟り、徳川との宥和《ゆうわ》を選んだのだ。

「ところで内府殿《だいふ》」

箸を置き、利家が口を開いた。

「いかがなされました」

「わしの見たところ、この屋敷は少々不用心にすぎるようじゃ。政務を司《つかさど》る御仁が守りの手薄な屋敷で暮らしておるのは、天下のためにもよろしゅうはござるまい」

「確かに、仰る通りにござるな」

伏見の徳川邸は、秀吉に二心《にしん》無きことを示すため、あえて防備を薄くしていた。周囲に巡らせた築地塀《ついじべい》は薄く低く、宇治川《うじがわ》に近い湿地に建つため、堰《せき》が決壊すれば水浸しになるという弱点もある。

「どうであろう。この屋敷は引き払い、向島《むかいじま》へ移られてはいかがかな。彼の地には、亡き太閤殿下の別邸もある。そこへ入られればよろしかろう」

向島は、伏見南方の淀川《よどがわ》と巨椋池《おぐらいけ》に囲まれ、防御に適している。伏見城とも近く、立地は申し分なかった。利家の勧めとあれば、秀吉の別邸に入ることに異を唱える者もいないだろう。

「なるほど。それは良きことをお教えいただいた。早速、手配いたしましょう」

答えながら、家康は内心で苦笑した。よほど、今後の前田家の先行きが心配と見える。

「天下のためにも、是非そうなされよ」

微笑を浮かべ、利家は盃を舐めた。

利家一行を見送ると、家康は奥の書院に入った。

「これで、前田は落ちましたな」

言ったのは、腹心の本多佐渡守正信《ほんださどのかみまさのぶ》だった。さして広くもない書院で、二人きりである。

「しかし、利家が死んでも、倅《せがれ》の利長《としなが》がわしに恭順《きょうじゅん》するとは限るまい。利長の器量がどうであれ、加賀八十万石が敵に回るのは、ちと面倒じゃ」

「何の。利長に、親父殿ほどの胆力はありますまい。機を見て、脅しつけてやればよろしゅうござる」

「わかった。手筈《てはず》はそちに任せよう」

家康は、正信との膝を交えての謀議《ぼうぎ》を好んだ。というよりも、秀吉に唆《そそのか》された石川数正《いしかわかずまさ》が出奔《しゅっぽん》して以来、徳川家にはともに謀《はかりごと》を巡らすことのできる相手がいないのだ。

「殿の天下が近づいておるというのに、あまり嬉しそうには見えませんな」

「わかるか」

「長い付き合いにございますからな」

正信の言う通り、天下は着実に、自分の掌中に入りつつあった。

だがそれは決して、家康自らが望んだわけではない。気づけば、時流がそう動いていただけのことだ。信長《のぶなが》、秀吉という天下人の労苦を目の当たりにしてきた家康にとって、何とも複雑な心境ではある。

このまま、豊臣公儀を支える筆頭大老《たいろう》で終わるのも悪くはないのではないか。時々、そんなことを思う。だが、利家亡き後も、石田三成あたりは家康の排除を画策し続けるはずだ。対抗しなければ、徳川家は徐々に力を奪われ、家名の存続さえ危うい。天下を奪うか、すべてを奪われるか。

そんな選択を、家康は強いられているのだ。

「還暦を目前に、こんな試練を与えられようとはな」

「諦められませ。殿は、そうした星の下にお生まれになったのです」

微笑みながら、正信は他人事のように言う。

「太閤殿下亡き後、もはや殿に勝る力を持つ者はおりませぬ。強き者には、果たすべき務めがござる」

「それが、天下獲りと申すか」

「さよう」

正信のにべもない答えに、家康は嘆息を漏らした。

「強き者、か」

思えば自分は、常に圧倒的な強者に怯《おび》えながら生きてきた。

物心ついた頃から織田《おだ》、今川の間を人質としてたらい回しにされた挙句、庇護者《ひごしゃ》であった今川義元《よしもと》は桶狭間《おけはざま》で織田信長に敗れ、呆気なく討ち取られた。

ほとんど身一つで戦国の荒波に放り出された家康は、義元を討った信長と手を組んだものの、同盟とは名ばかりで、事実上徳川は織田の属国にすぎない。家康は常に隣国武田《たけだ》の脅威にさらされ、信長はその間に西へ版図を拡大していく。武田信玄《しんげん》が上洛軍を起こした時も、矢面に立ったのは家康であり、信長は形ばかりの援軍を寄越してきただけだ。

そして自暴自棄に陥った家康は、三方原《みかたがはら》で敗北を喫し、脱糞しながら浜松城へ逃げ帰るという屈辱を味わう。生きて戦場を離脱できたのが不思議なほどの、大惨敗だった。

その後も家康は、同盟を維持するため、信長から謀叛の嫌疑をかけられた正室の築山御前《つきやまごぜん》を斬り、嫡男《ちゃくなん》の信康《のぶやす》を切腹させた。そうしなければ、徳川の家を守ることはできなかったのだ。

それから三年後、信長が本能寺に斃《たお》れ、たまたま上洛中だった家康は命からがら浜松へ逃げ帰る。

そこで目にしたのは、信長亡き後の広大な草刈り場と化した天下だった。家康は迷うことなく北進し、上杉《うえすぎ》、北条《ほうじょう》と小競り合いを繰り返しながら、甲斐《かい》一国と信濃《しなの》の一部をまんまと掠《かす》め取る。

ようやく飛躍の時が訪れたと思った矢先、新たな強者として頭上に現れたのが羽柴《はしば》秀吉だった。

家康は悩んだ末、信長の遺児信雄《のぶお》と手を結び、秀吉に対抗することを決断する。忍従に忍従を重ね、ようやくこの手に落ちてきた果実を、たかが草履取り上がりの男にさらわれるのは我慢がならなかった。

天正《てんしょう》十二年（一五八四）、織田・徳川連合軍三万は小牧長久手《こまきながくて》において、羽柴軍十万と対峙した。

家康は三河《みかわ》侵攻を狙う羽柴軍の別働隊を壊滅させたものの、戦そのものは長い膠着《こうちゃく》状態に陥り、対陣は八ヶ月の長きにわたった。戦場で遅れを取った秀吉は外交で巻き返しを図り、家康を蚊帳《かや》の外に置いて信雄と和睦する奇手に出る。これで、織田家乗っ取りを目論む秀吉を討つという大義名分を失った家康は、兵を退《ひ》かざるを得なくなった。

さらに秀吉は、人質として姉の旭《あさひ》、次いで実母の大政所《おおまんどころ》を家康に差し出す。ここまでされては、上洛して秀吉に臣従《しんじゅう》を誓う他なかった。

戦場での勝ち負けなど、あくまで一つの局面にすぎない。そのことを知り抜いていた秀吉は、家康より一枚も二枚も上手だったのだ。

それ以来、家康は律儀一辺倒に徹し、ひたすら豊臣公儀に恭順の意を示し続けた。父祖伝来の三河の地を捨てて坂東《ばんどう》へ移れと言われた時も、明国《みんこく》を征伐するという愚かしい夢想を聞かされた時も、異議を唱えることなく唯々諾々《いいだくだく》と従った。たとえ愚鈍《ぐどん》との評判を受けようと、あらぬ疑いをかけられ、また息子を死なせる羽目に陥るよりはずっとましだった。

自分を超える大器と期待をかけた信康に切腹を命じたあの時、家康の中で何かが死んだ。

武人としての誇り。恥を恥として拒む気概。妻子を信長に売り渡すことで、家康はそれを永久に失ったのだ。

恥を恥とも思わず、はるかに格下であった秀吉に媚びへつらう醜態をさらしながら、今日まで生きてきた。そして秀吉亡き今、目の前に見えるのは、天下人の座である。手を伸ばさなければ生き残ることができないなら、何としても手繰《たぐ》り寄せるしかない。

家康の下に密使が送られてきたのは、それから数日後のことだった。

使いを寄越してきたのは島津義弘《よしひろ》の嫡男、忠恒《ただつね》だった。

「ほう、島津《しまづ》だと?」

用件はおおよそ察しがつく。受け取った書状に目を通し、庭で待たせた使者に声をかけた。

「委細、承知いたした。島津殿に悪いようにはせぬゆえ、心置きなく事を成し遂げられよ」

「ははっ」

使者が立ち去ると、正信を呼んで書状を手渡した。

「忠恒という御仁は、なかなか思いきった真似をなされますな」

読み終えた正信は、感心とも呆れともつかない顔つきで書状を畳んだ。

「あれはまだ若い。確かまだ、二十四、五ではなかったか」

「若気の至りと呼ぶには、ちと剣呑《けんのん》に過ぎますな。まあ、事前に殿に知らせてくるあたりは、抜け目がござらんが」

「あの若僧が、気に食わぬか」

「そうは申しませぬが、進んで仕えたいとも思いませんな」

「確かにな」

忠恒とは、これまで幾度か顔を合わせている。つい先月には、自邸での茶会にも招いた。天下獲りを考えれば、島津の跡継ぎを押さえておくことは欠かせない。

ただ、好悪《こうお》の情は別だった。正信と同じく、家康もあの若者を好きになれそうもない。薩摩隼《さつまはや》人《と》らしからぬ貴公子然とした容貌《ようぼう》だが、目つきや仕草の一つ一つに、どこか陰湿な執念深さのようなものを感じるのだ。癇《かん》が強く、目下の者に対してはひどく酷薄な仕打ちをすることも多々あるという。

「かの御仁が跡継ぎとは、島津も苦労が絶えませんな。義弘殿も、ずいぶんと手を焼いておられるとか」

「侮《あなど》るでないぞ。忠恒の背後には、龍伯《りゅうはく》が控えておる。あの老人の考えは、わしにも読めん」

「なるほど。後ろで糸を引いておるのは、龍伯ですか」

元亀《げんき》天正の戦国乱世でも、九州は最も苛烈な戦が行われていた地方だ。その九州をほとんど制覇したのが、島津龍伯という男だった。優れた弟と勇猛な家臣たちに助けられたとはいえ、並大抵の人物にできることではない。秀吉の九州征伐も、実際は薄氷を踏むような勝利だったという。

「忠恒が事を起こせば、島津は内乱となりましょう。殿は、そこまで見越した上で内諾《ないだく》なされたので？」

「当然だ」

島津をどう扱うかは、家康と正信の間でも大きな問題だった。

一時期の力を失っているとはいえ、敵に回すのは恐ろしい。だが、味方にして手柄を立てられすぎると、それはそれで厄介だ。いずれ起こるであろう大戦の前に、できるだけ力を削いでおきたい。

「ならば、それがしが申し上げることはございませぬ。ただ、筆頭大老である殿がその内乱をどうさばくか、国中の諸侯が注視することとなりましょう。くれぐれも、そのことをお忘れなきよう」

「わかっておる」

すでに、天下の耳目《じもく》は家康に集まっている。望むと望まざるとにかかわらず、自分の一挙手一投足のすべてが意味を持ち、今後の政局を左右することになるのだ。

「まったくもって、難儀なことよ」

「諦めなされませ」

素っ気なく繰り返すと、正信は書院を出ていく。

一人になると、家康は数少ない楽しみの一つである薬作りをはじめた。

石臼《いしうす》をひき、薬研《やげん》を転がし、練り上げたものを小さな丸い粒にしてビードロの小瓶に詰めていく。胃痛、頭痛、歯痛、下痢に気鬱《きうつ》の病。ありとあらゆる病状に合わせて作り上げた薬は、すでに数十種に上る。その内のいくつかは、許儀後《きょぎご》という龍伯の侍医から学んだものだ。

薬研を転がしながら、再び島津について思案を巡らせた。

島津のこれまでの戦ぶりは、調べられる限り調べた。特に、数千の寡兵で明軍十万を破った泗《し》川《せん》の戦いは、頭の中で情景を思い浮かべることさえできるほどになっている。

島津義弘はまさに、驚嘆に値する将だった。当代でも一、二を争う武人であることは間違いない。そしてその下に、多くの有能な将と剽悍《ひょうかん》きわまりない兵を抱えている。徳川配下の三河兵はその精強さで知られているが、同数でぶつかれば勝てるかどうか、家康にも自信はない。

龍伯は先の読める男だ。そして、豊臣に対する恨みが深い。島津が家康の敵に回ることは、万に一つもないだろう。だが、もしも戦場で義弘と相対することになったら。

考えて、家康は怖気《おぞけ》を震った。島津勢には、兵の多寡《たか》という常識では計り知れない何かがある。やはり、島津の力は削げるだけ削いでおくべきだろう。

だがその一方で、一人の将として自分と義弘のどちらが上か、試してみたいという思いも込み上げてくる。家康も、「海道一の弓取り」と呼ばれた将だ。野戦に関してならば、秀吉にも引けを取らないという自負がある。

「そうか」

呟いた。自分にも、わずかながら武人としての誇りが残っているらしい。

自嘲めいた笑みを浮かべながら、家康は薬研を握る手に力を籠めた。

二

何度見ても、粗末な屋敷だった。

門構えも庭や母屋の造りも、質実剛健と言えば聞こえはいいが、上方の流行とはかけ離れたものになっている。

慶長四年三月九日。晩春の陽光が降り注ぐ庭は、花の盛りの時季だというのに、桜の一本もありはしない。代わりに、栗や椎《しい》、枸杞《くこ》や竜胆《りんどう》といった食材や薬になる草花ばかりが植えられていた。

何とも鄙《ひな》びた景色よ。伊集院幸侃《いじゅういんこうかん》は胸中で嘆息しながら、風流とは縁遠い庭を横切った。

屋敷の若侍の案内で、離れにある茶室へ向かう。

大小を預け、にじり口から中へ入ると、焚《た》き染《し》めた香の匂いが鼻をくすぐった。

「来たか」

待っていたのは、忠恒一人だった。幸侃を一瞥《いちべつ》もせず、炉にくべられた釜をじっと見つめている。

「此度はお招きに与《あずか》り……」

「つまらぬ挨拶《あいさつ》はいらん」

若造が。胸中に浮かぶ悪態を、微笑で押し殺す。

「父上は、所用があって京へ出かけておる。たまには、そなたと腹を割って話そうかと思うてな。

まずは、一服馳走《ちそう》いたす」

「これは、ありがたきことにございます」

伏見島津屋敷の茶室は、かの千利休《せんのりきゅう》が好み、今や主流となった二畳間ではなく、四畳半といくらか広い。このあたりにも薩摩武士の流行に対する疎《うと》さが現れていて、幸侃は内心で嘆息した。

沈黙が続いた。聞こえるのは、くつくつと湯の沸く松籟《しょうらい》の音と、庭で囀《さえず》る鳥の声くらいのものだ。

幸侃は、忠恒が義弘の留守中に自分を招いた意味を考えていた。

忠恒が龍伯から〝御重物《ごじゅうもつ》〟を譲り受け、正式に島津宗家の当主となったのは、今から二十日ほど前のことだ。龍伯も薩摩へ帰った今、新当主として早急に自身の地位を盤石なものとしておきたいのだろう。そのためには、豊臣公儀からの信頼篤い自分に協力を仰ぐしかないのだ。

幸侃は、島津家筆頭家老であると同時に、秀吉から直接知行を与えられた大名でもある。秀吉の九州征伐後に肝属《きもつき》一郡を与えられたが、島津領総検地の後には所替えとなり、日向庄内《ひゅうがしょうない》で八万石の領有を認められていた。

忠恒は無言のまま、作法通りに茶を点《た》てていく。唐入《からい》りの陣にも茶室を設《しつら》えさせたほどの茶の湯好きとあって、その所作も道具の選び方にもそつがない。

京や伏見で諸国の大名と付き合うには、茶の湯や連歌といった教養は不可欠だった。上方暮らしの長い幸侃も、茶の湯には精通している。その幸侃の目から見て、忠恒の茶にはまだまだ精進の余地がありそうだった。

差し出された碗を両手で持ち、回しながら香りを味わう。悪くはない。だが、口に含むといくらか苦みが強かった。

「いかがじゃ？」

「ちと、苦《にご》うございますな。それと、点て方がちと荒いようです。いま少し、優しくお点てになられるがよろしいかと」

茶の湯の席に、主従も上下の関係もない。遠慮なく指摘すると、忠恒の眉間に皺が浮かんだ。

やはり、この男の器量はたかが知れている。腹の底で嗤《わら》いながら、残った茶を飲み干した。

「ありがたく頂戴いたしました。もしも忠恒様にその気がおありなら、この幸侃、上方流の茶をご教授してさしあげますが」

よほど口惜しいのか、忠恒のこめかみが小さく震える。

声を放って笑いたい衝動を、何とか抑えた。初出仕から四十余年をかけ、自分は島津宗家の当主と肩を並べたのだ。

「して、それがしと腹を割って話したいとの仰せにござったが」

「そうだ。茶の湯の指導をしてもらうためではない」

射るような視線を、微笑で受け流す。

「では、伺いましょう」

「伊集院家の所領、庄内八万石は没収し、島津本宗家の所領といたす。そなたは忠真《ただざね》に家督を譲り、隠居いたすがよい。忠真には、八万石のうち一、二万石は与えてやる」

「ほう、それは」

幸侃は呆れながら、忠恒の顔をまじまじと眺めた。どうやら、戯言《ざれごと》を口にしているわけではないらしい。

「いやはや、突拍子もないことを仰せになられる。そのようなことができると、忠恒様はお思いか？」

「何ゆえできぬ。わしは、島津家十七代当主ぞ」

勝ち誇るように、忠恒は口元に笑みを浮かべる。

呆れて物が言えないとはこのことだった。よもや、ここまで愚かな男だったとは。思わず、くぐもった笑いが漏れた。

「何がおかしい？」

「これはご無礼を。されど、それがしは亡き太閤殿下より御朱印状を賜り、庄内八万石の大名となり申した。勝手に返上いたすことなど、できようはずがありますまい」

やれやれ。こんな童《わらべ》でも理解できそうな理屈を、一から説明しなければならないとは。すでに他人事ではあるが、島津家の行く末が思いやられる。

「できる、できないではない。このわしが、家臣であるそなたに命じておるのだ」

「念のためお訊《たず》ねいたしますが、それはまさか龍伯様、義弘様のご存念ではありますまいな」

「わしの一存じゃ。父も龍伯様も関係ない」

「なるほど。さようにござるか」

つまり、この男は自分の持つ八万石が欲しくて仕方ないのだろう。島津家は唐入りの戦で疲弊しきり、窮乏《きゅうぼう》に喘《あえ》いでいる。そして、家中で多くの恨みを買っている自分から所領を取り上げれば、忠恒の威信も大いに高まるだろう。

だとしても、あまりにも短絡的だった。この若者には、世の中の仕組みというものがまるで見えていないのだ。こんな息子を持った義弘が、些《いささ》か気の毒に思える。

「では、無礼を承知で申し上げる。忠恒様は少々、考え違いをなされておるようじゃ。家臣といえど、太閤殿下より大名と認められたそれがしの領地は、忠恒様の意のままにできるものではござらぬ。我が所領を強引に奪ったとなれば、それは公儀に対する反逆と同じことにござるぞ」

「秀吉は死んだ。朱印状など、もはやただの紙切れにすぎぬ」

「お言葉には気をつけられよ。亡き太閤殿下を誹謗《ひぼう》なさるは……」

「黙れ。訊ねておるのはわしじゃ。八万石を返上するか否か、この場で答えよ」

「話になりませんな。それほど我が所領を奪いたくば、後日御父上を通じ、公儀に正式に申し出られるがよい。もっとも、そのような馬鹿げた要望が通るはずもござらぬが」

忠恒の端整な相貌《そうぼう》が、怒りに赤く染まっている。

わざわざ足を運んでみれば、童の我儘《わがまま》を聞かされただけか。盛大に嘆息を漏らし、軽く頭を下げた。

「では、それがしはこれにて」

無言の忠恒に背を向け、にじり口から外に出た。この件をどう処理するか、草履を履きながら思案を巡らす。

あれほど愚かしい要求を、龍伯や義弘がしてくるとは思えない。やはり、あれは忠恒の独断なのだろう。公儀に報《しら》せて譴責《けんせき》してもらうべきか。いや、それではいたずらに忠恒の恨みを大きくするだけだ。ここは、事を荒立てるべきではない。

それにしても、と幸侃は思う。

辺境の落ちぶれた守護大名にすぎなかった島津家の、一介の家臣でしかなかった自分が、時流に乗ってずいぶんと遠いところまで来てしまった。

幸侃が元服間もない頃、薩摩、大隅《おおすみ》、日向の三州には有力な国人衆《こくじんしゅう》が割拠し、島津家は薩摩一国の領有さえもままならなかった。伊集院家は島津宗家に連なる名門だが、暮らしぶりは多分に漏れず、貧しいものだった。

このまま泥の中を這《は》いずり回るような戦を繰り返しながら、生涯を終えるのだろう。そんな諦めにも近い思いをよそに、主家は龍伯と優秀な弟たちの活躍で、一時は九州の大半を制するまでに飛躍した。

だが、四兄弟が器量を余すところなく発揮できたのは、政務を滞りなく進め、足元を支えてきた自分の力があってのものだ。

島津が勢力を拡げるにつれ、当時上方に覇を唱えつつあった豊臣家との交渉に当たる役目が増えた。実際に上方に出向くようになり、茶の湯や歌道を学びはじめたのもその頃だ。そして、進んだ上方を目にした幸侃は、島津家の体制がいかに立ち遅れているかをはっきりと理解した。

島津は、豊臣には勝てない。実際に戦うまでもなく、幸侃には結果が見えていた。この愚かな戦を止めなければ、島津は滅びる。和平のために奔走する幸侃の耳元で、交渉を通じて親しくなっていた細川幽斎《ほそかわゆうさい》が囁《ささや》いた。

「伊集院殿のご器量は、鄙《ひな》で埋もれさせておくには惜しゅうございます。殿下も、そう仰せにございました」

露骨な調略だった。だが、天下人の座に手をかけた男が、自分を高く評価しているのだ。悪い気はしない。とはいえ、当時の幸侃には自分が島津を支えているという強い自負があった。誘いは丁重に断り、薩摩に戻って島津と豊臣の戦を避けることに全力を注いだ。

だが、幸侃の努力も空《むな》しく、豊臣の大軍は九州へ押し寄せてきた。一旦は島津に降った国人衆は次々と寝返り、味方は大軍の圧力に抗しきれず、南へ南へと押し込まれていく。そして、ここにいたっても抗戦を唱える龍伯やその弟たちを、幸侃は見限った。

根白坂《ねじろざか》の決戦では、攻撃開始の合図を意図的に聞き逃し、島津軍敗退のきっかけを作った。その後は独断で豊臣軍に降り、秀吉の密命を受け、将来の禍根《かこん》となるであろう島津家の末弟・家久《いえひさ》の毒殺を実行した。

後悔はなかった。いかなる状況にあっても家名と領地を保つのが武士の務めだ。大名と呼ばれる者ならば誰しも、多かれ少なかれ、卑劣な謀略を用いている。むしろ、家久一人を犠牲にすることで、島津本宗家の赦免《しゃめん》を勝ち取ることができたのだ。龍伯や義弘には、感謝してほしいくらいだった。

その後も秀吉は、島津家に対する謀略を次々と命じてきた。

結局、秀吉は自分を利用するためだけに大名に取り立てたのだ。そう気づいたところで、後に引けるはずもない。幸侃は家名と領地を保つため、命じられるまま後ろ暗い謀略に手を染め続けた。

総検地に応じない島津家に圧力をかけるため、一族の中でも疎遠だった伊集院三河《みかわ》を使って梅北国兼《うめきたくにかね》を唆し、兵を挙げさせた。謀叛が予定通り速やかに鎮圧されると、刺客を放って三河の口も封じた。

巨済島《きょさいとう》では多くの島津一族が病没しているが、久保《ひさやす》や龍伯の娘婿に当たる彰久《てるひさ》の死は、毒殺だった。下手人は秀吉の放った刺客で、手引きしたのは幸侃が送り込んだ間者《かんじゃ》だ。

島津領には多くの間者を放ち、動向を逐一報告した。龍伯が明国の間諜《かんちょう》と接触しているという情報をいち早く摑み、秀吉に密告したのも幸侃だ。この件は秀吉の死によってうやむやになったが、龍伯が何を企てていたかなど、幸侃の知ったことではなかった。

それよりも問題は、秀吉死後の政局をいかにして生き残るかだ。

豊臣公儀は、五大老筆頭の徳川家康の一派と、次席大老の前田利家、五奉行《ごぶぎょう》の石田三成らを中心とする反徳川派に二分しつつある。だが、利家は病が篤く、余命幾ばくもないという噂が立っていた。

利家を失えば、反徳川派にとっては大きな痛手となる。加藤清正《かとうきよまさ》、福島正則《ふくしままさのり》といった武断派に憎まれている三成では、反徳川派をまとめ上げることは難しいだろう。

厄介なことに、島津は龍伯を中心に、徳川に接近しつつあった。昨年には、龍伯自身が家康と二度にわたって会見している。家康はその席で、島津を決して粗略には扱わないと述べたらしい。

このまま徳川の天下が定まれば、島津が庄内八万石の返還を正面から求めてくることにもなりかねなかった。そして家康は、その要求を無下に扱うことはできない。

そうなる前に、何か手を打たねば。わずか八万石でも、これまでさんざん手を汚して得た領地だ。それを失えば、己の生涯はすべてが無意味なものとなる。それだけは、絶対に肯《がえん》ずることはできなかった。

「幸侃」

不意に背後からかけられた声が、幸侃を現実に引き戻した。

忠恒の声。振り返る。目に映ったのは、抜き身の刃だった。

光が視界の中を駆け、目の前が朱《あけ》に染まる。血。俺の血か。理解した時には、仰向けに倒れていた。

腹の中から、何かが零《こぼ》れ落ちていくのを感じる。どこを斬られたのかもわからない。だが、自分が死ぬのだということははっきりとわかった。

何と呆気ない。溢れ出す血に喉を詰まらせながら、幸侃は冷笑した。

「伊集院幸侃、謀叛の罪により成敗いたす」

返り血を全身に浴びた忠恒が、歪《いびつ》な笑みを浮かべる。

「……島津は、滅びるぞ」

声を絞り出すと、忠恒は大笑した。

「そなたに案じられる筋合いではない。安堵いたせ。忠真もすぐにそちらへ送ってやる」

忠恒が刀を振り上げた。

薄れゆく視界の隅に、庭の木々が映った。風流には程遠い、田舎じみた眺めだ。せめて、桜の一本でも植えればいいものを。これだから、薩摩武士は田舎者と侮《あなど》られるのだ。

滅びてしまえ。目の前に迫る白刃を見据えながら、幸侃は祈った。

三

「あの愚か者が！」

義弘の怒声に、伊勢貞成《いせさだなり》を筆頭とする屋敷の留守居《るすい》役たちは身を竦《すく》ませた。

「そなたたちが付いておりながら、何ゆえかような仕儀と相成るのだ！」

「我らは、伊集院殿に茶を振る舞うとだけ聞いておりました。まさか、若殿がこのような……」

義弘は頭を抱えた。忠恒は留守居役の誰にも相談せず、独断でこの暴挙に出たのだ。

一報を受けたのは、京からの帰り道だった。かねてから親交のある公家近衛前久《このえさきひさ》に、茶会に招かれていたのだ。

報せを聞き、義弘は耳を疑った。この難しい時期に敢えて騒動を起こすなど、正気の沙汰《さた》ではない。

聞けば、忠恒は幸侃を斬った後、徳川、石田らに事の仔細を報告する書状を送っていた。幸侃が逆心に及んだため、やむなく成敗したという内容である。

忠恒は幸侃を討った後、即座に兵を出して伊集院屋敷を制圧させ、自らは高雄山神護寺《たかおさんじんごじ》に蟄居《ちっきょ》したという。幸侃の一族郎党は主君の横死に悲憤しながらも、抵抗はせず東福寺《とうふくじ》に退去したらしい。

即座に動いたのは家康だった。忠恒からの書状を受け取るや、家康は重臣の井伊直政《いいなおまさ》と二十人の騎馬武者を島津屋敷に派遣し、忠恒の行動を支持すると表明したのだ。直政らは、伊集院一族が東福寺に移ると、徳川屋敷へ引き上げていったという。

だが、家康の支持を取りつけたからといって、事が収まるとは思えなかった。島津家の当主が、公儀から認められた大名を討ち果たしたのだ。島津家が逆心を疑われかねない。

懸念は他にもある。泗川や露梁《ろりょう》の戦でも活躍した幸侃の嫡男忠真は、今は居城の庄内　都　城《みやこのじょう》に戻っている。その忠真の正室は、義弘の次女・御下《おした》なのだ。もしも忠真が父の謀殺に憤って挙兵に及んだ場合、島津は計り知れないほどの痛手を受けるばかりか、御下の命まで危ぶまれるのだ。

「何ということを……」

忠恒を直接問い質したかったが、義弘が会えば、父子の共謀を疑われる。今は、公儀の沙汰を待つしかなかった。

三成は事件翌日の三月十日、家臣の八十島助左衛門《やそじますけざえもん》を島津屋敷に派遣してきた。公儀からの正式な詰問使《きつもんし》ではなく、あくまで内々の使者である。

とはいえ、八万石を領する大名が殺害されるという大事であり、八十島の口調は厳しいものだった。

「何度も申し上げておる。伊集院幸侃は島津本宗家に対し逆心を抱いたため、やむなく成敗いたしたのでござる」

「では、逆心とは具体的に何を指すのか、お教え願いたい」

「それは、その場におった忠恒にしかわかり申さぬ。訊ねるならば、神護寺に正式に使いを出し、糾明いたすがよろしかろう」

ここは忠恒の申し開き通り、幸侃の逆心で押し通すしかなかった。実際に謀叛を企てていたとは考え難いが、他に手立てはない。義弘が頑として譲らなかったため、八十島は得るところなく屋敷を後にした。

報せは今頃、国許《くにもと》の龍伯のもとにも届いているだろう。国許には龍伯の他、忠豊《ただとよ》や忠長《ただたけ》、山田《やまだ》有信《ありのぶ》ら主立った面々が揃っている。忠真が短気を起こして兵など挙げぬよう、手を打ってくれるはずだ。

その後も三成からは何度となく使者が派遣され、忠恒を大坂に出頭させるよう要求してきたが、義弘はすべて突っぱねた。事の是非はどうあれ、息子を引き渡すような真似をすれば、島津の威信は地に堕《お》ちる。

三成との押し問答が二十日余りも続いた閏《うるう》三月三日、大坂から報せが届いた。次席大老の前田利家がこの日早朝、大坂城内の前田屋敷で病没したという。

これで、公儀内部の徳川派と反徳川派の均衡は大きく揺らぐ。混乱は避けられず、三成も忠恒の件に関《かか》わっている余裕はなくなるはずだ。安堵しかけた時、信じ難い内容の続報がもたらされた。

三日夜、加藤清正、福島正則、細川忠興《ただおき》ら七将が三成討伐の軍勢を催し、石田屋敷を囲んだのだ。三成は辛くも大坂玉造《たまつくり》の宇喜多《うきた》屋敷へ逃れた。急を聞いた佐竹義宣《さたけよしのぶ》、上杉景勝《うえすぎかげかつ》らが宇喜多屋敷へ駆けつけ、三成は両家の兵の警護で伏見へ向かっているらしい。

夜明け前になって、三成は伏見城へ入った。その一刻（約二時間）余り後には七将も伏見に到着したが、伏見城を攻めれば明らかな謀叛となるため、城門の前で軍をとどめている。義弘は邸内の兵を武装させ、不慮の事態に備えさせた。

「徳川様は、どう処理するおつもりでしょう」

伊勢貞成の問いに、義弘は頭を振った。

「わからん。定法では騒動を起こした七将に非があるが、此度《こたび》の襲撃は、内府の使嗾《しそう》によるものかもしれん」

「となると、この機に石田治部《じぶ》を討てと号令を発するやもしれませんな」

「いや、それはあるまい。内府が表に立っては、己が騒動の張本人であると天下に公言するも同然。三成が七将の襲撃をかわして伏見城に入った時点で、三成の勝ちだ」

「では、このまま戦にはならぬと？」

「恐らく、落としどころを探った末に、双方矛を収めるということになろう。だが、備えは怠るな。三成、七将の両者から加勢を求めてまいるであろうが、我らはどちらにも与《くみ》さぬ」

「承知いたしました」

それから数日の間、伏見城と徳川屋敷、七将の陣を、使者が目まぐるしく行き来した。

家康の使いが島津屋敷を訪れたのは、閏三月六日のことだった。

「ほう、忠恒の蟄居を解くと？」

「御意。逆臣を成敗されただけの忠恒様に落ち度はなく、従って蟄居の必要もないと、主は申しております。これは、公儀の決定と受け取っていただいて差支えございませぬ」

事件後、即座に忠恒を支持したことといい、島津を自派に繋《つな》ぎ止めるための処置だろうが、こちらとしてはありがたい話だ。義弘は丁重に礼を述べ、使者を送り出した。

家康はさらに、神護寺から戻る忠恒のため、数十騎の護衛の兵まで出してきた。これで、家康に大きな借りを作ることになったが、背に腹は代えられない。

島津屋敷に戻った忠恒は、義弘に詫びを入れたものの、悪びれた様子はなかった。

「そなた、己が何をしでかしたかわかっておるのか。そなたの軽挙が、島津を危うくしたのだぞ」

「されど、内府はそれがしを支持してくれたではありませぬか。豊臣公儀など、もはや形骸《けいがい》にすぎませぬ。形ばかりの豊家を奉るよりも、幸侃を討って当主の威厳を示すことの方が肝要《かんよう》にございましょう」

「馬鹿な。忠真には、そなたの妹が嫁いでおるのだぞ。もしも忠真が兵を挙げるようなことになれば」

「それも乱世の倣《なら》い。もしものことがあったとしても、御下は理解してくれましょう」

情の欠片も見えない返答に、義弘は思わず拳を握った。殴りつけたい衝動を、かろうじて抑える。実の息子であっても、当主に手を上げるわけにはいかなかった。

「いずれにせよ、家中団結の障害となる幸侃を除き、それがしも無罪放免となったのです。まずは、めでたきことにございましょう。今宵《こよい》は久しぶりに、美味い酒が呑めそうです」

言うべき言葉が見つからず、義弘は部屋を後にした。

自分は、息子の育て方を間違えたのだ。その思いは日に日に確信に近づいていたが、余人に話せるようなことではなかった。

閏三月十日、伏見の騒動がようやく鎮まった。

家康は、筆頭大老の権限で三成の奉行職を解き、居城の近江佐和山《おうみさわやま》での蟄居を申し付けたのだ。騒動の発端である七将には何の咎《とが》めもないという些か理不尽な裁定だが、三成は不服も述べず承諾したという。この日、三成は家康の次男・結城秀康《ゆうきひでやす》に護衛され、伏見城を出て佐和山へと向かった。

「あの三成が、失脚いたしたか」

複雑な思いで、義弘は呟いた。島津を苦しめ続けた秀吉の世を支え続けた男であり、同時に、島津が生き残るに頼るしかなかった相手でもある。

いずれにしろ、これで家康の専横《せんおう》を掣肘《せいちゅう》する者はいなくなる。龍伯が予言した大乱も、遠のくはずだ。天下はこのまま、穏やかに豊臣から徳川へ移っていくのだろう。戦をせずにすむのであれば、それにこしたことはない。

だが、伏見の騒動はひとまず治まったものの、国許では戦雲がたなびいていた。伊集院忠真は龍伯の説得にも耳を貸さず、自領に立て籠もっているのだという。

やむなく、龍伯は重臣たちから忠真に味方しない旨の起請文《きしょうもん》を取り、庄内へ通じる街道を封鎖、人と物資の往来を断つこととした。これで忠真が折れてくれれば幸いだが、伊集院方は公然と戦仕度をはじめ、交渉に応じる気配はないという。

家康からは、忠恒を帰国させて討伐に当たらせるよう言ってきていた。公儀を主宰する家康直々の討伐命令となれば、島津は天下に対する謀叛人を討つという大義が得られる。

だが、まだ戦がはじまったわけではない。それに、忠恒が出向けば必要以上の血が流れるのは明白だ。幸侃を自ら斬った忠恒が相手となれば、伊集院の郎党たちは目の色を変える。元は同じ家中の者同士の凄惨《せいさん》な殺し合いは、何としても避けたい。

ここは、義弘が自ら出向くしかないだろう。忠真も、岳父《がくふ》である自分には刃を向け難《にく》いはずだ。

だが、家康は義弘の帰国を認めはしなかった。あくまで、当主である忠恒が討伐の任に就くべきだと主張している。

あるいはと、義弘は思った。

家康は伊集院主従に深く恨まれている忠恒を帰国させることで、内乱を誘っているのかもしれない。徳川と島津の関係は今のところ良好だが、もしも敵に回れば手強いことを、家康も当然理解している。島津の力を削いでおくことは、家康にとって決して不利益にはならないのだ。

家康は信長、秀吉の下で大きな力を持ちながら、排除されることなく生き延びてきた男だ。そして利家が没し、三成を失脚させた今、見据えているのは自身の天下だろう。来たるべき徳川の世を盤石なものとするために、打てる手はすべて打ってくるはずだ。

結局、義弘は家康に押しきられる形で、忠恒の帰国を認めた。家康には大きな借りがある。ここで我を張って、忠恒の無罪を覆されては元も子もないのだ。

「ご安心くだされ、父上。伊集院はたかだか八万石。庄内の守りがいかに固くとも、たちまちのうちに制してご覧に入れましょう」

「甘く見るな。戦は、石高でするものではないぞ」

伊集院家の本拠都城は、周囲を庄内十二外城《とじょう》と呼ばれる城砦《じょうさい》に守られている。それぞれの城砦は小さいながらも要害の地を選んで築かれているため、都城までは容易にたどり着けない。

「無論、承知の上。それがしは泗川で父上の戦ぶりをつぶさに拝見いたしております。戦が数ではないことなど、言われるまでもなきこと」

泗川の戦では、忠恒も大きな働きをした。それが自信に繋がっているのだろうが、どこか危うさも感じさせる。

「まだ、戦になると決まったわけではない。無益な戦を避けるも当主の務めと心得よ。そなたには伊勢貞成を付けるゆえ、事態の推移を逐一報告するように」

「はっ」

四月下旬、忠恒は大坂から乗船し、国許へ下向していった。

忠恒を見送った後、義弘は息子の不始末の責任を取るため出家し、祖父の日新斎《じっしんさい》にあやかって惟新《いしん》と号した。

無論、本気で仏門に入るつもりなどない。出家は形ばかりのもので、隠退など望めるはずもなかった。

島津の前途は、いまだ多難だ。今は、忠真が挙兵を思いとどまることを祈るしかなかった。

四

やはり、戦は避けられなかったか。金剛仏作寺《こんごうぶつさくじ》の本陣へ向かう道すがら、忠豊は胸中で呟いた。

六月三日に鹿児島内城《うちじょう》を出陣した忠恒は、伊集院方の関所を避けて大きく西へ迂回《うかい》しながら北上、都城から北西へおよそ二里半（約十キロメートル）に位置する長尾山《ながおやま》の金剛仏作寺に本陣を置いていた。忠恒に先立って出陣していた忠豊らは、すでに伊集院領を囲むように展開している。

少人数同士の小競り合いは幾度か起きていたが、全面的なぶつかり合いにはいたっていない。忠豊はこの間に交渉がまとまることをひそかに期待していたが、忠恒の出馬によって、その願いも断たれることとなった。

忠豊は近習《きんじゅう》を引き連れて仏作寺の参道を進みながら、そこここに屯《たむろ》する兵たちの様子を窺《うかが》った。

「やはり、士気は上がっておらんな」

近習の耳にも届かない小声で呟く。

兵たちは忠豊を見かければ威儀を正して一礼するものの、その表情に覇気は見られない。末端の兵だけでなく、組頭や侍大将《さむらいだいしょう》格の者たちからも、士気の高まりは感じられなかった。

形式上は独立した大名であっても、島津にとって伊集院は、身内以外の何者でもない。ましてや、忠真は義弘の娘婿なのだ。朝鮮でも轡《くつわ》を並べ、ともに死線をくぐり抜けてきた。そんな相手と、何ゆえ干戈《かんか》を交えねばならないのか。

忠豊も家中の者たちと同様、いやそれ以上に、幸侃への憎しみは持っていた。

何となれば、幸侃は父家久を毒殺した張本人なのだ。憎んでも憎みきれる相手ではない。だが、島津が豊臣の世で生き残る上で必要な人物であることも理解していた。ならば、自分一人の感情など問題にすべきではない。ゆえに忠豊は、歯を食い縛り、憎しみを心の奥底にしまい込んでおいたのだ。

だがそんな努力は、忠恒の軽挙であっさりと水泡に帰した。

忠恒としては、家中の憎悪を一身に集める幸侃を斬ることで、自身の求心力を高めようとしたのだろう。しかし、幸侃一人を恨んではいても、伊集院家そのものを滅ぼしてしまいたいとまで考える者は、家中にはほとんどいない。そもそも、唐入りで疲弊しきった家臣たちは、新たな戦など望んではいないのだ。士気が上がらないのも無理はなかった。

近習が着到を告げると、忠豊は本堂に案内された。

本陣には、忠豊や清水《きよみず》島津家の以久《もちひさ》ら一門衆の他、鎌田政近《かまたまさちか》、比志島国貞《ひしじまくにさだ》ら老中衆、新納拙斎《にいろせつさい》、山田有栄《ありなが》、平田増宗《ひらたますむね》といった有力地頭など、錚々《そうそう》たる顔ぶれが揃っていた。この場にはいないが、忠豊の舅《しゅうと》の忠長、寺山久兼《てらやまひさかね》、樺山久高《かばやまひさたか》らも別働隊として、庄内の南方に待機していた。

別働隊や伊集院領の周辺に設けた関所の守兵まで合わせれば、総勢で二万近い大軍である。島津家の、ほぼ総力と言っていい陣容だった。唐入りでは五千の軍を渡海させるのにも難儀したが、領内の戦とあって、動員は順調に進んだ。

対する伊集院方は、百姓まで掻き集めて八千ほどと報告されている。

床には、庄内一帯を記した絵図が広げられていた。

庄内は四方を山に囲まれた広大な盆地で、都城はその中央南方に位置している。十二の外城は、都城にいたる街道を扼《やく》する要衝に築かれていた。

やがて、具足《ぐそく》を鳴らしながら忠恒が着座した。その表情には、明らかに苛立ちと気負いが滲んでいた。

龍伯は、上方から帰国した忠恒に迫り、わずか四月前に譲ったばかりの〝御重物〟をいったん返上させている。幸侃を斬り、今回の戦を招いたことに対する措置だった。これで、当主の座は再び龍伯のものとなり、忠恒の家督相続は宙に浮いた形となる。忠恒としては、速やかに叛乱《はんらん》を鎮圧することで家督を取り戻そうと考えているのだろう。

「さて、一同。わしが直々に出馬したからには、時をかけることなく速やかに都城を落とし、我が島津本宗家に弓を引きし逆臣どもを討ち平らげる所存である」

伊集院方が逆臣であることに、異議は差し挟ませない。言外に滲ませながら、忠恒は一同を見回す。

歴戦の強者揃いとはいえ、朝鮮から帰国してわずか半年での戦とあって、諸将は意気盛んとは言い難い。反応が期待よりも薄かったのか、忠恒の眉間に皺が寄る。

そんな中で明らかに戦意を見せているのが、北郷三久《ほんごうみつひさ》だった。北郷家は島津の有力一門で、古くから庄内を領してきたが、総検地後の所領替えで旧領を追われ、山深い祁答院《けどういん》へと移されている。

今回の戦で武功を挙げて旧領への返り咲きを狙っているのは、誰の目にも明らかだった。

「庄内十二外城というが、一つずつ落としていったのでは時がかかりすぎる。よって、まずは前面の山田城を落とし、その後は一挙に都城を衝《つ》く所存じゃ。同時に、南からは忠長らの別働隊が都城を目指して北上する」

すでに決まったことかのように、忠恒が言い放つ。

山田城は、庄内盆地の北西端に位置する前衛の城で、この長尾山からは南東へ半里ほどのところにある。城主は長崎治部少輔《ながさきじぶしょう》、城兵は五百余。

「お待ちください」

声を上げたのは、平田増宗だった。三十四歳と若いが、長く龍伯の側近を務めている。

「山田城を抜いても、一気に都城まで進めば他の外城の兵に背後を衝かれまする。ここは、時をかけてでも着実に外城を落としていくべきにございましょう」

「ならん」

増宗を一瞥《いちべつ》もせず、忠恒は却下した。

「敵は十二の外城に兵を分散して配置している。ということは、都城の守兵は手薄になっているはずだ。だが、外城を一つずつ落としていけば、逃れ出た守兵が都城に集まることになる。さすれば、攻め落とすのは容易ではない」

敵が分散している間に、一気呵成《いっきかせい》に本城を衝く。理屈としては、間違ってはいない。だが、頭の中だけで考えた策という印象が拭《ぬぐ》えなかった。

忠恒にとっては、家督を譲られてはじめての戦だ。鮮やかな勝利を収めたいという思いが、先に立ちすぎているのかもしれない。

「申し上げます」

忠豊が口にすると、忠恒の表情がにわかに曇った。

忠豊の佐土原《さどわら》島津家は、伊集院家と同じく、秀吉から朱印状を賜って所領を与えられた御朱印衆である。分家の出でありながら自分よりも先に大名となった忠豊に含むところがあるのは、以前から常々感じていた。

「申せ」

「はっ。それがしも、増宗の意見に賛同いたします。都城を一挙に衝くには、庄内盆地は懐が深すぎまする。若殿の仰せのごとく、敵の兵力は分散してはおりますが、それはすなわち、後方の兵《へい》站《たん》を脅かされる恐れもあるということ。兵站を断たれた軍勢がいかなる苦境に陥るかは、若殿も唐入りの陣で嫌というほど味わわれたはず」

「兵站は軍勢の命綱。わしが、そんな兵法の初歩も知らぬと？」

押し殺した声音に、一座の気が張り詰めた。

「そうは申しておりませぬ。されど、勝利を急ぐあまり危険を冒し、泥沼に嵌《はま》り込むことは避けねばなりません。兵力は我らが圧倒的に勝っておるのです。焦る必要はどこにもありますまい」

「兵力で勝っておるならば、後方に十分な兵を配し、輜重《しちょう》にも細心の注意を払えばよかろう。たかだか八万石の小大名を討つのに手こずれば、島津の武名は地に堕ちる。そなたは、わしが天下の笑い者となるのが望みか？」

「お待ちくだされ」

たまらず割って入ったのは新納拙斎だった。以前の名乗りは武蔵守忠元《むさしのかみただもと》。還暦を過ぎた老将だが、かつては〝鬼武蔵《おにむさし》〟と称され、島津家の主要な戦のほとんどに参陣、秀吉の九州攻めの際も最後まで抵抗を続けた豪の者である。

「忠豊殿は軍略の話をなされておられるのです。若殿のお言葉はあまりに……」

「黙れ。この戦には島津の命運がかかっておる。そして、総大将は十七代当主たるこのわしだ。従えぬとあらば、手勢をまとめて所領に帰るがよい」

そこまで言われては、増宗も口を閉ざすしかなかった。苦虫をかみつぶしたような諸将をよそに、忠恒は淡々と軍議を進め、出陣は六月二十三日と決した。

その夜、新納拙斎が酒を片手に忠豊の陣所を訪れた。

「此度の戦、厄介なことになりそうですな」

高齢のため足が不自由な拙斎は、左足を投げ出して座り、椀になみなみと注いだ酒を呷《あお》った。移動や戦の際は、家臣に担がせた輿《こし》に乗っているのだという。

「正直、わしはこの戦、どうにも気乗りがせぬ。忠豊殿も、そうではないか？」

拙斎は沖田畷《おきたなわて》の戦いの際、父の命で、初陣の忠豊の介添役を務めている。その後も何かと同陣することが多く、忠豊にとっては祖父のような存在だった。

「確かに、あまり乗り気とは言えません。忠真殿は、朝鮮でもともに戦いました。それが、このようなことになるとは」

「わしが解せんのは、龍伯様の動きよ」

「と、申されると？」

「龍伯様は、若殿が伏見で幸侃を斬ったとの報せが届くや、すぐに我ら重臣を集め、忠真に味方せぬとの起請文を出させた。そして、忠真には疑いを晴らすため、直ちに富隈《とみのくま》に出仕せよとの使いを出した」

「それの、どこが解せぬと？」

「そこまではよい。前当主としては、当然の処置であろう。だが、龍伯様が戦を避けるために打った手は、たったそれだけじゃ。忠真が出仕を拒むと、龍伯様は直ちに軍勢を募り、庄内への街道を封鎖した。それ以来、富隈と都城を使者が行き来したという話はとんと聞かぬ」

確かに、龍伯があらゆる手を尽くしたとは言い難い。いや、むしろ忠真の剛直な人となりを勘案すれば、庄内の封鎖は逆効果になったと言えなくもない。

「忠真がどう出るか読み違えたのであれば、龍伯様らしからぬ過ちじゃ。だが、わしにはそうは思えぬ」

「まさか、龍伯様が敢えて忠真殿を挙兵に追い込んだと？」

「穿《うが》ちすぎかのう？」

どう答えるべきか、忠豊にはわからなかった。龍伯とは、朝鮮から帰国した際に伏見で挨拶しただけだ。今回の戦について、直接話をしたことはない。

思えば、龍伯が伊集院家の滅亡を望む理由はいくらでもある。幸侃はいち早く秀吉に降って家久を毒殺し、多くの謀略に加担して島津を苦しめてきたのだ。

この戦を望んだのが龍伯だとすると、新たな疑念が浮かんでくる。

忠恒が幸侃を斬ったのは、龍伯に使嗾されてのことではないのか。老練な龍伯ならば、激しやすい忠恒を口車に乗せることなど容易なはずだ。そして自分は国許に戻り、忠真を刺激して挙兵にいたらせる。そう考えると、忠恒が幸侃を斬った時期にも納得がいく。

「龍伯様の思惑が何であれ、伊集院家討伐は、公儀からも認められた戦です。我らは若殿のお下知に従うしかありますまい」

無言で頷くと、拙斎は椀の酒を呷り、大きく嘆息を漏らした。

「わしのような猪《いのしし》武者には、龍伯様のお考えなど想像もつかぬ。お若い頃から、深謀遠慮を胸に秘めた御方であったからな。しかし今の龍伯様は、以前とは何かが違う。どこがとは言えぬが、近頃の龍伯様には、恐ろしさを感じることさえある」

「今は難しい時期です。龍伯様とて、思い悩むこともおありなのでしょう」

自分を納得させるように言って、忠豊も酒を流し込んだ。


六月二十三日早朝、忠豊は南東の山田城へ向け出陣した。

南の別働隊も同時に出陣し、庄内盆地南端の恒吉《つねよし》城を攻めることになっている。

山田城は丘陵を利用して築かれた平山城で、規模はそれほど大きくない。城の東を流れる山田川を天然の堀としているが、守兵はわずか五百。それほど手間取ることはないだろう。

忠豊は、大手口の大将を任されていた。搦《から》め手《て》に当たる二ノ丸口は、入来院重時《いりきいんしげとき》が受け持つ。他に新納拙斎、北郷三久、忠恒直属の鹿児島衆などが加わり、総勢は五千に達する。

城攻めの態勢が整うと、忠豊は前進を命じた。

喊声《かんせい》が上がり、先手が鉄砲を放ちながら城へにじり寄る。敵は城内から矢、鉄砲、礫《つぶて》を盛んに放《はな》ってくるが、味方は兵力差を活かして着実に城の木戸へと迫っている。

やがて、味方が城壁を乗り越え、城内へ侵入しはじめた。

開戦から一刻ほどが過ぎた頃、城内の櫓《やぐら》に忠豊の旗指物《はたさしもの》が掲げられた。味方が、旗指物を奪われるという失態を犯したのだ。

「おのれ！」

忠豊は声を荒らげた。旗を奪われるのは、武人にとってこの上ない恥辱だ。

「槍を持て。出るぞ」

命じた時、櫓の辺りで一際大きな喊声が沸き起こった。忠豊の家臣たちが、次々と城内へ雪崩れ込んでいく。

「お味方は、殿が一番乗りをなされたと勘違いしておるようです」

報告を受け、忠豊は苦笑した。

味方はその勢いのまま城内を席巻し、やがて二ノ丸口も破った。だが、敵の抵抗は思いのほか激しく、城の中では激しい乱戦になっていた。

やはり、士気は敵の方が上だった。当主を謀殺され、家が滅ぼされようとしているのだ。島津勢に対する憎しみは、相当に強いのだろう。

開戦から一刻半、長崎久兵衛尉《ひさべえのじょう》、中村《なかむら》与左衛門尉《よざえもんのじょう》を討ち取ったという報せが届き、城は陥落した。

城主の長崎治部少輔は、城を捨てて逃亡したという。五百の城兵のうち三百余を討ち取る大勝利ではあるが、こちらも百五十近くを失った。戦の規模と兵力差を考えれば、決して少なくはない。

敵味方の死骸は近くの寺院に穴を掘って埋めた。その作業を眺めながら、忠豊は嘆息を漏らす。

この者たちが命を捨てるに足る大義がこの戦にあるとは、どうしても思えなかった。


山田城は一日で攻略できたものの、南の別働隊の侵攻は予定通りには進んでいなかった。

二十三日、恒吉城に攻め寄せた忠長ら五千は攻略に手間取り、二十五日になってようやくこれを落とした。翌二十六日には、都城から南へ一里半の末吉《すえよし》城に攻めかかるが、城兵の抵抗は激しく、城を遠巻きに囲んでの持久戦に切り替えざるを得なくなっている。

南北から一挙に都城を衝くという忠恒の策は、早くも破綻していた。

二十九日、都城の北東に位置する山之口《やまのくち》城主、倉野七兵衛尉《くらのしちべえのじょう》が大きく北へ迂回し、長尾山の忠恒本陣に奇襲を仕掛けた。忠恒本隊はこれを撃退し、倉野七兵衛尉も討ち取られたものの、本陣が襲われた衝撃は大きい。忠恒は防備の弱い長尾山から、山田城へと本陣を進めた。

その後も、伊集院方は奇襲と伏兵を駆使して島津勢を翻弄《ほんろう》し、戦は長期戦の様相を呈しはじめていた。七月十三日には北郷勢を中心とした軍で山田城の東に位置する志和池《しわち》城を攻めたが、周辺の城の兵が素早く駆けつけて乱戦となり、多くの死傷者を出して敗走している。

戦が長引くにつれ、味方の士気はさらに下がりつつあった。上方ほど兵農分離が進んでいない島津家では、刈り入れの時季に大軍を維持するのは難しい。やむなく、兵たちを交代で領地に帰すことにしたため、兵力は大きく目減りしている。

「それにしても、伊集院勢がこれほど手強いとはのう」

山田城を落として二月が過ぎた頃、忠豊の陣所を訪れた新納拙斎が、ぼやくように言った。伏見の徳川家康からは、七月九日付の忠恒宛ての書状で、「島津家の今後のためにも、早々に成敗せよ」と言ってきている。さらには、増援が必要ならばいつでも申し出よとまで記してあった。

尻を叩かれた格好の忠恒は八月十五日、北郷勢に命じて再び志和池城を攻めるが、城主の伊集院掃部助《かもんのすけ》は数百の寡兵ながら籠城と出撃を巧みに織り交ぜ、北郷勢を再び敗退させている。

惟新も戦を早期に終わらせるため、都城へ繰り返し書状を送っているらしいが、忠真が和睦に応じる気配はなかった。

「この調子では、いつまでかかるかわかったものではないぞ」

「確かに、時はかかりましょう。しかし、決定的な敗北があったわけではありません」

「二月かけて、落としたのは小城二つ。末吉はいまだ落ちず、本隊は進むこともままならん。これだけの兵力差でこの体たらくでは、負けておるも同然じゃろう」

まるで遠慮のない口ぶりに、忠豊も苦笑するしかない。拙斎は口だけというわけではなく、山田城攻めの際には、自らの輿を城内へ進ませて采配《さいはい》を揮っている。それに味方が奮い立ったことが、早期の攻略に繋がったのだ。

「しかし、総大将が惟新様であれば、こうはならなかったであろうな。いや、忠豊殿でもよい。ともかく、若殿は戦というものがわかってはおらん。朝鮮の陣で、何を学んできたのやら」

「拙斎殿。どこで誰が聞いているかわかりません。口は慎まれた方が」

「なに、構うものか。上から下まで、誰もが言うておるぞ。新しい殿様は、戦がお下手であらせられる、とな」

「また、そのような」

「わしには、御家の将来が案じられて仕方ないのじゃ。これまで〝島津に暗君無し〟と言われてきたが、それも当代までなのではないかとな」

「拙斎殿、そこまでになされよ。これ以上は、戯言ではすみませんぞ」

「そうじゃな。すまぬ。老い先短い年寄りの繰り言と思うて忘れてくれ」

どこか寂しげな微笑を残し、拙斎は出ていった。

忠恒が家臣たちの信を得ていない。それは、ある面では致し方のないことだった。

戦や政《まつりごと》よりも茶の湯と蹴鞠《けまり》を好む若者が、予期せぬ兄の死でいきなり後継者に祭り上げられたのだ。朝鮮の戦では活躍を見せたものの、それはあくまで惟新に従ってのことだった。意固地になって虚勢を張るのも、若さゆえだろう。だが、経験を積めば龍伯や惟新のようになれるかどうかは、忠豊も疑問だった。

しかし、忠恒の器量に疑義《ぎぎ》があるとしても、分家の自分が口を出せることではなかった。それに、器量に欠ける当主を家臣たちが廃する時代は、戦国乱世とともに終わっているのだ。

結局、忠恒自身が己と向き合い、乗り越えるしかないことだった。

五

「内府は、わしを愚弄《ぐろう》する気か！」

忠恒が声を荒らげたのは、九月に入って間もない頃だった。

家康は八月二十日付で九州諸大名に書状を送り、忠恒を支援するため庄内へ出兵せよと命じたのだ。命が届けられたのは、日向の秋月種長《あきづきたねなが》、伊東祐兵《いとうすけたか》、肥後《ひご》の小西行長《こにしゆきなが》、相良頼房《さがらよりふさ》、筑後《ちくご》の立花親成《たちばなちかなり》、肥前《ひぜん》の寺沢正成《てらさわまさなり》ら。

島津には家臣の叛乱を鎮める力もないのだと、大老筆頭が天下に向けて宣言したようなものだ。これ以上の恥辱はなかった。逆臣を討つのに他家の軍勢を借りては、島津の武名も忠恒の面目も、丸潰れとなる。

こんなことになったのも、すべて龍伯のせいだ。伯父《おじ》の顔を思い浮かべ、忠恒は歯嚙《はが》みする。はっきりと口に出しはしなかったものの、龍伯は明らかに、幸侃の死を望んでいた。徳川は島津に味方する。ゆえに、忠恒が幸侃を斬っても、罪に問われることはない。そう囁いたのだ。その言葉通り、徳川の取り成しで、忠恒の罪は不問とされた。

伊集院一族を根絶やしにしようとは思わない。憎いのは幸侃一人で、都城には忠真に嫁いだ妹の御下もいる。それほど親しいわけではないが、死なれては寝覚めが悪い。

後は国許の忠真を説得し、庄内八万石と、独立した大名の地位を返上させるつもりだった。忠真にはどこか別に二、三万石を与えた上で、再び島津家臣に組み込めばいい。

だが、龍伯は説得どころか、忠真を追い詰めるような真似をして挙兵を招いた。そしてあろうことか、一度譲った御重物をいったん返上するよう迫ってきたのだ。叛乱を速やかに平定すれば、改めて当主の座と御重物を譲る。龍伯はそう言っていたが、どこまで信用できるかわかったものではない。

龍伯は最初から、自分を騙すつもりだったのではないか。忠恒が鎮圧に手こずることを見越した上で、龍伯は忠真を挙兵に追い込んだのでは。この一月ほど、そんな疑問が頭を離れない。

龍伯は最初から、自分に家督を譲るつもりなどなかったのだ。そして、忠恒を後継者から外す時期をじっと待っていたに違いない。

自分以外の後継者候補。心当たりはあった。四年前に朝鮮の巨済島で陣没した垂水島津家当主彰久の子、又四郎《またしろう》である。

又四郎の母は、龍伯の次女玉姫《たまひめ》で、血統上は忠恒よりも近い。まだ十五歳で器量は定かではないが、龍伯が、豊臣公儀の後押しを受けた忠恒よりも、自身の孫を当主に据えたいと考えてもおかしくはない。

やはり、自分は嵌《は》められたのだ。

「諸将を集めよ。出陣じゃ」

こうなった以上は、諸侯が庄内に出兵してくる前に都城を落とし、忠真の首級《しるし》を挙げるしかなかった。稲刈りのために多くの兵が国許へ帰っているが、呼び戻している暇はない。

「もはや猶予はない。総力を挙げ、都城を攻める」

案の定、諸将からは反対の声が上がるが、忠恒は耳を貸さず強引に出陣を決した。

九月十日早朝、忠恒は山田城を出陣した。先鋒は平田増宗。都城攻めに最後まで反対した忠豊には、西の安永《やすなが》城の牽制というさして重要ではない役目を押しつけた。都城の北に位置する野々三《ののみ》谷《や》城には、父の側近である長寿院盛淳《ちょうじゅいんもりあつ》を当てている。忠豊、長寿院はそれぞれ一千。平田勢は千五百。後に続く忠恒本隊は四千。二千数百が籠もる都城を攻めるには心許ないが、策はある。

安永城を左手、野々三谷城を右手に見ながら馬を進めていると、平田勢から注進が入った。都城から北西に一里半の、乙房丸《おとぼうまる》という在所に到着したという。

「よし、はじめよ」

伝令の武者が駆け去ると、ほどなくして前方から黒煙が上がりはじめた。平田勢が、乙房丸一帯の村々を焼き払っているのだ。

「出てこい、忠真」

馬上から煙を見上げながら、忠恒は呟く。

やがて、遠方から喊声と鉄砲の筒音が聞こえてきた。都城から、敵が打って出てきたのだ。

「敵勢およそ二千。伊集院忠真自らが出馬したとの由」

伝令を受け、忠恒はにやりと笑う。狙い通りだった。ここで忠真の首を獲れば、戦は終わる。忠恒も馬廻衆《うままわりしゅう》を率い、その後に続いた。

忠恒は直ちに後詰《ごづめ》を命じた。北郷、比志島、入来院らの軍が乙房丸へ向かって動き出す。忠恒も馬廻衆を率い、その後に続いた。

忠恒が馬を進める間にも、注進が次々と入ってきた。敵の勢いは凄まじく、平田勢は苦戦中。上井兼政《うわいかねまさ》の他、名のある将が討たれている。

「踏みとどまれ。忠真を討つ好機ぞ。北郷、比志島らに伝令。伊集院勢を包み込み、一人残らず討ち果たせ！」

声を張り上げると同時に、また注進が入った。平田勢は総崩れ、増宗は自ら槍を振るいながら、わずかな供廻《ともまわ》りとともに戦場を逃れたという。

「まだだ。忠真を逃がすな！」

叫んで、馬腹を蹴る。ようやく伊集院勢の姿が見えてきた。忠真は手勢を小さくまとめ、戦場を縦横に駆けて味方を翻弄している。兵力はこちらが優位だが、戦場に急行したため、味方の陣形は整っていない。すでにあちこちが綻び、どこが破られてもおかしくはなかった。

「若殿、敵が」

近習の誰かが指差した。混乱するこちらを嘲笑《あざわら》うかのように、伊集院勢が後退していく。

「逃がすな。追い立てよ！」

「しかし、お味方は態勢が」

「黙れ。ここで逃がせば、今日の戦はすべて無意味になるのだ」

忠恒は馬に鞭《むち》を入れ、いまだ火の手の収まらない乙房丸を駆け抜けた。逃げ遅れた伊集院の兵を馬蹄《ばてい》にかけながら、必死に追いすがる。

都城が見えてきた。開いた城門に、敵が吸い込まれていく。まだ間に合う。このまま城内へ斬り込めば。そう考えた矢先、視界の隅から軍勢が湧き出してきた。

他の外城からの援軍。理解した時には、敵は長く伸びきった味方の横腹に襲いかかっていた。城内に逃げ込もうとしていた敵も、反転してこちらへ向かってくる。

たちまち、激しい乱戦となった。周囲を固める馬廻衆が矢玉を受け、一人、また一人と倒れていく。

「敵の総大将はあれにある。父上の無念を晴らすは今この時ぞ！」

大音声《だいおんじょう》が耳朶《じだ》を打った。忠真。乱戦の中、血の滴る槍の穂先でこちらを指す。伊集院兵の視線が、一斉に忠恒に向けられた。

無数の憎悪に貫かれ、忠恒ははじめて、戦場で恐怖を覚えた。全身から汗が噴き出し、手綱を握る手が震える。

これまで見向きもしなかった敵味方の骸《むくろ》が、視界に飛び込んでくる。冗談ではない。俺はまだ、何一つ手には入れていないのだ。こんなつまらない戦で死んでたまるか。

「若殿、お退きください。ここは我らが……」

家臣が言い終わるのも待たず、忠恒は馬腹を蹴った。踏みとどまった家臣たちを振り返ることなく、馬を飛ばす。

戦場の喧噪《けんそう》が徐々に遠ざかっていくが、恐怖が消えることはなかった。馬の息が荒い。構わず、鞭を入れ続けた。

やがて、馬が足を折った。地面に投げ出されたが、痛みすら感じる余裕はない。すぐに立ち上がった。通りかかった名も知らない騎馬武者に、刀を突きつける。

馬を奪い、再び駆けた。

島津の武名も自身の面目も、戦の勝ち敗けさえもどうでもいい。ただひたすらに、死ぬことが恐ろしかった。


五百近くを失う惨敗だった。

乱戦の中で、敵の名のある将を何人か討ち取ってはいるが、こちらの損害の方がはるかに大きい。そして、これだけの犠牲を払いながら、外城の一つも落とせてはいない。

十月五日、態勢を立て直した忠恒は、都城の北の志和池城に狙いを定めた。

先陣は島津以久。垂水島津家の当主で彰久の父、又四郎の祖父に当たる。二陣には忠豊。三陣に北郷三久、四陣は入来院重時で、忠恒は志和池城から南へ十町ほどの森田に本陣を置いた。他にも、家康の出兵命令に応じた寺沢正成、高橋元種《たかはしもとたね》、秋月種長らがそれぞれ数百の兵を率い参陣している。

今回は、最初から持久戦に持ち込むつもりだった。乾坤一擲《けんこんいってき》の覚悟で臨んだ都城攻めが失敗した以上、時をかけても外城を一つずつ落としていくしかない。

城の周囲に堀と柵、逆茂木《さかもぎ》を巡らし、物見櫓《ものみやぐら》も揚げた。城を隙間なく囲んだ上で、都城や他の外城からの援軍にも即座に対応できるよう、思案に思案を重ねて陣を配置している。

自分には、戦の才がない。そのことを、先の戦ではっきりと思い知らされた。朝鮮の戦で活躍できたのは、父の指示に従っていたからだ。屈辱だが認めるしかない。

だが、これからの大名に求められるのは軍才ではなく、時流を見極め、生き残る術を見つける才覚だ。

伏見の惟新からは、頻繁に書状が届いている。それを読む限り、上方の情勢は着実に、家康の天下へと向かいつつあった。

去る九月七日、秀吉の遺命により伏見で政務を執るはずだった家康は、秀頼に重陽の節句の挨拶をするという名目で大坂に入った。同日、家康暗殺の陰謀が発覚する。これを口実に、家康は秀頼の警護と称してそのまま大坂城に居座った。

首謀者は、前田利家の跡を継いだ利長。十月三日、家康は在国中の利長を討つため、加賀征伐の号令を発した。窮した利長は、潔白を示すため、実母を人質として家康に差し出せという要求を受け入れる。これで、加賀前田家は事実上、徳川の軍門に降ったことになる。暗殺の陰謀は恐らく、家康のでっち上げだろう。

三成は失脚し、前田家は屈伏した。毛利《もうり》は、徳川と誼《よしみ》を通じ、誓紙を交わしている。宇喜多は家臣間の諍《いさか》いから内紛が起こり、力を失った。残る有力大名は会津の上杉景勝くらいのものだが、石高を考えれば家康に敵うはずもない。

これで、五大老五奉行の仕組みは瓦解《がかい》したも同然だ。豊臣家はかつての足利《あしかが》将軍家のように力を失い、天下は家康のものとなるのだろう。

来たる徳川の世で地位を保つためにも、この戦は何としても自力で終わらせなければならない。

だが、城を隙間なく包囲されても、志和池城が落ちる気配はなかった。逆に、たびたび城門を開いて打って出ては、こちらに損害を与えて城へ引き上げていくということを繰り返している。先の見えない長陣に兵たちの不満は募り、士気はまったく奮わない。

十一月十五日には、森田の忠恒本陣が伊集院方の援軍に襲撃された。伊集院勢は駆けつけた味方に撃退されたものの、三百余人が討ち取られるという大損害を出している。

「このまま戦況が動かぬ限り、伊集院を武力で屈伏させるのは難しいでしょうな」

森田の本陣を訪ねて言ったのは、寺沢正成だった。肥前唐津《からつ》で六万石を領し、朝鮮では幾度か同陣している。三成や小西行長と近いが、近頃は徳川に接近しているという噂だった。

「志和池を落としたところで、都城は元より、まだ九つの外城が残っておりまする。ここは互いに落としどころを見つけて、和議を結ぶしかありますまい」

家臣の進言であれば怒鳴りつけるところだが、相手が大名とあってはそうもいかない。

「しかし、あの忠真が呑むとは思えませんな」

「手詰まりなのは、伊集院方も同じ。条件さえ折り合えば、矛を収めることに同意するはず。島津殿がお認めになるならば、それがしが都城へ出向き、忠真を説得してもようござる」

「ほう。寺沢殿が、ご自身でと申されるか」

「さよう。これはそれがしのみの一存にあらず。徳川内府殿のご意向でもあるのです」

なるほど、そういうことか。忠恒は得心した。家康は、島津と伊集院の和睦を仲介することで天下人としての実力を示し、島津にはさらに大きな貸しを作ろうとしているのだ。そしてその下地作りを、正成に命じたのだろう。

家康の意向とあっては、無下に却下することはできない。

「では、忠真を説く役目、寺沢殿にお願いいたそう。されど、説得が不調に終わった場合、我ら島津は総力を挙げ、忠真一党を討ち果たす所存にござる。そのこと、お忘れなきよう」

「承知いたした」

忠真に斬られてしまえ。そう願いながら送り出したが、正成は無事に戻ってきた。条件次第では、忠真も和睦に応じる気配があるという。

その後、正成は幾度か都城へ足を運んだ後、家康へ報告するため上方へ向かった。

年末には、和睦に向けた具体的な交渉のため、徳川家臣で島津家との取次役を務める山口直友《やまぐちなおとも》が下向してきた。直友は以前にも、戦況を視察するため忠恒の陣を訪れている。

薩摩に入った直友は、都城と忠恒の陣、富隈の龍伯のもとを忙しなく行き来し、交渉に奔走している。課題は、伊集院家が今後も家臣として島津家に奉公するか否か。忠真には、島津に仕えるつもりがないとのことだった。

このままでは、伊集院家の完全な独立を許すことになる。到底、認められるものではない。だが戦況が好転しない限り、それを呑まざるを得なくなる。その前に、せめて外城の一つ二つは落としておきたいところだった。

交渉が続く二月初頭、ようやく兵糧が尽きた志和池城が、降伏を申し出てきた。

「降伏など認めぬ。城内へ攻め入り、撫《な》で斬りにせよ」

軍議の席で、忠恒は命じた。これで戦況は好転する。和睦交渉など、潰れても一向にかまわない。

「お待ちください」

声を上げたのは忠豊だった。

「ここでそのような真似をいたせば、敵は徹底抗戦の意を固め、さらに手強くなるは必定。そもそも、降伏を望む相手を撫で斬りにするなど……」

「道義に反する、と申すか。だが、主家に弓引いたはあ奴《やつ》らじゃ。降れば許されるなどという甘い考えは、早々に打ち砕いておかねばならん」

「しかし……」

「それがしも、忠豊殿の仰せの通りと存じます」

「兵たちは長陣に倦《う》んでおります。戦が早く終わるにこしたことはありますまい」

諸将が口々に、忠豊への賛意を示す。撫で斬りを支持するのは、忠恒の直臣と北郷三久くらいのものだ。総大将とはいえ、これほど反対の声が大きくては、押しきることはできない。

「わかった。その方らの好きにいたせ」

憤然と席を蹴り、自分の陣屋へ戻った。子供じみているとは思うが、苛立ちを抑えることができない。

誰でもいい。人を斬りたい気分だった。

刀を抜き放つ。虚空にいくつかの顔を思い描き、縦横に振るった。忠真。龍伯。忠豊。自分を蔑《ないがし》ろにする重臣たち。最後に浮かんだのは、亀寿《かめじゅ》の顔だった。

ぞくりと、背筋に震えが走った。笑いながら、上段に構えた刀を亀寿に向かって振り下ろす。血が飛んだ。哀《かな》しげな目でこちらを見つめたまま、亀寿が倒れる。

気づくと、忠恒は声を上げて笑っていた。


降伏を認められた志和池城の守兵は二月六日、得物《えもの》を捨てて都城へと落ちていった。

二月二十九日、富隈に出向いていた山口直友が忠恒の本陣に顔を出した。

「まずは、これを」

直友が差し出したのは、龍伯の署名と花押《かおう》が入った、一枚の起請文だった。宛先は家康。忠真との和睦に応じるという内容である。

直友が龍伯と折衝して取りまとめた条件は、伊集院家は今後も島津家家臣として奉公し、庄内八万石も返上。代わりに、忠真には南薩摩あたりに一万石を与えるというものだった。

「島津家世子として、忠恒様にもご署名いただきとうございます」

大きく息を吐き、忠恒は筆を執った。

今現在の島津家当主は龍伯である。当主が下した決断に抗えば、龍伯は嬉々《きき》として、忠恒を後継者候補から外すだろう。

龍伯と忠恒が起請文を出したことを知った伊集院方からは、開城を申し出る者が相次いだ。それからわずか数日で梶山《かじやま》、勝岡《かつおか》、山之口、高《たか》、安永、野々三谷が降伏。ここにいたり、忠真も和睦の条件を受け入れた。

その後、恒吉、梅北、財部《たからべ》の諸城が降り、三月十五日、ついに忠真が都城を開城。忠恒が幸侃を殺害して、実に一年以上が過ぎていた。

開城当日、忠恒は数日前に着陣した龍伯とともに都城へ入った。

大広間には、忠真と主立った者たちが打ち揃い、龍伯と忠恒を迎えた。降伏ではなく、対等の和睦である。龍伯への口上を述べる忠真の声音に、卑屈なものはなかった。

「忠真。そなたの戦ぶり、見事なものであった。今後は遺恨を水に流し、島津のために働いて、父の汚名を雪《そそ》ぐがよい」

龍伯の言葉に、忠真は「は」と短く答える。

忠真が負けたと思っていないのと同様に、忠恒にも勝利の実感などない。この場にいるのが、ただただ苦痛だった。

忠恒は、一同の末席に連なる妹に目をやった。

御下は、胸に産着にくるまれた赤子を抱いていた。ほんの一月ほど前に生まれた、御下と忠真の娘である。忠真は戦の最中も、父を殺した男の妹を抱いていたということだ。その心情は、忠恒にはまるで理解できない。

御下が、ゆっくりとこちらへ顔を向けた。憎悪、侮蔑《ぶべつ》、憐《あわ》れみ。そうした感情が入り混じった視線に、忠恒は見覚えがある。

それは、亀寿が自分を見る目とよく似ていた。

第十八章

決戦前夜

一

「何とも騒がしいことよ」

慶長《けいちょう》五年（一六〇〇）四月二十七日、大坂城下の往来で馬を進めながら、惟新《いしん》は呟いた。

通りには具足《ぐそく》に身を固めた軍兵の一団や、武具兵糧を山積みにした荷車がひっきりなしに行き交っている。一昨日に伏見から上坂したばかりの惟新主従にとっては、想像していた以上の物々しさだった。

上方では、大戦が近いという噂がしきりだった。その発端は、上杉景勝謀叛の風聞《ふうぶん》である。会津百二十万石を領する景勝は、昨年九月から領内統治のため帰国していた。だが、景勝は領内に新たな城を普請し、武具兵糧を蓄え、全国から牢人衆《ろうにんしゅう》を集めていると、近隣の諸侯が報告してきたのだ。

家康は、景勝の上洛と釈明を求め上杉家と交渉を続けたが、上杉家中における親徳川派である藤《ふじ》田信吉《たのぶよし》が追放されるに及び、戦は避けられないものと見られていた。

こうした情勢を受け、在坂の諸侯は挙って国許から軍勢を呼び寄せていた。そのため、大坂の町は明日にでも戦がはじまりそうな緊迫した空気に包まれている。

だが、惟新は家康が大坂へ入った後も、伏見にとどまっていた。大坂の島津屋敷が手狭ということもあるが、上方での政争と極力距離を置きたいというのが本音である。庄内での戦は、先月ようやく片が付いたばかりだ。今の島津家には、上方の争いに関わる余裕などどこにもなかった。

今回の上坂は、家康に内乱調停の礼を述べるためである。惟新はわずかな供廻りのみを連れ、大坂城西ノ丸へと向かった。

昨年九月に大坂に入り筆頭大老としてこの西ノ丸で政務を執る家康を、大坂の庶人はすでに〝天下様〟と称しているという。実際、三成を失脚させ、加賀前田家を屈伏させた家康はすでに天下の第一人者と言っていい。

惟新はこのまま何事もなく、天下が豊臣から徳川へ移ることを望んでいた。龍伯《りゅうはく》は、いずれ大乱が起こると予言したが、今のところ、表立って徳川に逆らう姿勢を示しているのは会津の上杉景勝くらいのものだ。

西ノ丸の表書院に通されると、ほどなくして家康が現れた。元よりいくらか太《ふと》り肉《じし》ではあったが、以前に会った時より血色も肌艶《はだつや》もいい。

惟新の口上を、家康は鷹揚《おうよう》に頷きながら聞いていた。その所作の一つ一つに、天下を目前にした男の余裕と威厳が漂っている。

「思いがけず時はかかったが、これで御家も落ち着きを取り戻せよう。まことに重畳至極。龍伯殿と忠恒《ただつね》殿には、わしが喜んでおったと伝えてくれ」

「はっ」

「貴殿も目にはしておろうが、大坂は今、少々騒がしい」

「戦になり申すか」

「惟新殿らしい、率直な申しようよ」

そう言って、家康は小さく笑う。

「上杉にも困ったものよ。つい先日、我が家臣を遣わして上洛を催促させた。その返答次第では、わしが会津まで出向くことになるやもしれんのう。上杉は謙信《けんしん》公以来、強兵をもって知られる。なかなかに難儀な戦となろうな」

惟新はわずかに体を強張らせた。あるいは家康は、島津を上杉にぶつけるため、和睦《わぼく》を急いだのでは。そんな考えが頭をよぎる。

惟新の懸念を見透かしたように、家康が笑った。

「ご心配召されるな。長い戦を終えたばかりの御家に、はるばる会津まで兵を出せなどとは言わぬ」

「お気遣い、ありがたく存じます」

「しかしな、少しばかり気がかりなことがある。上杉と戦になった場合の、伏見の守りじゃ。わしが会津へ出陣しておる間、公儀に二心《にしん》を抱く者が、よからぬことを企てんとも限らん」

気づくと、家康の顔から微笑が消えている。

「そこで、惟新殿には伏見の留守居《るすい》役をお願いしたい。天下に勇名を馳せる惟新殿が伏見を守ってくれれば、わしも安心して会津へ出陣できる」

「しかし、この上方で公儀に弓引く者がおるとは」

「念のためじゃ。公儀筆頭として、秀頼《ひでより》公の御膝元《おひざもと》たる上方の乱れは何としても防がねばならん。

どうじゃ、惟新殿。この家康の頼み、引き受けてくれようか」

「して、留守居の軍勢はいかほど？」

「会津へ出陣する諸侯には、百石につき三人の軍役を申し付ける。留守居役は、百石につき一人じゃ」

島津家の石高はおよそ五十五万石。そのうち軍役のかからない無役分十九万石を差し引いても、四千三百人ということになる。長い戦を終えたばかりの島津家にとって、軽い負担ではない。

実際に戦になるかどうかはさておき、惟新の手元には今、二百ほどの兵しかいなかった。となれば、国許から兵を送ってもらうしかなかった。当主の名代にすぎない自分の一存で決められる話ではない。

とはいえ、家康には大きな借りがある。惟新は慎重に言葉を選びながら答えた。

「当家の主は我が兄、龍伯にございます。その旨、しかと国許に伝えておきましょう。仔細《しさい》についてのお返事は御家の取次役、山口直友《やまぐちなおとも》殿に申し伝えまする」

「さようか。では、龍伯殿にはよしなに。これは徳川のためではなく、天下のためということをお忘れなく」

家康の口ぶりにはかすかな落胆が窺《うかが》えたが、気づかぬふりをして頭を下げた。

城下の島津屋敷に戻ると、すぐに文机《ふづくえ》に向かった。国許の兄に、家康の要請を報《しら》せなければならない。墨を磨《す》りながら、惟新は思案を巡らせた。

兄は、表向きは徳川寄りの姿勢を示してはいるが、中央の争いに関わりたくないというのが本音だろう。だが、徳川の天下を見据えれば、要請を断るわけにもいかない。

書状を書き終え、惟新は大きく息を吐いた。やはり自分には、政《まつりごと》は向いていない。戦場で兵たちとともに槍を振るっている方が、よっぽど性に合っている。

いずれにしろ、すべては上杉の出方次第だ。上杉さえ屈伏させれば、徳川に表立って逆らえる者はいなくなる。そして、天下はそのまま家康の手に収まるだろう。

それから数日が過ぎた五月三日、家康の使者に対する上杉家からの返答が届いた。

上杉家家老直江兼続《なおえかねつぐ》が書いたというその書状は、上洛の要請を敢然《かんぜん》と拒むどころか、上杉に逆心ありと唱える者を激しく糾弾し、それを真に受ける家康までも非難していた。

書状を読んだ家康は怒りを露《あら》わにし、その場で会津征討を宣言したという。出陣は六月。東国諸侯は戦仕度のため次々と帰国し、反対に、西国からは多くの大名が軍勢を率いて大坂へ上ってくる。

大坂には諸国の軍勢が溢れ返り、さらに色濃い戦の気配が漂いはじめていた。

だが、薩摩から軍勢が送られてくる気配はなかった。領内の疲弊を理由に、龍伯が兵を出し渋っているのだ。これまで幾度も書状を送っているが、色よい返事はこない。

忠豊《ただとよ》改め豊久《とよひさ》がわずかな供廻りを連れて上洛してきたのは、会津征討軍の出陣を間近に控えた六月五日のことだった。

「お久しゅうございます、伯父上《おじうえ》」

「うむ、よく来てくれた」

豊久が龍伯の命で名乗りを改めたのは、庄内の乱平定後のことだ。それと同時に、亡父と同じ中《なか》務大輔《つかさたいふ》に叙任されている。

島津家で〝久〟の字を名乗りに用いるのは、当主かそれに準ずる地位の者である。それだけ、家中における豊久の地位が向上しているということだった。

「上方も、ずいぶんときな臭くなってまいりましたな。もはや、戦は避けられませんか」

「今さら上杉が翻意することはあるまい。すでに、東国諸侯には陣触れが出された。家康は、今月中にも大坂を出陣することになろう」

「やはり、そうなりますか」

「兄上は、何か仰っておられたか。何ゆえ、兵を送ってくれぬのだ」

「国許を発つ前に、龍伯様にお目通りしてまいりました。これより、そのお言葉をお伝えいたします」

豊久が居住まいを正した。

「徳川内府《だいふ》の狙いは、会津のみにあらず。石田治部少輔《いしだじぶしょう》の挙兵を誘ってこれを打ち破り、一挙に天下の権を簒奪《さんだつ》するにあり」

「何と。では、家康は最初から、三成を挙兵させるつもりで上方を留守にすると申すのか」

「はい。龍伯様は、そう仰せでした。内府が会津へ出陣すれば、石田治部は必ず兵を挙げると」

龍伯曰く、還暦に近い家康には、天下が自然と自分の掌中に落ちるのを待つ時がない。ゆえに、あえて隙を見せることで反徳川勢力を炙《あぶ》り出し、一気に殲滅《せんめつ》することを考えているはずだという。

「しかし、一つ間違えば家康は、上杉と三成に挟撃されるぞ。天下を逃すどころか、徳川家が滅びかねん。そのような賭けを、あの家康がするとは」

「それができるのが、徳川内府の恐ろしさ。そう、龍伯様は仰せにございます」

惟新は腕組みした。思えば、家康は秀吉亡き後、それまでの律義者という評価をかなぐり捨て天下獲りを進めてきた。そして、天下の半ば以上を掌握した今、すべてを失うかもしれない大博《おおばく》打《ち》に打って出るというのか。

いや、龍伯がそう言うのであれば、間違いはないだろう。武辺一辺倒の自分には見えないものが、龍伯には見えているはずだ。

「しかし、途方もない人物だな、家康という男は」

「それがしも、龍伯様のお言葉を聞くうち、そう思うようになりました」

「して、兄上のお考えは？」

「島津は徳川に与《くみ》する。しかし、上方の争いに深入りはしない。島津家の存続を最優先とせよ、と」

「つまり、徳川に与しつつ、どう転んでもよいよう積極的に戦うことは避けよ、ということか」

「はい。どちらが勝とうと、島津は生き残る。そのためには、上方へ送る兵は最小限にとどめねばならぬとのことでした」

「馬鹿な。どう動くにしても、軍勢がおらねば話にならん。兄上は我らに、天下に恥を晒《さら》せというのか」

豊久は唇を嚙んで俯いたまま、答えようとはしない。豊久も、龍伯の考えには納得がいっていないのだろう。豊久を責めたところで仕方がない。重ねて国許に書状を送り、軍勢の派遣を要請するしかなかった。

翌六日、大坂西ノ丸で会津征討の軍議が開かれた。

上杉領の大手口にあたる白川口には家康率いる主力。仙道口は佐竹義宣《さたけよしのぶ》。信夫《しのぶ》口は伊達政宗《だてまさむね》ら陸奥《むつ》の諸将。米沢《よねざわ》口は最上義光《もがみよしあき》ら出羽《でわ》の諸将。津川《つがわ》口には前田利長《まえだとしなが》、堀秀治《ほりひではる》ら北国の諸将が当たることとなった。

唐入り以来の、豊臣公儀の総力を挙げた戦である。まともにぶつかれば、上杉には万に一つも勝ち目はない。

だが、家康と上杉がぶつかることはあるのか。そもそも、三成は本当に兵を挙げるのか。挙兵したとして、前後に敵を受ける家康に勝ち目はあるのか。惟新には読めないことだらけだ。

せめて、晴蓑《せいさ》が生きて側《そば》にいてくれれば。詮無《せんな》きこととわかってはいても、思わずにはいられなかった。

十六日、大坂を出陣した家康が伏見城へ入った。七月初旬には江戸へ下り、会津攻めに参陣する諸侯の集結を待って、北上を開始する手筈《てはず》になっている。

惟新は目通りを願い出たが、多忙を理由に二日続けて断られている。十八日、伏見を発つ家康を、惟新は豊久とともに見送った。

「さすが、天下に聞こえた三河侍。どこにも隙は見えませんな」

街道脇から徳川勢三千を望見し、豊久は唸るように言った。

「天下を獲りに行く軍だ。当然であろう」

惟新は、軍勢の中央を進む家康の姿を見つめた。

いつになく、気負っているように見える。だが、それも無理はなかった。すべてを投げ打ち、乾《けん》坤一擲《こんいってき》の大博打に打って出るのだ。負ければ徳川家は滅び、自身の首も飛ぶ。主将の覚悟は兵たちにも伝わり、三千の軍勢は異様な気を発している。

家康は惟新らに気づくと、馬を下りて手招きした。

「これは惟新殿。わざわざお見送りいただけるとは」

「島津は、徳川殿にお味方いたす。我らがおる限り、伏見城が落ちることはござらん。それを、お伝えにまいりました」

束の間、家康の目がこちらにじっと注がれた。

なぜか、じわりと背中に汗が滲《にじ》む。いつか、これと似たような感じを受けたことがある。朝鮮で虎と向かい合った時だと、惟新は思った。

家康は真剣な表情で惟新の手を取った。

「そのお言葉、終生忘れぬ」

頷くと、家康は騎乗し、進発を命じた。

三千の軍勢が再び動き出す。その発する気はしばらく、惟新の全身を打ち続けた。

惟新は、国許の兵が到着するのを待って伏見城へ入るつもりだったが、一向に軍勢が送られてくる気配はなかった。重ねて書状を送ってはいるものの、梨のつぶてに等しい。

「これでは、唐入りの陣の二の舞だな」

伏見島津屋敷で、惟新は豊久を相手に呟いた。豊久は自身の所領佐土原から五百ほどの軍勢を上洛させたが、それでも軍役の四千三百にはまるで足りない。

捨てられたのか。そんな疑念が、幾度も頭をよぎった。兄は自分を捨て、戦がどう転んでも知らぬ存ぜぬで貫き通すのではないか。万一家康が敗れたとしても、国許から兵を送らなければ、徳川への合力は惟新の独断だということにして申し開きができる。

だが、もしもそうだとしても、龍伯を恨むことはできない。それほど、今の状況は混沌《こんとん》としていて先が読めないのだ。

「これ以上城へ入るのが遅れては、あらぬ疑いを招きます。ここはとりあえず入城すべきでは」

「そうだな」

七月二日、惟新は家老の新納旅庵《にいろりょあん》を伏見城へ遣わし、入城の許可を求めた。

家康は伏見城将として鳥居元忠《とりいもとただ》、その下に内藤家長《ないとういえなが》、松平家忠《まつだいらいえただ》らを配している。元忠は長く家康を支えてきた古強者《ふるつわもの》だが、すでに還暦を過ぎ、足も悪くしているという。内藤、松平らも、本多忠勝《ほんだただかつ》や井伊直政《いいなおまさ》といった重臣たちと比べると、武勇も格も見劣りするのは否めない。兵力もわずか二千足らずというから、家康は島津勢の入城を当てにしているはずだ。

「馬鹿な。入城を拒んだと申すか」

伏見城から戻った旅庵の報告に、思わず惟新は声を荒らげた。

「はっ。鳥居殿は、まずは軍役通りの兵数を揃えるのが道理であろうと。取りつく島もございませんでした」

軍勢が整わないことには、動くこともできない。今は、国許からの兵を待つしかなかった。

それから十日ほど後、石田三成の家臣八十島助左衛門《やそじますけざえもん》が惟新のもとを訪れた。助左衛門は、石田家中で長く島津家との取次役を務めている。

「惟新殿。我が主は天下を私する徳川内府を討つため、兵を挙げまする。御家にも、この義挙に加わっていただきたい」

来たか、と惟新は思った。すべては、龍伯の読み通りに進みつつある。

「惟新殿。返答やいかに」

「待たれよ。徳川内府は、亡き太閤殿下より政務を託された、豊臣公儀の筆頭大老。此度の会津攻めも、秀頼公の命によるもの。それを討てとは、石田治部殿は異なことを仰せになる」

「さにあらず。秀頼公の命といったところで、それは大坂城を不法に乗っ取った内府から強要されたもの。太閤殿下が定められし御掟《おんおきて》をことごとく破った上、秀頼公を蔑《ないがし》ろにするような者に、公儀の大老を名乗る資格はござらん」

理路整然と正論をまくし立てるあたりは、主君の三成によく似ていた。とはいえ、ここで頷くわけにはいかない。強要されたか否かにかかわらず、家康の会津攻めは公儀の正式な手続きに則って行われているのだ。

「それがしは遠国薩摩の田舎者ゆえ、事の理非《りひ》はわかりかねる。ゆえに、我らは公儀に従うのみ。治部殿に確かな大義があると証明された暁には、喜んで合力いたそう」

「よろしいでしょう。その旨、しかと主に伝えておきまする」

今はまだ、旗幟《きし》を鮮明にすべきではない。これで、いくらかは時が稼げるはずだ。

問題は、どれほどの諸侯が三成に靡《なび》くかだ。

一時期は秀吉の猶子《ゆうし》であった宇喜多秀家《うきたひでいえ》は、間違いなく三成につくだろう。小西行長《こにしゆきなが》、大谷吉継《おおたによしつぐ》、長束正家《なつかまさいえ》といった三成に近い諸侯も、挙兵に加わるかもしれない。京、伏見、大坂を速やかに制圧すれば、会津攻めに向かう西国諸侯の多くも取り込めるだろう。そうなれば、北と西からの挟撃も現実味を帯びてくる。

戦の最初の山場が伏見城の攻防になることは、間違いなさそうだった。

それから数日の間、伏見城下を多くの軍勢が忙しなく行き来した。会津攻めに向かうため東へ向かった諸侯の軍勢が、三成が近江愛知川《おうみえちがわ》に設けた関所で足止めを食い、大坂へ戻っているのだ。せき止められた大河のように、上方には十万近い軍勢が溢れ返っている。

三成挙兵の事実は瞬く間に広がり、様々な流言が乱れ飛んだ。伏見城下からは、荷をまとめて逃げ出す町人が続出している。

情報は錯綜《さくそう》しているが、確かな筋からの報せでは、反徳川派の総大将には、毛利輝元《もうりてるもと》が就くという。

「輝元を担ぎ出したか」

惟新は唸った。西国一の大大名である毛利が挙兵に加わるとなれば、それに流される諸侯もかなりの数に上るだろう。戦の規模は、惟新が想定していたよりも、はるかに大掛かりなものになりそうだった。

七月十五日、今度は安国寺恵瓊《あんこくじえけい》が伏見の島津屋敷を訪ねてきた。

「急な来訪、ご容赦願いたい。天下の一大事ゆえ、どうかご寛恕《かんじょ》を」

そう言って、恵瓊は軽く頭を下げた。

恵瓊は当年六十二。毛利家の抱える外交僧でありながら、織田家臣時代の秀吉と昵懇《じっこん》となり、直々に六万石もの知行を与えられた大名でもある。毛利家中で強い影響力を持ち、三成とも親しい。輝元に総大将就任を説いたのは、恐らく恵瓊だろう。

「伏見城と大坂城西ノ丸を除き、上方の大半はすでに我らが掌握しております。我が主輝元も大軍を率い、じきに大坂へ入られる。惟新殿にも、そろそろ旗幟を鮮明にしていただきたい」

そう言いながらも、恵瓊の表情には、こちらが合力を断るはずなどないという自信が窺えた。たった七百ほどの手勢しかいない島津など、いざとなれば簡単に踏み潰せる。そう考えているのだろう。腹立たしいが、事実ではある。

「旗幟を鮮明にとは、具体的に何をせよと？」

「まずは、上杉殿に書状を認《したた》めていただきたい。島津は毛利、石田らとともに、専横極まる徳川内府を討つと」

家康の大軍を単独で迎え撃つ景勝に、三成らが起《た》ったことを報せて激励するということだろう。上杉家とはほとんど付き合いがないが、島津までが挙兵に加わったとなれば、上杉の士気は大いに高まる。

束の間思案し、惟新は承諾した。家康が勝ったとしても、書状だけならば弁解の余地はある。

「ところで、惟新殿は内府から、伏見城の留守居役を託されておるとか」

「さよう」

「そこで、一つ提案がござる。内府に味方すると称して、惟新殿には伏見城へ入っていただきたい。その後に……」

「待たれよ、安国寺殿」

内心の怒りを押し殺し、惟新は遮った。

恵瓊の言わんとすることは、すぐに察せられた。味方のふりをして城へ入り、三成らが城を囲んだところで内応しろというのだ。

「それがし、これまで幾多の戦をくぐり抜けてまいったが、一度たりとも裏切りを行ったことはござらん」

「これはあくまで軍略であって、裏切りとは申しますまい。伏見城は、亡き太閤殿下が縄張りいたした天下の名城。正面から攻めては犠牲が大きすぎましょう」

「卑劣な行いには変わりあるまい。さような真似は、島津の名が許さぬ」

「されど、貴殿の手勢はわずか七百。たったそれだけでは、戦場でのお働きには差し障りがござろう。労せずして大手柄を挙げる、またとない機会と存ずるが」

「気遣いは無用。老いたりとはいえ、この島津惟新、武人の矜持《きょうじ》まで捨ててはおらぬ」

気魄《きはく》を込めて見据えると、恵瓊はわずかに怯《ひる》みをみせた。

「これは拙僧としたことが、つまらぬことを申し上げたようじゃ。お忘れくだされ」

取り繕うように笑い、恵瓊は置かれた碗に手を伸ばす。

「それはそうと、この伏見が近く戦場になるのは間違いござらん。そうなれば、この屋敷も危のうござる。そこで、こちらにおられる女房衆《にょうぼうしゅう》を、安全な大坂城内へ移されてはいかがかな？」

「女房衆を？」

人質、ということだった。この伏見島津屋敷には、亀寿《かめじゅ》の他、惟新の正室の苗《なえ》、亡き家久の長女で豊久の姉に当たる綾《あや》もいる。

「上方に滞在する諸侯の妻子は、この数日のうちに大坂城へ入ることとなっております。島津殿も、是非そうなされますよう」

「しかし、大坂西ノ丸には徳川内府の留守居役がおりましょう」

「なんの。わずかばかりの留守居役など、すぐに追い出せまする。戦にもなりますまい」

惟新は内心で舌打ちした。亀寿を大坂城内に取り込まれれば、こちらは完全に身動きが取れなくなる。

亀寿は龍伯最愛の娘にして次期当主の正室であり、家中では〝御上様《おかみさま》〟と尊称されるほど、家中において格別な地位にあった。さらには、当主の証と見做《みな》される御重物の一部を今も所持しているのだ。

亀寿と御重物を押さえれば、島津を味方に引き入れられる。恵瓊にそう入れ知恵したのは、島津の内情に詳しい三成だろう。

恵瓊は先刻の動揺が嘘のように、勝ち誇った微笑を浮かべている。

「では、上杉殿への書状と、女房衆の件、よしなにお願いいたします」

そう言って、恵瓊は足早に屋敷を後にした。たった七百の兵しかいない島津に、これ以上かける時はないのだろう。

その夜、惟新は上杉景勝宛ての書状を認めた。惟新が三成の味方となったこと、それについて安国寺恵瓊と話し合ったことなどを告げるだけの、中身が薄く要領も得ない文面である。

それよりも、問題は女房衆をどうするかだった。

女房衆にもしものことがあれば、龍伯に合わせる顔がない。惟新は家中での立場を完全に失い、忠恒の後継も白紙となるだろう。そして何より、他人の戦で妻を死なせることなど、到底肯《がえん》ずることはできない。

妻や姪たちを守るため、己はどうするべきか。惟新は思案し続けた。

二

伏見城大手門には、早くも張り詰めた気が満ちていた。

七月十七日、日はすでに落ちている。門前には篝火《かがりび》が焚かれ、数人の武装した守兵が往来に目を光らせていた。

この日、安芸の毛利輝元が大軍を率い、大坂へ入ったという報せが届いた。輝元は大坂城西ノ丸の留守居を務める徳川家臣を追い出し、城を制圧したという。いつしか、上方の毛利、石田方を西軍、対する徳川方は東軍と称されるようになっていた。

西軍は大坂を完全に押さえると同時に輝元、宇喜多秀家の両大老と長束正家、増田長盛《ましたながもり》、前田玄以《げんい》の三奉行が連名で記した「内府違ひの条々」が、全国の諸大名に向けて発された。家康の非を十三ヶ条にわたって数え上げた檄文《げきぶん》である。

開戦の時は近い。これ以上無為に時を過ごすことはできなかった。

伏見城内から立ち上る闘気を、惟新はひしひしと感じた。三成らの挙兵がはっきりとした今、この城はいつ攻められてもおかしくはない。恐らく、城壁の向こうにも弓鉄砲を携えた兵が待機しているのだろう。

「何処《いずこ》のご家中か」

新納旅庵の他、数名の供を連れただけの惟新に、守兵の一人が鋭い声を飛ばす。

「薩摩侍従、島津惟新である。鳥居彦右衛門尉《ひこえもんのじょう》殿にお取次ぎ願いたい」

「承知いたした。しばし待たれよ」

それから小半刻《こはんとき》（約三十分）ほども待たされたが、門扉は開かない。平素は温厚な旅庵も、苛立ちを見せはじめている。

兵を引き連れてこなかったのは、不慮の衝突を避けるためだった。だが、城門を固める徳川兵たちは、露骨なまでに敵意を漂わせている。

自身は伏見城へ入り、女房衆は警固の兵をつけて江戸へ落ち延びさせる。それが、惟新の出した結論だった。伏見より西は三成方が押さえているため、薩摩へ逃がすことは難しい。東軍の勢力圏で伏見よりも安全な場所といえば、江戸以外にはなかった。

惟新の軍勢は整わず、伏見城の徳川勢も寡兵だ。城へ入ったところで、勝ち目はほとんどないだろう。だが、徳川に与した上で女房衆を守るには、他に手立てがない。

落城が必至となった場合は、自分は時を稼いだ上で、城を枕に討死すればいい。当主の弟である惟新が一命を捧げれば、家康も戦後、島津を無下に扱うことはないだろう。もしも三成が勝ったとしても、惟新が独断で動いたことにすればいい。

やがて、楼門の上に人影が現れた。

「伏見城番、鳥居彦右衛門尉にござる。島津殿には、いかなるご用件か」

鳥居元忠の、戦場嗄《が》れした濁声《だみごえ》が響いた。門外で待たせた挙句、楼門から見下ろす。これほど無礼な対応はなかった。何か言いかける旅庵を手で制し、惟新は声を張り上げる。

「島津惟新、徳川内府殿との約により、留守居役として入城いたす。城門を開かれよ」

「そのような話は聞いておらん。開門はお断りいたす」

束の間、惟新は耳を疑った。

「何を申される。それがしは、内府殿としかと約束いたしたのだ。城番たる貴殿が聞いておらぬはずがあるまい」

「聞いておらぬものは、聞いておらぬとしか申しようがない。それとも、主との約を記した書付か何かをお持ちか。それが無いのであれば、門を開くことはできぬ」

「待たれよ」

耐えきれず、旅庵が口を開いた。

「鳥居殿はそれがしに、城に入るのであれば、軍勢を整えてからにされよと申されたではないか。あれはほんの半月前。お忘れになったか」

「それがまことであったとして、軍勢が揃っておるようには見えんな。軍役通り、四千三百の兵を集められたのか」

「それは」

「ならば、いずれにしても城へ入れるわけにはまいらぬ」

愚直な三河武士の典型と言われる元忠が、独断で惟新の入城を拒むとは考え難い。だが、家康が島津の合力を拒む理由があるとも思えなかった。

しばらく、旅庵と元忠の間で不毛な押し問答が続いた。

「もうよい」

旅庵を制し、惟新は元忠を見上げた。篝火に照らされた元忠の目が、真っ直ぐにこちらを見返してくる。

「鳥居殿。この城を枕に、散るおつもりか」

「もはや、話すことはござらん。早々に立ち去られよ」

静かに言うと、元忠は右手を掲げ、前に振り下ろした。

直後、城壁の向こうで筒音が響いた。惟新の二、三間（約三・六メートル～五・五メートル）前方に、いくつかの土煙が上がる。

「おのれ……」

「よせ」

激昂《げきこう》する家臣たちを制して、惟新は踵《きびす》を返した。


入城を断られた上は、採るべき道は一つしかなかった。

「ただ今この時をもって、わしは西軍に与する」

屋敷に戻ると、惟新は主立った者たちを集めて告げた。

「国許の兄上は、徳川へ与せよと仰せであった。されど事ここにいたった以上、亀寿様らをお守りするには他に手立てがない。だが、どう申し開こうと、龍伯様の命に背くことには変わりあるまい。これを不服とする者は、遠慮なく江戸へ奔《はし》り、内府に味方するがよい」

すでに全員が、伏見城での顚末《てんまつ》を知っている。反論する者はいなかった。

「豊久。そなたは我が家来にはあらず。れっきとした大名じゃ。己の信ずる道を進むがよい」

「では、伯父上に従いまする」

何の迷いも見せず、豊久は即答した。

「父を喪《うしな》い、十九歳で領主となった私を、武庫《むこ》伯父上は支え、導いてくださりました。今の私と佐土原島津家があるのは、伯父上のおかげです。その恩を返す時が、今を置いて他にあるでしょうか」

「だが、そなたの決断一つで一族郎党の命が失われ、佐土原島津家が絶えるやもしれん」

「それは、東軍に与したとしても同じことでしょう。要は、勝てばよいのです」

豊久は惟新を見つめ、微笑を浮かべた。

「そなた、言うことが中書《ちゅうしょ》に似てきたな」

「父ほどの軍才はございませんが」

「謙遜《けんそん》いたすな。そなたの加勢は、千人の軍勢にも勝る」

「ありがたきお言葉にございます」

後は、今後の立ち回り方だった。

西軍による伏見城攻めは、明日にでもはじまるかもしれない。まずは、女房衆を比較的安全な大坂城へ移すことだ。

その後の展開は、読みきれないものがある。毛利の大軍を加えた西軍は十万を超えるだろうが、東軍の兵力も同程度だろう。ただし、家康は北に上杉という大敵を抱えている。まずは上杉を叩くのか、それとも反転して西軍の討伐に向かうのか。

恐らく、家康は後者を選ぶ。三成を倒さない限り、豊臣公儀に弓引く逆賊という烙印《らくいん》は消えないのだ。

「国を二分する、長い戦となろう。各々、心を引き締めてかかれ」

その夜遅くになって、大坂から厭《いや》な報せが届いた。細川忠興《ほそかわただおき》の正室ガラシャが死んだという報せである。

「何ゆえ、そのようなことになるのだ」

一報を届けにきた大坂屋敷の留守居役に、惟新は訊ねた。

聞けば、石田方は在坂の諸侯に人質を大坂城内へ入れるよう求めたが、ガラシャはそれを拒んだため、細川屋敷を軍勢で取り囲んだ。ガラシャは切支丹《キリシタン》であったため自害はできず、警固役の家臣に己の胸を突かせたらしい。残された家臣は屋敷に火を放ち、自害して果てたという。細川忠興は幽斎《ゆうさい》の嫡男で、反石田派の急先鋒でもある。

「人質を死なせるとは、とんだ不手際だな」

一抹の不安がよぎったが、今さら東軍に与することはできない。女房衆は、大坂城内へ移すしかなかった。

「女房衆を広間へ。それと、豊久も呼べ」

もはや、猶予はない。惟新は広間に集まった女房衆に切り出した。女たちは亀寿、苗、綾とそれぞれの下女で、総勢十名ほどだ。

「方々には、明朝この屋敷を発ち、大坂へ移っていただく。身の回りの品をまとめられよ」

あらかじめ覚悟はしていたのだろう、女たちに動揺は見られない。それでも夜中の急な出立とあって、不安の色は隠せずにいる。

「宰相《さいしょう》」

惟新は正室の苗に呼びかけた。苗は、家中では宰相殿と尊称されている。

「そなたはしかと、御上様をお守りいたせ。片時もお側を離れるでないぞ」

「はい、承知いたしております」

五十を過ぎても毅然《きぜん》と答える苗を、惟新は誇りに思う。人質としての上方暮らしが長いが、足腰もほとんど弱ってはいない。

「武庫叔父上」

それまで黙っていた亀寿が、はじめて口を開いた。

「一つだけ、お訊ねしておきたいことがございます」

「何なりと」

「叔父上は以前、島津家は徳川内府殿に与すると仰せになられました。それがここへきて西軍へ鞍替えいたすは、国許の父の意向に背くということではありませんか？」

「さにあらず。我らが伏見入城を拒否いたすはすなわち、徳川が島津の合力を拒んだということ。こうなった以上、御上様をお守りするためにも、西軍へ付くより他ございません。龍伯様がそれがしの立場でも、同じ決断を下すでしょう」

「さようにございますか。承知いたしました」

亀寿は目を細め、微笑した。忠恒はその容貌《ようぼう》をひどく嫌っているようだが、大きな瞳とよく通った鼻筋は、三十歳になった今でもなかなかに愛嬌がある。亡き秀吉がその美貌を称賛したという噂話も、惟新の耳には届いていた。

「叔父上が父に背くなどあるはずがないとは思いながら、不躾《ぶしつけ》にも問うてしまいました。お許しください」

「頭をお上げくだされ。この惟新、必ずや西軍を勝たせ、御上様を無事に薩摩へお連れいたすと約束いたしまする」

人質として故郷を遠く離れ、仲睦《むつ》まじかった久保《ひさやす》とは死に別れた挙句、継夫の忠恒には疎まれている。だが、亀寿はそんな境遇を感じさせることなく、気丈に振る舞っていた。叔父として、義父として、この女人は何としても守らなければならない。

「大坂までの警固役には、豊久を付けまする」

部屋の隅に控えていた豊久が、頭を下げた。

「御上様に万一のことあらば、そなたには腹を切ってもらわねばならん。その覚悟で、しかと事に当たれ」

「無論、承知の上」

豊久の表情は、いつになく気負って見えた。それを見つめる亀寿にも、かすかな緊張が窺える。

「豊久殿、お願いいたします」

「はっ。この豊久、命に代えても御上様をお守りいたす所存にございます」

豊久は亀寿より一つだけ年長で、二人は童の頃から親しくしていた。庭を駆け回って遊ぶ幼い二人の姿を、惟新は今でもよく覚えている。

男女の機微に疎い惟新も、二人の間に何かしら格別な情があったことは、薄々ながら感じていた。口にしたことはないが、豊久と亀寿の縁組を望んだことさえある。豊久ならば、器量にも申し分ない。島津家当主としても、十分にやっていけるはずだ。

だが、龍伯が亀寿の夫に選んだのは、皮肉にも惟新の嫡男である久保だった。

亀寿個人の幸福を考えれば、再嫁の相手は忠恒ではなく、豊久の方がよかったのかもしれない。

しかし、それを決めたのは惟新でも龍伯でもなく、豊臣公儀である。それに、豊久はすでに、一門の重鎮である島津忠長《ただたけ》の娘を正室に迎えていた。

いや、今はそのことはいい。この大乱の展開次第では、島津家そのものが消えてなくなるかもしれないのだ。

「話は以上にござる。今宵のうちに、荷作りを終えられますよう」

惟新は腰を上げ、妻の顔を見つめた。

明日の朝が、今生の別れとなるかもしれない。惟新はこれまで五十を超える戦に出てきたが、次も生きて戻れるとは限らない。

しかし、それは武人の常だった。苗もとうに覚悟できているのだろう、不安を表情に出すことなく、小さな頷きを返した。

三

淀川《よどがわ》を下る船からは、岸辺の街道を進む大軍の姿がはっきりと見えていた。掲げる旗は様々だ。毛利に吉川《きっかわ》、小西、大谷といった西軍主力の他、土佐《とさ》の長宗我部《ちょうそかべ》や肥前《ひぜん》の鍋島《なべしま》の旗印まで見える。数は、四万近くにも上るだろう。

川を渡る風を浴びながら、豊久はじっと亀寿の後ろ姿を見つめていた。その亀寿は、船縁《ふなべり》に手をつき、岸辺を進む軍勢をじっと眺めている。

身の安全が保証されているとはいえ、西軍にとって亀寿は、人質以外の何者でもない。夫に先立たれ、継夫には疎まれ、故郷から遠く離れた場所で人質としてたらい回しにされる。その境涯に思いを馳せ、豊久は胸が締めつけられるような痛みを覚えた。

物心つく前から、亀寿とは鹿児島内城《うちじょう》で幾度も顔を合わせていた。父に連れられて内城に出向いた時には、久保も交えた三人で、泥だらけになるまで遊んだものだ。

大きな目のせいで醜女《しこめ》と陰口を叩く者もいたが、豊久はそれが醜《みにく》いと、一度も思ったことがない。むしろ、その目の中の黒い瞳に見つめられると、なぜだか気恥ずかしくなり、そわそわと落ち着かない気分になったものだ。

だが長じるにつれて、亀寿が他の女子とはまるで違う立場にあることが理解できてきた。亀寿の夫になるということはすなわち、島津宗家の当主となることなのだ。自分は、龍伯の末弟の子にすぎず、宗家を継ぐ資格などない。そして家中では、惟新の嫡男である久保こそ、龍伯の跡継ぎに相応《ふさわ》しいと見られている。豊久は己の想いを、胸の奥底にしまっておくことしかできなかった。

当主の娘とは思えない屈託のなさと、誰とでも分け隔てなく接する闊達《かったつ》さを持つ亀寿は、成長するに従って、姫君に相応しい威厳と聡明さまで身に付けていった。龍伯からは島津家伝来の御重物の一部を譲られ、名目上では島津家惣領《そうりょう》と言っていいほどの地位にまでなっている。

そして、龍伯は家中の声に応えるように、亀寿を久保の正室とした。これでいい。これで、宗家の後継問題も丸く収まる。己にそう言い聞かせた豊久は、周囲に勧められるまま、島津忠長の娘・志津《しづ》を正室に迎えた。

だが、亀寿は年々孤独になっていった。久保は朝鮮の陣中で不可解な死を遂げ、忠恒にはひどく疎んじられている。亀寿の再嫁は今から六年前だが、噂では、忠恒とはただの一度も同衾《どうきん》していないという。

「やはり、戦になるのですね」

憂いを含んだ亀寿の呟きに、豊久は「はい」と応じた。

「今日のうちにも、西軍は伏見の城を囲みましょう。ゆえに、伯父上は急がれたのです」

「伏見は、美しい町です」

街道の軍勢に目を向けたまま、亀寿が言った。

「往来は多くの人が行き交い、商いも盛んで、店棚にはたくさんの珍しい品々が並んでいました。でも、戦になれば家が焼かれ、商いもできなくなる。巻き込まれて命を落とす人も、いるかもしれない」

「それが、戦です。悲しいことですが」

亀寿は船縁から手を離し、こちらへ向き直る。

「朝鮮の惨禍《さんか》は、想像もつかないほどのものだったと聞きます。あれほどの大戦が終わったばかりだというのに、まだ戦い足りないのですか？」

真っ直ぐに問われ、豊久は思わず視線を逸《そ》らした。

脳裏に、朝鮮の戦で目にした惨状が浮かんでは消えていく。積み上げられた、耳や鼻のない骸《むくろ》の山。襤褸《ぼろ》をまとい、瘦《や》せ細った体で往来に座り込む虚《うつ》ろな目をした童たち。あの戦が何のために行われたのか、豊久は今もわからないままだ。

「どちらが勝っても、戦場では多くの人が死ぬ。勝者は敗者に付いた家の多くを取り潰すのでしょう。違いますか？」

「恐らく、そういうことになるでしょう」

「戦が終わっても、禄《ろく》を失った者は巷《ちまた》に溢れる。その者たちは、勝者を憎み、奪われたものを取り戻すための新たな戦を望む。これでは、堂々巡りではありませんか」

「それは……」

「政を誰が執るかなど、皆で話し合って決めればよいではありませんか。戦など、国と民を疲れさせるだけです。徳川内府も石田治部も、それがわからないような御方ではないでしょう」

それは、女の理屈だった。だが、この国を治めているのは武士だ。すべては、武士の理屈で動いている。

「話し合いではすまぬゆえ、戦をせねばならないのです。天下を治めるには、最も強い者が全国の武士を力で従わせるしかない。それが豊臣なのか徳川なのか、決めるには戦場で雌雄を決する他ないのです」

言いながら、豊久は自身の言葉が上滑りしているように思えた。

本当は、武士がなぜ戦をするのかなど考えたこともない。これまでも、ただ当たり前のこととして、誰かに命じられるまま戦ってきた。そのことを、疑問に思ったことさえない。

この国に生きる者は、女も子供も、商人も百姓も、すべて武士の理屈に付き合わされている。そして目の前の亀寿こそ、そんな武士の理屈に生涯を翻弄《ほんろう》された一人に他ならない。

かすかな後ろ暗さを覚える豊久に、亀寿はさらに問いを重ねた。

「本当に、それだけなのでしょうか」

「それは、いかなる意味にございましょうや」

「何かしらの理屈をつけながら、ただ戦いたいだけではないのか。祭に浮かれる童のように、心の底ではこの大乱を愉《たの》しんではいないか。そんなふうに、わたくしの目には見えてしまうのです。徳川内府も石田治部も、そして武庫叔父上と豊久殿も」

「伯父上とそれがしも、にございますか」

亀寿は小さく頷く。

「天下を二分するほどの大戦。そこで己の力を試したい。天下に己が名を挙げたい。そう思うのが武人の性《さが》なのかもしれません。ですが豊久殿、あなただけは……」

亀寿の強い双眸《そうぼう》が、豊久に注がれる。

「あなただけは、その性をお捨てください。名を捨ててでも、生きて大坂へ。そして、わたくしとともに、薩摩へ帰りましょう」

「御上様……」

戦場では何があるかわからない。命を取るか、名を取るかの選択を迫られる時もくるだろう。だが、そこで名を捨てて命を惜しむことは、武士として生まれた者にはできない相談だ。

豊久は亀寿の真摯《しんし》な眼差しから、逃げるように目を背けた。


女房衆を無事大坂城へ送り届けると、豊久は休むことなく馬に跨り、伏見へ向かった。船で淀川を遡上《そじょう》するよりも、馬を飛ばした方が早い。

伏見の空に、幾筋もの黒煙が立ち上っている。寄せ手か城方かはわからないが、城下の屋敷に火をかけたのだろう。惟新は、城を囲む軍勢に加わっているはずだ。

ようやく伏見に辿り着いた頃には、すでに夜も更けていた。四年前の大地震で灰塵《かいじん》に帰した伏見の町は、再び焼け野原と化している。亀寿の言葉が脳裏をよぎったが、すぐに振り払った。

城の周囲には四万近い大軍が陣を構え、煌々《こうこう》と篝火を焚いている。島津の陣所を訪ね、惟新に復命した。

「御上様以下女房衆、大坂城まで送り届け申した」

「うむ」

「して、城攻めの方は」

「今日はそれぞれの持ち場を定め、鉄砲を撃ちかけて探りを入れただけだ。本格的な戦は、明朝からということになる」

　なけなしの銭をやりくりして建てた屋敷を焼かれたせいか、惟新の表情は冴えない。だが、理由はそれだけではないだろう。

　島津の陣は、城の南西に置かれていた。目の前には広大な堀があり、城攻めには参加しづらい位置である。寡兵ゆえ、蚊帳の外に置かれている格好だった。

「それがしの見る限り、寄せ手の士気はあまり振るってはおらぬようですが」

　思ったままを口にすると、惟新は頷いた。

「それも致し方あるまい。味方の多くは、徳川に味方するつもりで大坂へ集まったところを、三成に人質を取られてやむなく西軍に付いたのだ。しかも、その三成も、名目上の総大将たる毛利輝元も、ここにはおらん」

　三成は美濃進出の準備のため居城の近江佐和山《さわやま》にあり、輝元も大坂から動いてはいない。伏見攻めの大将は、宇喜多秀家である。だが、その秀家さえも出陣が遅れ、いまだ伏見に現れていない。

「しかし、伏見の守兵は二千足らず。対する味方は四万。伏見城がいかに堅固でも、十日と持ちこたえられますまい」

「ならばよいのだが」

　翌朝からの攻撃は、いかにも低調だった。

　寄せ手は盛んに矢玉を撃ちかけるものの、それ以上の攻勢には出ようとしない。誰もが、自軍から犠牲を出すのを避けたがっているのだ。

二十五日になって、ようやく宇喜多秀家が到着した。去就に迷っていた小早川秀秋《こばやかわひであき》とその麾下《きか》の軍勢を伴ってきたため、さらに三万余りの兵力が加わることになる。

秀家らが到着したその日のうちに、改めて軍議が開かれた。形としては独立した大名である豊久も、末席に連なっている。

「方々、喜ばれよ。金吾《きんご》がようやく我らの義挙に加わる決心を固めてくれたのだ」

集まった諸将に向け、秀家が言った。金吾は、小早川秀秋の通称である。

「金吾は、この中でそれがしに次いで多勢の一万五千を率いておる。そこで、この伏見攻めの副将は金吾に任せたいと思う」

秀家の言葉を受け、秀秋は一同に頭を下げた。

この十九歳になる筑前名島《ちくぜんなじま》五十二万石の大名について、あまりいい噂は聞かなかった。所作には落ち着きがなく、大名らしい威厳はない。線が細く下膨れの顔立ちも、武士というより、位の高い公達《きんだち》といった方がしっくりくる。

とはいえ、血統は折り紙付きだった。秀吉の甥《おい》に当たり、毛利の有力支族である小早川家を相続している。慶長の役では総大将を務めたものの、蔚山《うるさん》の戦いで自ら陣頭に立って槍を振るった軽率さを咎められ、一時所領を召し上げられていた。

その後、家康の取り成しで旧領を回復したため、今回の大乱では東軍に付くのではないかと見られていた。実際、秀秋は鳥居元忠に伏見入城を打診したものの拒まれたという噂もある。

「我らが加わった上は、もはや城は落ちたも同然。速やかに鳥居元忠めの首級《しるし》を挙げ、皆で江戸まで攻め下ろうではないか」

二十九歳になる宇喜多秀家は、戦えることが嬉しくて仕方ないといった面持ちだった。秀家は数多くいる秀吉の猶子の中でも、最も愛されていたという。それだけ豊臣家への忠義が篤く、豊臣の天下を守ろうという思いも強いのだろう。加えて、宇喜多家では秀吉の死後、家臣間の諍《いさか》いから内乱騒ぎが起こっていた。その裏で糸を引いていたのは家康だという風聞もある。

だが、諸侯が秀家の戦意に応えることはなかった。それから数日の間、寄せ手は相変わらず遠方から矢玉を撃ちかけるだけに終始した。城の東面を受け持つ宇喜多隊は業を煮やしたように遮二無二《しゃにむに》攻めかかるが、徳川勢の猛反撃を受けて攻撃は失敗している。

「これは、存外に長引くやもしれませんな」

陣所から伏見城の天守を睨みながら、豊久は隣の惟新に向かって言った。

「緒戦で手こずれば、味方の勢いは弱まり、内府に上方へ引き返す時を与えることになりましょう。幸先が悪うございますな」

「まったくだ」

戦陣にあるにもかかわらず、伯父の声は珍しく冷めている。

今のところ、島津隊七百はほとんど戦に加わっていない。陣所の位置が悪いこともあるが、参戦を求められることすらないのだ。七万の大軍の中では、七百などいてもいなくても同じようなものだった。

石田三成が寄せ手の本陣を訪れたのは、二十九日のことだった。

「さすがは太閤殿下の遺された天下の名城にござるな」

諸将の居並ぶ本陣で、三成が言った。

無論、皮肉である。どれほどの名城であろうと、これだけの兵力差で落とせないはずがない。

「それにしても、方々は少しばかり悠長に構えすぎてはおられぬかな。いや、本気で戦ってもなお落とせぬと申されるのならば、致し方あるまいが。方々の武辺を見誤った、それがしの不明にござる」

淡々と皮肉を並べる三成に、諸将の顔色が変わった。これまでろくな槍働きもない三成に、己の武辺を傷つけられる。それは、戦場で生きる武人にとっては死活問題だった。

総攻めは、その日のうちに開始された。数万の将兵が発する喊声《かんせい》が耳を聾《ろう》し、足音が地を揺さぶる。

「なかなか大した男だな、石田治部は」

後方から城攻めの様子を見つめながら、惟新が呟いた。

「治部が、にございますか」

「言葉だけで、諸将の戦意を引き出したのだ。しかも、自身への敵愾心《てきがいしん》を利用してな。誰にでもできる芸当ではない」

確かに、これまでの緩い攻めが嘘のようだった。諸隊は犠牲を顧みず、城へ向けて吶喊《とっかん》していく。目の前の味方が倒れてもその背を踏み越え、石垣に取りついて這い上がっていく。将の戦意が、末端の兵にまで伝播《でんぱ》しているのだ。

翌七月晦日《みそか》も、寄せ手の攻勢は緩まない。しかし、徳川勢の奮戦ぶりも見事だった。こちらの戦意の高まりに呼応するように、抵抗はより激しく、熾烈《しれつ》なものになっている。いまだ城門は一つも破れず、味方の犠牲だけが増えていく。

膠着《こうちゃく》しかけた戦況が大きく動いたのは、その日の深更過ぎだった。

不意に凄まじい轟音が鳴り響いたかと思うと、松の丸から火の手が上がっていた。

「寝返りだ。城方に内応者が出たぞ！」

三日に及ぶ総攻めで疲弊した体に鞭打《むちう》ち、寄せ手は一斉に城へ押し寄せた。その間にも、火の手は隣の名古屋丸《なごやまる》へと燃え広がっている。

「伯父上、我らも続きましょう」

惟新が頷くと、豊久は槍を手に駆け出した。

数日前に行われた陣替えで、島津勢は北東に配置されていた。門扉は、味方の手ですでに打ち破られ、戦場は城内へと移っている。

麾下を率い、先頭に立って走る。味方を掻き分け、倒れた門扉を踏み越えた。方々で乱戦になっていた。火の手が広がり、敵味方の姿ははっきりと見て取れる。

血の昂ぶりを感じた。敵は名だたる三河兵。相手に不足はない。島津の強兵ぶりを天下に示すには、またとない機会だ。

「佐土原城主、島津中務大輔豊久」

名乗りを上げる。島津の旗印を目にした敵が、明らかに怯んだ。豊久は雄叫びを上げ、乱戦の中へ飛び込む。立ち塞がった敵兵の喉を抉《えぐ》り、引き抜きざまに柄で別の敵の足を払う。倒れた敵に麾下の兵が飛びかかり、首級を挙げた。

血の臭い。戦場の喧噪。死が近づくほど、生の実感は強くなる。

「松の丸はよい。三の丸へ向かえ！」

惟新の下知が響いた。松の丸は、すでに炎に包まれている。島津勢はそのまま、南西の三の丸を目指した。敵は城壁の鉄砲狭間《てっぽうざま》から、盛んに矢玉を撃ちかけてくる。

「丸太を出せ。鉄砲、前へ！」

十数名が抱えた丸太が、門扉へと向かっていく。鉄砲衆が竹束に身を隠しながら、それを援護した。敵の銃撃は激しい。豊久の近くでも、敵の玉を受けて倒れる者が出ている。有川五兵衛《ありかわごへえ》、若松藤蔵《わかまつとうぞう》が即死し、胸に致命傷を負った山下喜六《やましたきろく》は自害して果てた。

やがて、派手な音を立てて門扉が倒れた。それを見た他家の兵も、三の丸に殺到している。

「遅れるな。三の丸は、我ら島津が獲物ぞ！」

腹の底から叫び、豊久は他家の兵を薙ぎ払うように前へ出た。群がる敵兵を突き伏せながら、三の丸の主殿を目指す。

戦いながら、豊久は眉を顰《ひそ》めた。城壁を挟んでの戦いでは敵は奮戦していたが、打ち物を取っての白兵戦ではそれほどの強さを感じない。

それもそのはずだった。敵は、老兵が中心なのだ。若い兵も、それほどの腕を持つ者はいない。

「おのれ、内府」

家康ははじめから、この城を弱兵ばかりに守らせていたのだ。島津が入城しようとしまいと、伏見城は捨てるつもりだったということか。

やがて、主殿から火の手が上がった。主将の松平家忠は深手を受け、自害して果てたという。

その後も、城方は半日以上も持ちこたえた。本丸にいたる橋を落とし、石垣に取りつく寄せ手に岩や煮えたぎった油を浴びせ、最後の抵抗を続ける。しかし、衆寡敵せず未《ひつじ》の刻《こく》（午後二時頃）には本丸が陥落、ついに伏見城は落城した。鳥居元忠は奮戦の末に討死、千八百の城兵もほとんどが討ち取られている。だが、島津勢も二十二人の討死を出していた。

残敵の掃討が終わった頃には、秀吉が築き上げた壮麗な城は、灰塵に帰していた。京の都に勝るとも劣らなかった町並みも、一面の焼け野原と化している。

「松の丸に火を放ったのは、甲賀衆《こうがしゅう》だったそうだ」

戦場の後始末に追われながら、惟新が言った。

伏見には徳川勢の他、甲賀衆も入城していた。そこで、甲賀を領する長束正家がその者たちの妻子を人質に取り、内応しなければ妻子を殺すという旨の密書を城内に投げ込んだのだ。

「恐らくは、三成の指図であろうな」

惟新の口ぶりは不快げだった。調略も戦のうちとはいえ、妻子を人質に取って内通を促すというやり方は、あまり褒められたものではない。

とはいえ、これで西軍は上方をほぼ制した。伊勢《いせ》と丹後《たんご》にも、西軍の別働隊が向かっている。家康が今どこにいるのか定かではないが、尻に火がついた格好だった。

「でき得ることなら、内府とは調略抜きでやり合ってみたいものよ」

ふと、亀寿の言葉が脳裏に蘇った。戦を愉しんでいる。伏見城内に攻め入った時、豊久は確かに血の昂ぶりを感じていた。

首を振り、豊久は亀寿の面影を追い払った。

今は、女子のことなどどうでもいい。愉しんでいようといまいと、戦って西軍を勝たせなければ、島津の家に未来はないのだ。

四

南国薩摩にも、ようやく秋の兆しが見えはじめていた。

照り付ける日射しは弱まり、錦江湾《きんこうわん》からの風にもいくぶんかの涼やかさが感じられる。

だが、忠恒はこの半月ほど、苛立ちの只中《ただなか》にあった。

あろうことか、父が西軍に与したという。理由が何であれ、父は明らかに龍伯の命に背いたのだ。

「まったく、愚かなことをしてくれた」

鹿児島内城の奥の居室で、忠恒は吐き棄てた。

東軍と西軍、いずれの勝ちに終わろうと、島津家が生き残りさえすれば、忠恒にとってはどちらでもよかった。

それよりも問題は、自分の家督継承だった。父が龍伯の不興を買えば、庄内の乱鎮圧に手こずった自分の立場は、今よりさらに弱まるのだ。

しかも父は、龍伯の命に背いておきながら、国許にしつこく兵の増援を要請していた。その書状は泣き言だらけで、これが本当にあの鬼島津と呼ばれ恐れられた将なのかと疑わしいほどだ。

その要請に対して、龍伯は徹底して黙殺を貫いている。ゆえに、惟新の手勢は豊久の佐土原勢を加えても七百程度だった。この寡兵では、父といえどもさしたる働きはできないだろう。

いっそ、三成ともども死んではくれまいか。そんな思いさえ、脳裏に浮かぶ。そうなれば、西軍加担は惟新の独断であると申し開きできる。

しかし、西軍が勝利することも十分に考えられた。その場合、何ゆえ国許から兵を送らなかったのかという責めを受けることになるだろう。それはそれで、面倒なことだった。

いずれにせよ、薩摩はあまりに遠国だった。上方で何かあっても、報せが届くのは十日以上も後だ。自分ではどうにもできないもどかしさが、さらに忠恒を苛立たせる。

惟新が西軍に付いてしまった以上、西軍の勝利を願うしかなかった。徳川が倒れてしまえば、すべては丸く収まる。そして、家中における惟新と龍伯の力関係も逆転するだろう。

だが、父の手勢はあまりに少ない。やはり、薩摩から増援を送るべきなのだ。

立ち上がり、近習《きんじゅう》に声をかけた。

「富隈《とみのくま》へ行く。供をせよ」

先触れを出すと、忠恒は船で錦江湾を渡った。

富隈は、城下の港町はよく整備されているものの、丘の上に建つ城は小規模で、大した備えもない。いざとなれば、落とすのは難しくないだろう。そんなことを考えながら、その日のうちに城へ入った。

「そなた自ら出向いてこようとはな」

現れた龍伯の顔から、やはり感情は窺えない。

「用向きは、おおよそ察しがつく。上方へ増援を送れと申すのであろう」

「御意。こうなった以上、西軍を勝たせるより他、島津が生き残る道はござらぬ。されど、わずか七百の手勢では」

「よかろう」

思いがけずあっさりと、龍伯は認めた。

「ただし、家を挙げての増援は出さぬ。あくまで、それぞれの判断で上方へ向かわせるのだ。人数も、五百までといたせ」

「しかし、それでは」

あまりに少ない。七百が千二百になったところで、戦況に影響を与えられるとは思えなかった。

「三千、いえ、せめて二千はお許しください。我が父ならば、それだけの軍勢でも、西軍を勝利に導くことができましょう」

「ならん。五百以上の増援は、断じて認めぬ。背く者は、誰であろうと処断いたす。よいな」

当年六十八の老人に、忠恒は気圧されそうになるのを感じた。龍伯がこれほど厳しい態度で家中に臨むのを、忠恒ははじめて見る。

「承知いたしました。直ちにその旨、家中へ触れまする」

退出しかけた忠恒は、足を止め、龍伯を振り返った。

「背く者は誰でも、と仰せになられましたが、その中には、それがしも含まれましょうや」

答えず、龍伯はさっさと行けと手を振る。

かっと頭に血が上りかけたが、辛うじて堪《こら》えた。この老人を斬ったところで、家督が手に入るわけではない。今は自重して、上方の形勢を見守るべきだった。

内城へ戻ると、早速触れを出した。

それからほんの数日のうちに、上方へ向かう者が相次いだ。惟新直臣の長寿院盛淳《ちょうじゅいんもりあつ》、伊勢貞成《いせさだなり》、老中山田有信《やまだありのぶ》の嫡男・有栄《ありなが》などが、それぞれの手勢を率いて薩摩を発った。他にも、中馬大蔵《ちゅうまんおおくら》をはじめとする小身の家臣たちが、ほとんど着の身着のままで飛び出していったという。

恐らく、上方へ向かった家臣は五百を超えているだろうが、忠恒は黙認した。龍伯が追及してきた時は知らぬ存ぜぬを決め込むつもりだったが、今のところそれもない。

八月も半ばを過ぎたある晩、忠恒は密かに一人の家臣を召し出した。

島津家重臣、川上忠兄《かわかみただよし》の郎党、柏木源藤《かしわぎげんとう》である。忠兄は上方の惟新のもとへ向かっているが、身分が低く小身の源藤は、その中に加えられていなかった。

忠恒は近習も遠ざけ、奥書院で源藤を引見した。

「ここへまいること、余人には知られておるまいな」

「は、はい」

上ずった声で、源藤が答えた。まだ二十歳をいくつも過ぎてはいないだろう。小柄で体つきも細く、腕が立つようにはとても見えない。緊張からか、その顔は蒼褪《あおざ》めている。

「そなた、元は猟師であったそうだな。鉄砲の腕は、相当なものと聞いた」

「いえ、そのような」

「謙遜いたすな。そなたに一つ、やってほしい役目がある。密命と心得よ」

源藤がごくりと唾を飲む。

「まずは、上方へ向かえ。忠兄には、御家のため、居ても立っても居られず国許を発ったと申し開けばよい。役目は、その後だ」

密命の内容を伝えると、源藤は顔を引き攣《つ》らせ、首を振った。

「そ、そのような重大なお役目は、それがしなどには……」

「そなた、老いた母と病の妻を抱えておるそうだな」

源藤の体が大きく震えた。

「そなたの禄では、薬も満足に買えまい。命を果たした暁には、十分な褒美を与えた上、我が直臣に召し抱えてやってもよいぞ。母と妻を、喜ばせてやれ。だが、断るとあらば、二人がどのような目に遭うかは……」

源藤は弾かれたように平伏し、額を畳に擦《こす》りつけた。

「か、柏木源藤、お役目、謹んで承りまする！」

「よかろう。改めて言うまでもないが、このこと、誰にも明かすでないぞ」

忠恒は、銀の粒が入った袋を源藤の前に投げた。

「これは、上方への路銀だ。余りそうならば、奥方に薬でも買ってやれ」

「ははっ、ありがたき幸せ！」

源藤が退出すると、忠恒は家臣の一人に跡をつけさせた。無論、監視のためだ。おかしな動きを見せれば、源藤と母、妻は不可解な死を遂げることになる。

東西のいずれが勝つにせよ、戦は激しいものとなるだろう。これ以上の機会はない。己の立場を盤石なものとするため、存分に利用させてもらうつもりだった。

第七章　関ケ原

一

「ついに来たか！」

その報《しら》せに、惟新《いしん》は思わず立ち上がった。

八月十九日、美濃垂井《みのたるい》の陣屋である。報告に現れた豊久《とよひさ》に、惟新は訊ねた。

「誰がまいった？」

「は、川上忠兄《かわかみただよし》、久智兄弟《ひさとも》の他、伊勢貞成《いせさだなり》、後醍院喜兵衛《ごだいいんきへえ》、相良長泰《さがらながやす》ら、およそ三百にございます」

「そうか、三百か」

覚えず、声に落胆が現れる。待ちに待った増援だが、やはり島津家を挙げての大軍というわけにはいかないのだろう。それでも、手勢が七百から一千まで増えたのは心強い。惟新は長旅に擦《す》り切れた将兵一人一人の手を取り、声をかけて労《ねぎら》った。

伏見城を落とした西軍は、三手に分かれ東進を開始していた。

北陸には大谷吉継《おおたによしつぐ》、平塚為広《ひらつかためひろ》、脇坂安治《わきさかやすはる》、丹羽長重《にわながしげ》らのおよそ八千。伊勢には毛利秀元《もうりひでもと》、吉川広家《きっかわひろいえ》、長宗我部盛親《ちょうそかべもりちか》ら三万余。そして美濃へは、三成、小西行長《こにしゆきなが》、織田秀信《おだひでのぶ》に島津勢等を加えた二万余。後方には宇喜多秀家《うきたひでいえ》、小早川秀秋《こばやかわひであき》、立花親成《たちばなちかなり》ら四万余が控え、大坂には総大将毛利《もうり》輝元《てるもと》の三万もいる。

北陸、伊勢、美濃の各方面の軍が、それぞれの担当する地域を制圧した後に美濃で合流し、東へ向かって進軍する。そして、会津の上杉、常陸《ひたち》の佐竹《さたけ》らと連携して江戸を攻め落とす。それが、挙兵当初の三成の策だった。

今のところ各方面の制圧は順調に進み、北陸では丹羽長重と東軍の前田利長《まえだとしなが》がぶつかり、前田軍を加賀へ敗走させるという大きな戦果も挙げている。

だが、それぞれの連携はどこかちぐはぐだった。毛利輝元は秀頼《ひでより》の警固を理由に大坂を動かず、伊勢への加勢を命じられた小早川秀秋にいたっては、病と称して近江高宮《おうみたかみや》にとどまったままだ。いざ決戦という時にどれだけの軍が揃うのか、大いに不安だった。

対する東軍は、下野小山《しもつけおやま》まで進んでいたものの、三成挙兵の報を受けて反転西上を開始、その先鋒は八月十四日、尾張《おわり》の清洲《きよす》城まで達している。福島正則《ふくしままさのり》、池田輝政《いけだてるまさ》、黒田長政《くろだながまさ》の他、家康に軍監として付けられた本多忠勝《ほんだただかつ》、井伊直政《いいなおまさ》といった面々で、その兵力は四万を超えるという。この時点で、関東へ攻め入って江戸を落とすという三成の策は破綻した。

八月二十日、惟新は軍議のため、三成のいる大垣《おおがき》城へ入った。中美濃に広がる平野を西北端から睨《にら》む位置にあり、織田秀信が城主を務める岐阜《ぎふ》城と並ぶ、美濃の要衝である。

「惟新殿か。ようまいられた」

豊久を伴って広間に入ると、さして歓迎するふうもなく、三成が言った。広間には小西行長、福《ふく》原長尭《はらながたか》、秋月種長《あきづきたねなが》といった諸将が居並んでいる。

「さて、方々も承知の通り、すでに東軍先鋒は清洲へ着陣いたしておる」

諸将を見回しながら、三成が言った。

「ゆえに、伊勢、北陸の軍に使いを立て、急ぎ美濃へまいるよう下知《げち》いたした。数日のうちには、十万の軍勢がこの大垣に集結することとなろう」

「して、その後はいかがなされるおつもりか」

訊ねた惟新に、三成は冷え冷えとした視線を向ける。一千にまで増えたとはいえ、三成が寡兵の島津勢を軽んじているのは明白だった。

「決まっておろう。岐阜と大垣に兵力を集中し、木曽川《きそがわ》を越えてくる東軍主力を迎え撃つ」

「お味方の軍勢が美濃に集結するまで、東軍が待ってくれると？」

「惟新殿は、何を仰せになられたいのかな？」

「清洲の敵は四万余。これに対し、我らは二万余の軍勢しかおらぬ。それがしならば、伊勢や北陸の味方が集結する前に木曽川を渡り、岐阜とこの大垣に攻め寄せるが」

惟新の懸念を、三成は一笑に付した。

「惟新殿。敵は去る十四日に清洲へ入って以来、まるで動きを見せておらぬ。それはつまり、敵が内府《だいふ》の到着を待っているという証ではないか」

「今日まで動かなかったから、明日も動かぬ。そのような憶測は、戦の場では通用しませんぞ」

「憶測で申しているわけではござらぬ。内府にとって、この戦は己が天下獲りへ向けた大勝負。戦後のことまで考えれば、豊臣恩顧の諸将の発言力を抑えるためにも、自身の采配《さいはい》で戦を決したいはず。ゆえに、先鋒諸隊には軽々に動かぬよう、念を押しておろう」

惟新は、内心で嘆息を漏らした。この男は、戦を政の延長としか考えていない。確かにそうした一面はあるものの、政での理屈が、そのまま戦に通用するとは限らないのだ。

「しかし、戦の場では予期せぬことが起こるもの。万一、敵が内府の到着を待たずに木曽川を越えた場合、いかがなさるおつもりか」

「もしも敵が攻め寄せたとしても、岐阜はかの織田信長公ですら、力攻めでは落とせなかった天下の名城。そう容易《たやす》く落ちはせぬ。敵が攻めあぐむ間にも、伊勢と北陸の味方が美濃へ参じてまいろう。我らはそれを待ち、岐阜を攻める敵の背後を衝《つ》けばよい」

隣で口を開きかけた豊久を、惟新は目で制した。

率いる兵がわずか一千では、発言力などないに等しい。今は、何を言っても無駄だろう。それから軍議が散会になるまで、惟新はほとんど無言を貫いた。

「伯父上《おじうえ》、よろしいのですか？」

「致し方あるまい。岐阜が堅固な名城であるのは事実。味方が集結するまでの時くらいは、稼いでくれよう」

「だとよろしいのですが」

三成は、頭の中で戦を組み立てすぎる。本当に東軍は家康着陣まで動かないのか。頭で立てた策が崩れた時、三成は適切に対応できるのか。

口にしたところでどうなるものでもなかった。不安はあるものの、黙って従う他ない。

だが、その不安は最悪な形で的中する。「東軍動く」の報せが大垣にもたらされたのは、二十二日払暁《ふつぎょう》のことだった。

東軍は昨夜のうちに二手に分かれ、池田輝政率いる一手は岐阜城に近い河田《こうだ》の渡しから、福島正則率いるもう一手は下流の尾越《おこし》の渡しから、木曽川を渡ったという。池田隊はそのまま岐阜城へ向かって進軍し、福島隊は竹ヶ鼻《たけはな》城へ攻めかかっている。

「馬鹿な。内府が現れる前に動くとは」

歯嚙みする三成のもとに、次々と注進が入る。

岐阜城主織田秀信は、圧倒的な兵力差にもかかわらず軍を城外に出し、迎撃の構えを取った。すでに、両軍は米野村《こめのむら》で交戦に入ったという。

だが、どう見ても勝ち目などない。秀信が打って出たと聞いた時点で、惟新は岐阜城を見限った。

「我らも岐阜に兵を出す。出陣ぞ」

「待たれよ、石田殿」

思わず、惟新は口を挟んだ。

「敵は池田隊のみにあらず。福島隊が竹ヶ鼻を落としてそのまま北上すれば、この大垣が危うい」

「では、いかがせよと？」

「木曽川を渡河された以上、迂闊《うかつ》に動けば命取りになる。しかも、敵はこちらの倍。ここは大垣に籠《こ》もり、伊勢、北陸の味方の到来を待つしかござらぬ」

「では、岐阜はどうなる。見捨てよと申されるか」

「諦められよ。もはや、救うことはかなわぬ」

だが、三成は耳を貸さなかった。岐阜と大垣を拠点に東軍を迎え撃つ。その策を捨てることができないのだろう。

「岐阜が落ちれば、全軍の士気に関《かか》わる。やはりここは、後詰《ごづめ》を出すべきであろう」

小西行長が仲裁に入り、岐阜後詰は決した。

「致し方なし。されど石田殿、福島隊にも備えは残されよ」

「では、島津殿には墨俣《すのまた》へ向かっていただきたい。もしも福島隊と戦になった場合は、我が隊からすぐに後詰を出す」

「馬鹿な。たった一千で何が……」

気色ばむ豊久を抑え、惟新は承諾した。

竹ヶ鼻を落とした福島隊が大垣を目指すとすれば、墨俣まで北上して長良川《ながらがわ》を渡り、そこから西進してくるはずだ。前面を流れる墨俣川を盾にすれば、後詰が来るまでは耐えられる。

だが、墨俣に到着した島津隊の前に、福島隊の姿はなかった。

米野村での戦は東軍の圧勝に終わり、池田隊は岐阜へ進軍を続けている。すでに竹ヶ鼻城を落としていた福島隊は、その後を追ったものと見られた。

池田、福島両隊が合流して攻めかかれば、米野村で大損害を出した織田隊はひとたまりもない。石田、小西の後詰も、間に合いはしないだろう。

三成と合流したいところだが、竹ヶ鼻にも敵の一部が残っているため、墨俣を放棄するわけにはいかない。惟新は麾下《きか》に、夜営の準備を命じた。

「すべてが、悪い方へ進んでいるような気がいたします」

豊久の懸念も当然だった。伏見攻略に手こずり、豊臣恩顧の諸将は家康に付いた。木曽川の線で東軍を防ぐ策は破綻し、岐阜城はすでに風前の灯火となっている。

「兵を分かたず、全軍でなりふり構わず江戸を目指せばよかったのだ。今となっては、言うても詮無きことだがな」

頷いたきり、豊久は黙り込んだ。様々な思いを抱えながら、口にするのを憚《はばか》っているのだろう。

惟新は大きく息を吐き、夜空を仰いだ。

ずいぶんと遠いところまで来てしまった。もしもこの戦で命を落とすことになったとして、悔いなく死んでいけるだろうか。

惟新にとってこの戦は、やはり他人のものだった。


翌早朝、惟新は軍の指揮を豊久に託すと、川上久智、新納忠増《にいろただます》、入来院重時《いりきいんしげとき》ら十数名を伴い、沢渡村《さわたりむら》の三成本陣へ向かった。

「まったく、今さら何の軍議だ」

轡《くつわ》を並べる久智が、吐き棄てるように言った。

「昨日は武庫《むこ》様の意見を無視しておいて、今になって話を聞きたいなど。何とも腰の据わらぬ御《ご》仁《じん》よ」

久智の舌鋒《ぜっぽう》は鋭い。寡兵の島津隊が三成に軽んじられているのは、将兵にもしっかりと伝わっている。

昨日大垣を出た三成は、主力の四千を沢渡村に配し、さらに東の合渡《ごうど》には一千の前衛を置いていた。大垣には、三千余の軍を予備として残してある。この配置を見ても、三成の兵力を分散しがちという悪癖が見て取れた。

軍議に参加するのは、三成と小西行長、そして惟新の三人だけだった。

「半刻《はんとき》（約一時間）ほど前、敵が岐阜城下に雪崩れ込んだとの報せが届いた。敵は池田、福島両隊が合流し、三万近くに膨れ上がっているという。そこで、惟新殿の御意見を聞きたい」

三成の目の下には、黒々としたくまが浮かんでいた。昨夜はろくに眠れなかったのだろう。

「意見と申されてもな」

惟新は苦笑した。

こうなった以上、どう足搔《あが》いても岐阜は落ちる。できることと言えば、今いる全軍をもって、玉砕覚悟で東軍のさらなる西進を阻むか、それとも大垣に引き上げて籠城するかの二つに一つだ。

「昨日も申したが、岐阜城は諦められよ。もはや、救うことはかなわぬ」

三成の顔に苦渋の色が浮かんだその時、使い番が幔幕《まんまく》を撥《は》ね上げ飛び込んできた。

「申し上げます。敵勢が長良川を渡って合渡に攻め寄せ、お味方総崩れ！」

「馬鹿な！」

行長が床几《しょうぎ》を蹴って立ち上がる。

「何ということだ。岐阜城は落ちたか」

蒼褪《あおざ》めた顔で、三成が言った。

「待たれよ。まだ落ちたと決まったわけではござらん。敵の一部が合渡まで突出してきただけやもしれませんぞ」

「いや、岐阜は落ちたのだ。でなければ、敵が長良川を渡るはずがない。そうだ、こうしてはおれん！」

止める間もなく、三成は本陣を飛び出していく。惟新も舌打ちしながら、その後を追った。

「待たれよ、石田殿。いかがなさるおつもりか」

「無論、大垣へ退く」

「退くとしても、整然と動かねば、敵に付け入る隙を与えよう。それに、墨俣には我が甥の豊久がおるのだ。それを捨て殺しにするおつもりか！」

ぴくりと、三成の頰が震えた。もしかすると、墨俣に島津隊がいることさえも忘れていたのかもしれない。

答えず、三成は曳《ひ》き出された馬に跨った。

「貴殿は西軍の真の総大将であろう。味方を見捨てて逃げ出せば、後々に禍根《かこん》を残すぞ！」

それでも、三成は答えない。騒ぎを聞きつけた久智と忠増が駆けつけ、三成に取りすがる。

「島津を置き去りとは、いかなる料簡《りようけん》かご説明願いたい！」

「味方を置いて逃ぐるは、大将たる者の振る舞いにあらず！」

二人は三成の乗馬の轡に取りつき、口々に叫ぶ。周囲に人が集まり、騒然としてきた。

「控えよ！」

惟新の怒声に、二人はようやく離れた。

「豊久殿のご武運、御祈りいたしておる」

そう言い残し、三成は馬腹を蹴った。行長も、気まずそうな表情を浮かべながらも踵《きびす》を返す。

それから石田、小西隊の将兵は、大垣へ向けて後退していった。

「何たることだ。あれが我らの大将とは……」

「もうよい。それより、墨俣に早馬を。我らはここで、豊久らを待つ」

岐阜城の方角に目をやると、幾筋かの煙が上がっていた。落城したのか否かは、ここからではわからない。

それから半刻ほどで、豊久が撤収してきた。敵の一部が接近してきたものの、島津の旗を見て遠ざかっていったという。豊久はその隙に、数隊に分かれて素早く軍を退いていた。

「申し訳ございません。押川郷兵衛《おしかわごうべえ》が、敵の様子を探ると言って行方《ゆきかた》知れずとなり申した」

三十歳になる押川郷兵衛は、惟新の馬廻りを務める、家中でも指折りの剣の遣い手だった。鉄砲の腕も優れ、朝鮮の戦では多くの武功を挙げている。

「他に、はぐれた者はおらんのだな？」

「はい」

「ならばよい。郷兵衛のことだ、いずれひょっこりと戻ってまいろう」

もしも戻らなかったとしても、この状況で一人を失うだけなら、僥倖《ぎょうこう》と言ってもいい。

「我らも大垣へ向かう。いつ敵が現れるやもしれん。気を緩めるでないぞ」

沢渡から大垣まで、五里（約二十キロメートル）余りの道のりを整然と進んだ。

すでに日は暮れかけているが、周囲に敵の気配はない。少なくとも今日のところは、敵に大垣を攻める意思はないのだろう。

大垣城の手前まで来たところで、城から一騎の武者が駆けてくるのが見えた。黒の具足に、水《すい》牛《ぎゅう》角《つの》の立物《たてもの》の兜《かぶと》。

「島津殿。ご無事で何より」

そう言って馬を下りたのは、三成だった。他に、供廻りの姿はない。惟新らが戻ったのを聞いて、単騎で出迎えにきたのだろう。

何を今さら。鼻白む思いで、惟新も下馬した。

「先刻は少しばかり取り乱し、醜態をお見せした。これまで島津殿の言を軽んじてきたは、我が不明。今後は貴殿のお考えを尊重いたすゆえ、何卒ご寛恕《かんじょ》願いたい」

神妙な顔つきで、三成が頭を下げる。

「頭を上げられよ。大将たる者、一介の将にみだりに頭を下げるべきではござらぬ」

「そうだな、その通りだ」

「幸い、戦になることもなく、我が手の者に死者は出ておりません。それよりも、今後の方策を立て直すことに力を注がれよ」

三成は深く頷き、再び騎乗した。

「後で、酒肴を届けさせまする。今宵はしかと休まれよ」

駆け去る三成の背を見つめながら、惟新は小さく笑った。あの男にも、存外に素直なところがある。

「まったく、頼りにならぬ御大将よ」

「我らを置き去りにしたのが気まずくなって、慌てて出迎えたのであろう」

家臣たちの非難の声を聞き流し、惟新は馬を進める。

大垣城へ戻った惟新たちを追うように、岐阜陥落の報せが届いた。城主織田秀信は降伏し、近在の寺に入れられたという。秀信はあの織田信長の嫡孫《ちゃくそん》だが、これで織田家の嫡流《ちゃくりゅう》も絶えることになるのだろう。

それからほどなくして、押川郷兵衛が帰還した。

惟新たちは、三成が差し入れた酒肴で今日の疲れを癒《いや》しているところだったが、そこに郷兵衛が獲ってきた東軍兵の首級《しるし》が華を添えることになった。

「此度の戦の、一番首に候《そうろう》」

たった一人で敵中から舞い戻った疲れも見せず、郷兵衛は誇らしげに言う。将兵からは、口々に称賛の声が上がった。

「郷兵衛、よくぞ戻った。よき働きである」

「ははっ、ありがたき幸せ。されど、酒宴の場に遅参いたしたは、それがし一生の不覚にござる」

惟新は声を上げて笑い、大盃《おおさかずき》になみなみと酒を満たしてやった。

そこへ、宇喜多隊一万七千が着到したという報せが入った。郷兵衛の帰還で盛り上がっていた座が、さらに沸き返る。

「此度は逃げるしかなかったが、次こそは東軍に一泡吹かせてやろうぞ」

「では、わしは内府めの首級を狙おう」

「いや、家康の首を獲るは、このわしじゃ！」

西軍の旗色は極めて悪いが、麾下の士気は保たれている。この分なら、何とか戦えそうだ。かすかな安堵とともに、惟新は盃の酒を呑《の》み干した。

二

夢を見た。まだ元服もせず、故郷の寺で寺小姓《てらこしょう》をしていた頃の夢だ。

石田治部少輔《じぶしょう》三成は、褥《しとね》から体を起こし、自嘲《じちょう》の笑みを漏らす。

東軍との決戦を間近に控えながら、まったくろくでもない夢を見たものだ。額に浮かんだ汗を拭い、水差しの水を流し込む。

あの頃の自分は、世のすべてを憎んでいた。

文事に耽溺《たんでき》するあまり出世もできず、我が子を寺に入れねばならないほど困窮していた父。ろくに学問もできないくせに、力ずくで三成に男色《なんしょく》の相手を無理強いする僧侶たち。そして、そんな境遇に甘んじるしかない自分自身。

己の才覚には自負がある。幼少の頃から算勘《さんかん》に長け、周囲から神童と称えられた。父の蔵書もことごとく読破した。十二歳で寺に入れられてからも、僧侶たちの目を盗んでは、寺の書物を読み漁《あさ》っている。ただ数を読むのではなく、要点を摑《つか》み、読み終えた後も忘れることはない。学問に四苦八苦している修行僧たちが、三成の目には救いがたい愚か者に映った。

血の滲《にじ》む思いで学問に励んだものの、僧になるつもりなど毛頭なかった。武士として立身出世を果たし、自分を虐《しいた》げてきた者たちを見返す。武芸こそ不得手だが、槍一筋の武士など吐いて捨てるほどいる。自分の働く場所は、必ずあるはずだ。

だが、一介の寺小姓に、世に出る機会など訪れるはずもない。このままここで、己の才を活かすことなく朽ち果てていくのか。絶望の淵にあった三成に射した一筋の光明が、秀吉だった。

今思えば、秀吉が鷹狩《たかがり》の途上であの寺を訪ねてきたのは、自分の噂を聞きつけてのことだったのだろう。近江長浜《ながはま》を領したばかりの秀吉は、人材を喉から手が出るほど欲していたのだ。

「わしの下で働いてみぬか？」

三成が点《た》てた茶を美味そうに呑み干した秀吉は、出し抜けに言った。

「寺小姓では一生見ることのない景色を、わしが見せてやろう」

そう口にした秀吉の笑顔が、三成の生涯を決した。あの時、頷いた三成の心には、打算も野心もない。何かとてつもなく大きなものに出会った。その力に、自分は引き寄せられている。確かにそう感じたのだ。

三成が仕えた小柄で風采《ふうさい》の上がらない人物は、それから二十年と経たぬうちに、天下人の座へと駆け上がった。そして三成も、秀吉の近習《きんじゅう》から近江水口《みなくち》四万石、さらには佐和山《さわやま》十九万石の大名へと引き上げられていく。

戦での槍働きは皆無に等しかったが、秀吉は三成を重用した。戦場の勇士をどれだけ集めたところで、家は立ち行かない。そのことを、秀吉は誰よりも熟知していたのだ。三成は秀吉の期待に応えるべく、兵站《へいたん》、領国経営、そして検地や刀狩《かたながり》の断行と、持てる能力のすべてを振り絞って働き続けた。

いや、秀吉や豊臣家のためばかりではない。三成は、政そのものが持つ魅力に、完全にとり憑《つ》かれていた。

自らの発案をもとに豊臣公儀が動き、新たな国の形を作り上げていく。諸侯の利害を調整し、公儀に牙を剝けない程度に力を削ぎ、その後に利を食らわせて豊臣家の藩屏《はんぺい》となす。そうした仕事は、目には見えづらいものの、成し遂げた時の喜びは、戦場で槍を振るうしか能のない猪武者たちには想像もつかないだろう。

だが秀吉の死後、三成は家康の台頭によって、己の立つべき舞台を追われた。家康は、三成が苦心して築き上げた豊臣公儀という枠組みを都合よく利用し、秀頼が座るべき天下人の座を掠め取ろうと目論んでいる。稀代《きたい》の能吏《のうり》と称された三成にとって、許せるものではなかった。

ゆえに、三成は起った。多くの諸侯のように、このまま天下が徳川へ移るのを傍観することはできない。家康の天下獲りを見過ごせば、己の生涯は何の意味もなさなくなる。

豊臣公儀から徳川家並びに親徳川派を排除し、毛利、宇喜多、上杉を中心とした新たな体制を作る。そして三成は、その中で政の実務を司る。

それ以外に、三成がこの天下で生きていく術はない。


「殿」

着替えをすませ朝餉《あさげ》をとっていると、腹心の島左近《しまさこん》が姿を見せた。

「内府の本隊が、尾張へ入りました。今日中には、熱田《あつた》へ達するものと思われます」

「さようか」

岐阜失陥から半月ほどが過ぎ、今日は九月十日だった。

家康は九月一日、岐阜攻略の報せを待っていたかのように江戸を出陣していた。率いる兵は、三万三千。別働隊として、徳川秀忠《ひでただ》の三万八千が東山道《とうさんどう》を進んでいるが、そちらは信濃上田《しなのうえだ》城主の真田昌幸《さなだまさゆき》が食い止めるはずだ。

とはいえ、西軍の旗色は相変わらず悪い。

関東へ攻め入る策は早々に潰え、木曽川も突破された。岐阜城を落とした敵は、大垣城の北西に位置する赤坂《あかさか》一帯に布陣して、こちらを窺っている。

対する味方は、宇喜多秀家の参陣に加え、北陸から大谷吉継が脇坂、平塚、朽木《くつき》らの麾下を率いて着到、山中村《やまなかむら》に布陣して関ヶ原から近江へ抜ける東山道を塞いだ。さらに、伊勢からは毛利秀元、吉川広家、安国寺恵瓊《あんこくじえけい》、長宗我部盛親、長束正家《なつかまさいえ》の諸隊が参陣し、南宮山《なんぐうさん》周辺に陣取っている。

しかし、兵力こそ揃ってきたものの、岐阜失陥を挽回できるような勝利はいまだ得られていない。

幾度か起こった小競り合いでも西軍は負け続きで、士気も高いとは言い難かった。病と称して近江高宮にとどまったままの小早川秀秋も、一向に動く気配がない。

さらに、家康の西上に呼応するかのように、近江大津《おおつ》城主の京極高次《きょうごくたかつぐ》が東軍に寝返っていた。これを討伐するため、毛利軍の一部と立花親成ら一万五千の軍が大津城を攻め立てている。家康が美濃へ入る前に落とせるかどうかは、微妙なところだった。

だが、悪いことばかりではなかった。三成の再三の要請に応じ、大坂の毛利輝元が出馬を確約したのだ。

輝元は、十三日までには美濃へ向かうと言ってきた。大坂には毛利だけでなく、豊臣家馬廻衆や前田玄以《まえだげんい》、増田長盛《ましたながもり》らの軍もいる。総勢で、四万を超える軍勢が加わることになるのだ。そうなれば、家康の本隊が現れても、兵力では東軍を大きく凌駕《りょうが》できる。

「左近、ついてまいれ」

「いずこへ」

「南宮山だ。毛利秀元らの存念を確かめにまいる」

大垣城の南西に位置する南宮山は、このあたりでは最も高く、山懐も深いため、登り下りには半刻近い時を要する。九月七日に到着した毛利、吉川、安国寺は、その山頂に布陣していた。

だが、苦労して山を登ってみたものの、得られたものは何もなかった。

毛利、吉川、長宗我部の諸隊はお世辞にも戦意旺盛《おうせい》とは言えず、秀元に山を下りて平地に布陣するよう申し入れても、「いずれ、折を見て」との答えしか返ってはこない。吉川広家にいたっては、面談の間、いかにも不愉快そうな視線をこちらへ向けていた。形式上、一部将にすぎない三成にあれこれ指図されるのが気に入らないのだろう。

「まあいい。輝元殿が着陣すれば、あの者たちも戦う他あるまい」

山を下りながら、三成は左近に向かって言った。

「輝元公が、約束を果たしてくれればよいのですが」

「心配いらん。輝元殿は必ず来る。この戦に勝たねば、毛利は潰れるのだ」

山を下りきると、前方を十人ほどの一団が横切っていくのが見えた。槍を担ぎ、背には鎧櫃《よろいびつ》。馬はおらず、いずれも粗末な身なりをしている。

「あれは?」

「薩摩から馳せ参じた、島津の兵たちでしょう。この数日、数人から十数人での参陣が相次いでおります」

「そうか。薩摩から」

島津兵たちは三成に見向きもせず、大垣城へ向かってひた駆けていく。はるばる薩摩からやってきたとは思えないほど、その足取りは軽い。

「惟新殿の下で戦えることが、よほど嬉しいのでしょうな」

左近が感嘆の表情を浮かべる
「わからんな」

戦に喜びを見出す者たちのことが、三成にはまるで理解できない。

戦になれば、田畑は荒れ、町は焼かれ、銭や物の流れまで滞る。年貢を納めるべき民も多く死ぬ。徳川を討つためやむなく兵を挙げたものの、三成に言わせれば、戦など壮大な無駄以外の何物でもなかった。

「それで、島津隊は何人になったのだ?」

「さて。恐らくは千五百に届くかどうか、といったところでしょうか」

三成は落胆を覚えた。島津家の石高ならば、一万は優に超える軍を出せるはずなのだ。

惟新は、庄内の乱による国許の疲弊を言い立てているが、当主である龍伯《りゅうはく》が親徳川派である以上、鵜呑《うの》みにはできなかった。龍伯としては、惟新が西軍に与《くみ》したことは予想外だったに違いない。家康への聞こえを考慮し、国許から兵を出さないよう指示しているのだろう。

「島津か」

思えば三成と島津家は、不可思議な縁で結ばれている。

惟新の弟、晴蓑《せいさ》が九尾《きゅうび》の険で秀吉を襲撃した時、三成も一歩間違えば命を落としていた。降りそそぐ矢玉の雨。襤褸《ぼろ》のような屍と化した、秀吉の影武者。あの時の恐怖を、三成は今も忘れることができない。

その後、三成は豊臣公儀と島津家の取次役として、何かと世話を焼くことになった。反抗的な龍伯の権威を弱め、惟新や忠恒《ただつね》、伊集院幸侃《いじゅういんこうかん》らを介して島津家を豊臣大名として生まれ変わらせる。それが、秀吉から与えられた役目だった。

しかし、改革は一向に進まず、唐入りでは定められた軍役をはるかに下回る兵力しか動員できなかった。天下広しといえど、これほど愚鈍な大名家はそうあるものではない。三成は島津家の改革を、半ば諦めかけていた。

しかし、その少ない兵力で惟新は瞠目《どうもく》すべき大勝利を挙げ、日本軍全体の窮地を救うほどの活躍を見せる。日本軍の撤退が速やかに完了したのも、惟新の働きがあればこそだった。

だが、忠恒の伊集院幸侃殺害と、それに続く庄内の乱の苦戦で、三成の島津に対する評価は再び失墜した。佐和山に蟄居《ちっきょ》中でなければ、三成は迷わず島津家の改易に動いていただろう。

いずれにしろ、たったの千五百だ。臍《へそ》を曲げない程度に立てておけば、問題はないだろう。そして、徳川に勝利した暁には、龍伯を強制的に隠居させることも考えておかねばならない。

大垣城へ戻ると、島津隊に宛《あて》がった三の丸あたりから歓声が聞こえてきた。島津の将兵が、再会を喜び合っているのだろう。家康の本隊が迫っているというのに、何とも悠長なことだった。

一代で大名に成り上がった三成には、こうした主従の深い繋がりが理解できない。主君を選ぶのはまず、己に利があるか否かであり、三成の家臣たちもそれは同じだろう。左近にしても、自分が大禄《たいろく》を持って誘わなければ、石田家に仕官していたかどうかは疑わしかった。

「後で、酒肴でも届けてやれ。陣中見舞いだ」

左近に命じ、三成は足早に本丸へと向かった。

「馬鹿な。輝元殿は何をお考えか！」

三成が怒声を発したのは、九月十二日のことだった。

大坂の毛利輝元が出馬を取りやめたという報せが届いたのだ。聞けば、輝元が出陣した後、大坂に残った増田長盛が東軍に内応して大坂城を乗っ取るという噂が流れているのだという。見え透いた謀略だった。万一、長盛が東軍に内通していたとしても、大坂には四万からの大軍がいるのだ。長盛を抑える程度の兵力を大坂に残して出陣すれば、それで事足りる。三成は筆を執り、改めて出馬を求める書状を送った。

「所詮、苦労知らずの御曹司か」

書状を認《したた》めると、三成は輝元の優柔不断を詰《なじ》った。

翌十三日、さらに悪い報せが届いた。早朝に尾張清洲城を発《た》った家康の本隊が、ついに濃尾《のうび》国境を越え、岐阜に入ったのだ。

「すべてが狂ったな」

急遽《きゅうきょ》召集した軍議の席で、小西行長がぽつりと呟いた。

集めた将は行長の他、宇喜多秀家、大谷吉継、島津惟新のみ。諸将は一様に、中央に広げた絵図に視線を落としている。その表情はいずれも暗く、重苦しい。

「上杉との挟撃も、岐阜と大垣で連携して木曽川で迎え撃つ策も破綻した。総大将は、いまだ大坂を動いてさえおらん」

「やめぬか、摂津守《せっつのかみ》。上手くいかなかったことを数え上げても仕方あるまい」

行長の繰り言を、宇喜多秀家が遮る。

「輝元殿の加勢は期待できぬ。こうなった以上、我らだけで内府を打ち破る他ない」

「しかし中納言《ちゅうなごん》様、内府は数日中にも赤坂まで軍を進めてまいりましょう。打ち破るといっても、家康本隊の到着で敵は九万近くにまで膨れ上がっておりますぞ。対する我らは、山中村、南宮山の諸隊を合わせても、八万足らず」

「摂津守、戦は数ではない。徳川本隊は江戸からの長い行軍で疲れておるのだ。今すぐに戦えば、勝てる。治部よ、ここは決断のしどころではないか」

「刑部《ぎょうぶ》。そなたの考えは？」

三成は即答を避け、大谷吉継に水を向けた。

吉継は敦賀《つるが》五万石の大名にして、三成の数少ない友と呼べる相手だった。今回の挙兵にあたっても、吉継はその無謀を説いて三成を翻意させようとしたが、結局は西軍に参加している。

「さよう」

重々しく、吉継が口を開く。数年前から全身の皮膚が爛《ただ》れる不治の病に冒され、今は頭巾《ずきん》で顔を覆っていた。

「宇喜多中納言様の仰せはもっともにござろう。全軍をもってまずは赤坂の敵を叩き、救援に現れた内府の軍を迎え撃つ。勝敗は時の運なれど、勝機は十分にござる」

「それがしも、中納言様の仰せに賛同いたす」

それまで木像のように押し黙っていた惟新が、はじめて口を開いた。

「ただし、赤坂を襲う際には、五千から一万の兵を残していただきたい。これを伏兵とし、赤坂の救援に向かう内府の横腹を衝くのでござる。上手くいけば内府の首級を挙げられましょう。それが叶わずとも、徳川本隊を総崩れに追い込むことはできる」

秀家をはじめ、諸将の何人かが頷いた。たった千五百の兵力でも、鬼島津と称される男の言葉には、それだけの説得力があるということか。

三成は思わず顔を顰《しか》めた。

そもそも、正面きっての野戦で勝敗を決するという考えが、三成にはなかった。どれほど兵力で勝っていても、戦場で不覚を取って敗れ去った例は枚挙に遑《いとま》がない。

加えて、家康は〝海道一の弓取り〟と称されるほどの野戦名人。亡き秀吉ですら、圧倒的な兵力を擁しながら真正面からの野戦は避けたのだ。

さらに、もう一つ大きな不安要素がある。

「治部よ。刑部や惟新もこう申しておる。いかがじゃ？」

「ちと、気がかりなことがござる」

「金吾《きんご》中納言か」

小早川秀秋である。

「さよう。金吾殿は、ようやく高宮を出て柏原《かしわばら》まで兵を進めたものの、これまでの動きを観れば、去就に迷っているのは明白。そのような御仁が率いる一万五千もの軍を背後に抱えながら、決戦を挑む。それはいささか、危険が大きすぎましょう」

「何を恐れることがある。一万五千とはいえ、内府さえ討てば、金吾になす術はあるまい」

「されど、もしも金吾殿が寝返った場合、我らは退路を断たれることになりまする。また、柏原は我が居城、佐和山にも近く……」

「背後など気にしている時か。退路を断たれようと、佐和山が落とされようと、内府の首さえ獲れば、我らの勝ちなのだ！」

怒声を浴びても、三成は引かなかった。

「何としても内府を討たねばならぬゆえ、一か八《ばち》かの勝負に出るよりも、確実に勝つ手段を採るべきと申し上げておるのです」

「そんな策があるのか」

三成は一同を見回し、絵図の一点を指した。

関ヶ原。大垣から二里半ほど西に位置する、東西一里、南北半里足らずの狭い盆地だった。東山道、北国街道《ほっこくかいどう》、伊勢街道《いせかいどう》が交わる交通の要衝で、古来、幾多の合戦がこの地で戦われてきた。

平地の西側には、北から笹尾山《ささおやま》、天満山《てんまやま》、松尾山《まつおやま》が連なり、東側には南宮山がそびえている。

「我が主力は大垣に最小限の守兵を残し、この関ヶ原へ転陣いたします。笹尾、天満、松尾、南宮の山々に陣取り、近江への出口を塞ぐのです。すでに笹尾、天満、松尾には、それぞれ陣地を築かせております」

「それで、いかがいたす」

「関ヶ原を囲む山々に我らが陣取れば、内府は迂闊に関ヶ原へ軍を進めることはできますまい。内府は赤坂にとどまったまま動くこともままならず、戦況は膠着《こうちゃく》いたします」

「そして、毛利本軍を待つか」

秀家の問いに、三成は頭《かぶり》を振る。

「待つのは、輝元卿のみにあらず。輝元卿には、秀頼君をお連れするよう要請してござる」

秀頼の名に、諸将がざわついた。

「馬鹿な。秀頼君は、まだ八歳にあらせられるぞ。それを戦場にお連れするなど……」

「しかし、秀頼君が出馬なされれば、内府は戦の大義を失いまする。福島、黒田、細川《ほそかわ》ら豊臣恩顧の将も、秀頼君に弓引くことはできますまい。それどころか、矛を逆さまにして内府に向けることさえ期待できる。さすれば、我らの勝利は疑いござらぬ」

「なるほどな」

秀家が納得したように頷いた。三成は再び、諸将を見回す。

「では、我らは関ヶ原へ転陣し、秀頼君と輝元殿を待つ。そして、秀頼君の出馬に豊臣恩顧の諸将が動揺したところで、一斉に攻めかかることといたす」

「待たれよ」

声を発したのは惟新だった。

「内府がこちらの目論み通り、関ヶ原の手前で踏みとどまってくれればよい。だが、関ヶ原まで軍を進めて我らに攻めかかってきた場合のことも、お考えかな？」

口ぶりこそ穏やかだが、その目には切迫したものがあった。

「無論。されど、案ずることはござるまい。関ヶ原へ進軍いたせば、敵は四方を我らに囲まれることとなるのです。万一、関ヶ原まで進出いたせば、その時が内府めの最期にござろう。そのような危険を、あの慎重《しんちょう》居士《こじ》の内府が冒すとも思えませぬが」

「ならばよいのだが」

「では、明日の日中は岐阜の内府の動きを注視しつつ、転陣の仕度。関ヶ原への移動は、明日夜といたす。惟新殿、いかがかな？」

「ふむ。まあ、よろしいでしょう。ただし、物見は頻繁に出して、内府の動きを逐一摑んでおくが肝要《かんよう》かと。小勢を出して、赤坂へ運び込まれる兵糧を焼くのも手でしょうな」

「なるほど。では、その役は惟新殿にお願いいたそう」

「承知いたした」

三成はかすかな反発を覚えたものの、顔には出さなかった。

「方々も、異存ござらぬか？」

異議を唱える者は、一人もいない。

関ヶ原は、言うなれば最後の砦だった。ここを抜かれれば、西軍は完全に瓦解《がかい》する。

だが、秀頼さえ出馬すれば、形勢は一気に逆転する。

あの男は、眼前に翻る豊家の馬印を、どんな顔で眺めるのだろう。想像して、三成は薄く笑った。

三

九月十四日の朝が明けようとしている。

家康は宿所として接収した織田家臣百々綱家《どどつないえ》の屋敷で、側近の本多正純《ほんだまさずみ》と向き合っていた。

「では、殿と旗本の五百は、本隊とは別の道を進み、木田《きだ》を経由して赤坂へ向かうということでよろしゅうございますな」

「うむ、それでよい」

正純は腹心の本多佐渡守正信《さどのかみまさのぶ》の子である。若く才気に溢れているが、こちらの意を汲んで独自に動くということができない。細々としたことまで逐一確かめてくるのが、少々煩わしくもある。そしてその資質は、どことなく石田三成に似ていた。

家康が岐阜に入ったのは、昨日の日中のことだった。こちらの動きは西軍もとうに摑んでいるだろうが、物見の数が増えた程度で、今のところこれといった反応はない。

今日は、先鋒軍が屯する赤坂まで進出する予定だった。そこまで進めば、三成の籠もる大垣城は目と鼻の先だ。

「しかし、そこまで用心する必要があるのでしょうか。これまでの西軍の動向を見るに、それほど機敏な対処をしてくるとは」

「ここはすでに戦場ぞ。戦では、何が起こるか誰にもわからん。用心するにこしたことはないのじゃ」

「はっ。心しておきまする」

岐阜から赤坂までは、二里余りある。その間に、敵が伏兵を置いていないとも限らなかった。決戦の時までは、あらゆる危険を避けなければならない。

「では、そろそろお仕度を」

頷き、家康は腰を上げた。

本隊は進発を終え、残るは家康と五百の旗本のみ。案内役は、近隣の領主である加藤貞泰《かとうさだやす》、稲葉貞通《いなばさだみち》が務める。

駕籠《かご》に乗り込むと、前後左右を選《よ》りすぐりの騎馬武者が固めた。護衛の指揮を執るのは、赤坂から駆けつけた井伊直政だ。本多忠勝と並ぶ、家中きっての勇将である。

直政の号令で、駕籠が動きはじめた。夜はまだ明けきらず、西の空にはいくつかの星が瞬いている。九月も半ばとなれば、吹く風もかなり冷たい。

家康の一行は、本隊の進む東山道から大きく北へ外れ、山間部の脇道を通って赤坂へ入る手筈《てはず》となっていた。家康の駕籠も、通常用いているのとは別の粗末なもので、家康とわかる旗印も掲げてはいない。

それにしても、長い旅になった。大坂から江戸、そして下野小山。それから再び西上し、今度は美濃赤坂へ。だがこの旅も、西軍を打ち破って大坂へ入ればようやく終わる。

だが、必ず勝てるという自信があるわけではない。出来得る限りの手配りはしてきたが、結局のところ、戦の勝敗は時の運なのだ。

家康が最も恐れているのは、秀頼の出馬だった。

福島、黒田ら豊臣恩顧の諸将は家康に与しているが、それはあくまで三成打倒のためである。しかし、秀頼が直々に出馬して徳川討伐を号令すれば、家康の大義は消滅し、豊臣公儀に弓引く賊軍の烙印を押される。それを避けるには、秀頼が美濃に現れる前に西軍主力を叩くしかなかった。

腹立たしいのは、息子の秀忠率いる東山道軍の遅参だった。

秀忠はあろうことか、真田昌幸が籠もる信濃上田城の攻略に手間取り、時を大きく無駄にしている。恐らく、決戦には間に合わないだろう。

木田の渡しから長良川を越えると、道の両側を覆う木々が深くなった。起伏も激しくなり、駕籠が大きく上下する。

「殿、今しばらくのご辛抱を」

隣で馬を進める直政が、声をかけてきた。

「何ということもない。足を緩めんでもよいぞ」

「ははっ」

家康は五十九歳になっていた。長い行軍の疲れは、翌日になって如実に表れる。今回も、風邪《かぜ》で進軍の予定が遅れることがままあった。

だが徳川の天下は、手を伸ばせば届くところにまで近づいている。強い者に怯えながら生きる日々が、ついに終わるのだ。足を緩めている暇などなかった。

「今は、どのあたりか」

「はっ。虚空蔵山《こくぞうさん》の北の麓にござる」

「さようか」

峠を一つ越えれば赤坂というところだった。まだ周囲の森は深いが、道中は何事もなくやり過ごせたらしい。

大きく息を吐き、家康は独り苦笑した。正純の言う通り、用心しすぎたのかもしれない。

不意に、全身の肌がひりついた。戦の臭い。次の刹那《せつな》、どこかから筒音が響く。十や二十ではきかない。

まさか、自分の行軍路が漏れていたのか。いや、今日の行軍路は、出発直前に家康と正純で決めたものだ。漏れるはずがない。

銃撃はなおも続き、駕籠を囲む鉄板が甲高い音を立てる。

ぐらりと、駕籠が大きく傾いた。担ぎ手が撃たれたのか。即座に別の誰かが支えたのか、家康は何とか転倒を免れた。

銃撃がやむと同時に、四方の森から喊声が沸き起こった。

「駕籠を下ろせ。殿をお守りするのだ！」

正純が、明らかに狼狽《ろうばい》しながら怒声を放つ。家康は身を縮め、窓から外の様子を窺う。激しい斬り合いが始まっていた。

敵の発する闘気が、肌を打った。数は百、あるいは二百か。家康の一行と知って襲ってきたのか、それともただの偶然か。いずれにせよ、最大限の用心をしたはずが、完全に裏目に出ている。

護衛の五百は、旗本の中でも選りすぐられた精鋭だった。それが、奇襲とはいえ明らかに押されている。

敵は奇声を上げながら、倍以上の敵にまったく怯むことなく突っ込んでくる。雑兵《ぞうひょう》にいたるまでが、まるで死を恐れていないような戦いぶりだ。

これほどの強兵は、そうそういるものではない。全盛期の武田か、謙信《けんしん》が率いていた上杉か、あるいは……。

頭に浮かんだ名に、家康は戦慄《せんりつ》した。目を凝らし、敵の袖印《そでじるし》を凝視する。

十字の紋。見間違えるはずもない。

「島津……」

覚えず、声が震える。惟新がもしも自分の行軍路を読み切り、網を張って待ち構えていたのだとしたら。

「狼狽《うろた》えるな、敵は寡兵ぞ。しかと陣を組み、打ち払うのだ！」

直政の下知で、味方はようやく態勢を立て直した。だが敵の勢いは止まらず、駕籠を囲む旗本たちが次々と討たれていく。

ついに、旗本の壁を突破した一人が駕籠へ向かってきた。

「名のある将とお見受けした。お覚悟！」

敵兵が雄叫びを上げ、窓から槍を突き入れてくる。

家康は首を捻《ひね》り、かろうじてかわした。頰に鋭い痛みを感じながらも、槍の柄を摑む。だが、敵兵は凄まじい膂力《りょりょく》で槍を引く。強《したた》かに駕籠の内壁に打ちつけられ、家康は顔を歪めた。

「おのれ、下郎が！」

直政の槍が、敵兵の喉を抉《えぐ》った。噴き出した血が、家康の顔に降りかかる。

「殿、お怪我は？」

「大事ない。敵に向かえ！」

今度は前方から、無数の足音が聞こえてきた。百や二百は下らないだろう。敵の新手。家康は、背筋に冷たい汗が流れるのを感じた。

ここまでか。乾坤一擲の大勝負を前に、こんな形で討たれるくらいなら。

脇差《わきざし》に手を伸ばした刹那、直政が叫んだ。

「味方だ。赤坂の味方が駆けつけてまいったぞ！」

旗本たちから喊声が上がった。勢いを得た味方が盛り返し、倒れる敵が増えていく。

「殿、ご無事か！」

本多忠勝だった。駕籠の中で頷き、額の汗を拭う。忠勝は安堵の笑みを見せると、愛槍の「蜻蛉《とんぼ》切《きり》」を手に敵中へ飛び込んでいく。

「ええい、退け、退くのだ！」

敵将が叫び、島津兵が森の中へと後退していく。

「逃がすな。一人残らず討ち果たすのだ！」

直政の下知を受け、味方が追撃に向かう。

「待て、追うな！」

身を乗り出して叫んだ。だが、直政は百人ほどを引き連れ、島津兵を追って森へ分け入っていく。

直後、森の中で再び筒音が響いた。無数の悲鳴がそれに重なる。

釣《つ》り野伏《のぶ》せ。島津軍が、これまで数々の大敵を打ち破ってきた必勝の戦法だ。

ほどなくして筒音がやみ、静寂が戻った。敵はこちらに一撃を浴びせ、引き上げていったのだろう。

直政らが、森から引き上げてくる。戻ったのは、追っていった者の半分程度だった。

「この、たわけが！」

怒声とともに、忠勝の拳《こぶし》が直政の頬を捉《とら》えた。仰向けに倒れた直政の口から、血が流れている。

「殿を危険に晒《さら》したばかりか、多くの旗本まで失いおって。腹を切って殿にお詫びいたせ！」

「申し訳、ございませぬ」

「もうよい。直政がおらねば、わしは死んでおったやもしれぬ」

敵は、自分が誰か知らなかった。恐らく、赤坂へ兵糧を運ぶ輜重隊《しちょうたい》を襲おうと待ち構えていたのだろう。その網の中へ、家康がまんまと飛び込んでしまったのだ。

「赤坂へ向かうぞ。我らは野伏《のぶ》せりに襲われ、いくらか死人手負いを出したものの、難なく打ち払ったのだ。よいな」

「ははっ」

死者は百名に上っている。手負った者は、その倍近い。

だが、命は拾った。運はまだ、自分の上にある。

赤坂に築かれた岡山《おかやま》の砦からは、大垣城が間近に望めた。

日は、まだ中天に差しかかったばかりだ。家康は赤坂に入るとすぐに、岡山山頂に徳川の旗と馬印を掲げさせた。

家康の着陣により、味方の士気は大いに高まっている。逆に、西軍は動揺し、浮足立っているだろう。このまますぐに大垣攻めにかかるべきだと進言してくる者もいた。

諸将の挨拶《あいさつ》を受け終えると、家康は予定していた軍議を後回しにして、早めの夕餉《ゆうげ》をとった。先刻の恐怖は、今も拭いきれてはいない。心身の疲労を癒す時が欲しかった。

それにしても、島津兵の剽悍《ひょうかん》さは、想像をはるかに超えていた。惟新をあえて敵方に追いやったのは、誤りだったかもしれない。

「内府殿」

声をかけてきたのは、黒田長政だった。家康は箸を置いて小姓近習を遠ざけ、この三十三歳になる豊臣恩顧の将と向き合った。

長政は豊前中津《ぶぜんなかつ》十八万石の大名で、父は秀吉の謀臣として知られた黒田如水《じょすい》である。戦場での勇猛さもさることながら、家康は父譲りの謀才をより買っていた。

「お食事中、申し訳ござらぬ」

「構わぬ。申されよ」

「は。つい先ほど、小早川家家老・稲葉正成《まさなり》より、小早川隊一万五千が関ヶ原に到着し、松尾山に入ったとの報せが届き申した」

「さようか。無論、三成の指示ではあるまい？」

「はい。西軍主力のいる大垣へ入るのを恐れたのでしょう。松尾山で砦の普請に当たっていた伊《い》藤盛正《とうもりまさ》を追い出し、強引に陣取ったとの由にございます」

去就定かならぬ小早川隊に、重要な拠点の一つを乗っ取られたのだ。三成にとっては大きな誤算だろう。

三成は、東軍が大垣を無視して近江へ進むのを阻むため、主力を関ヶ原へ移すと見ていた。小早川隊が松尾山に陣取ったとなれば、その動きを封じるためにも、関ヶ原へ向かう他なくなる。

「して、調略は？」

「稲葉正成、平岡頼勝《ひらおかよりかつ》の両家老より、確約を得ております。戦がはじまれば、必ずや西軍に攻めかかると」

思わず、口元に笑みが浮かんだ。

笹尾、天満、松尾の山々に陣取った西軍に手間取り、攻めあぐねる間に秀頼が出馬してくる。それが、想定し得る最悪の事態だ。だが、小早川隊が松尾山を奪ったことで、戦はかなり楽になる。

先鋒軍が木曽川を越えて岐阜を落とした時点で、勝ちは見えている。だが小早川の内応で、勝利はほぼ決定的になった。実際の合戦は、それを確かめ、天下に喧伝《けんでん》するための儀式でしかない。

後は、西軍主力がいつ関ヶ原へ向かうかだ。西軍が動けば、それを追って関ヶ原へ進軍し、態勢が整わないうちに決戦を強要する。戦後のことまで考慮すれば、小早川隊が決定的な働きをする前に、勝負を決したい。

そこまで考えたところで、彼方から鉄砲の筒音が聞こえてきた。

「申し上げます。西軍の一部が杭瀬川《くいせがわ》を渡り、有馬《ありま》、中村《なかむら》隊に襲いかかったとの由」

「ふむ」

家康は長政を伴い、窓際に移った。二階建ての陣屋の窓からは、岡山の麓から大垣までが見渡せる。

「石田治部の兵にございますな。率いているのは、島左近でしょう」

敵は、五百ほどの規模だった。有馬豊氏《とようじ》隊は九百、中村一栄《かずしげ》隊は四千である。不意を打たれはしたものの、両隊はしっかりと陣を組み直し、島隊を圧倒している。

やがて、敵が敗走をはじめた。それを追って、中村隊が杭瀬川を渡河していく。

「たわけが！」

家康は声を荒らげた。敵は後退こそしているが、算を乱しているわけではない。

間を置かず、川を渡った中村隊に、草むらから湧き出した敵の伏兵が襲いかかる。伏兵は宇喜多隊だった。川の向こうで孤立した中村隊が、いいように討ち減らされていく。

救援に向かった有馬隊も、宇喜多家臣・明石掃部《あかしかもん》の隊から集中砲火を受け、総崩れ寸前に陥っていた。次々と入ってくる名のある将が討たれたという注進を、家康は親指の爪を嚙みながら聞いた。

「直政、忠勝を出せ。あの愚か者どもを連れ戻すのだ」

だが、井伊、本多の両隊が戦場へ到達する前に、敵は大垣城へ引き上げていった。

この短い戦いで、東軍は三百を超える死者を出した。その中には剛勇で知られた中村家家老、野一色頼母《のいっしきたのも》の名もある。

規模こそ小さいが、手痛い敗北だった。大垣城の方角からは、勝《か》ち鬨《どき》の声が聞こえてくる。敵の狙いは、戦意高揚のただ一点だ。その目的は、十二分に果たされただろう。苦々しさを噛み殺し、家康は小姓に命じた。

「諸将を集めよ。軍評定《いくさひょうじょう》を開く」

一階の広間に続々と諸将が集まり、最後に有馬豊氏、中村一栄の二人が蒼褪めた顔で入ってきた。家康は有馬、中村の二人を責めることはしなかった。石高や大名としての格に天と地ほどの開きがあっても、二人は徳川の家臣ではないのだ。

「さて、集まっていただいたのは他でもない。今後の方策について、皆で話し合おうではないか」

何事もなかったかのように微笑を湛《たた》えると、二人はいくらか安堵した表情を見せた。

「大垣を攻めるか、あるいは押さえの兵を残して佐和山から大坂を目指すか。大垣を攻めるとして、いかに落とすか。方々の忌憚《きたん》なきご意見を伺いたい」

元より大垣を攻めるつもりなど毛頭ないが、意見を吐き出させることは重要だ。家康は諸将の意見に耳を傾け、大垣城の水攻めを提案したりもした。

この軍議の内容は、必ず敵に漏れる。西軍の中にはこちらに情報を流してくる者が少なくないが、勝敗がいまだどちらに転ぶかわからない以上、それは東軍も同じだろう。赤坂の陣には、少なくない間者も紛れ込んでいるはずだ。

「方々の意見はわかった。これより、方針を告げる」

半刻近い軍議の末に、家康は言った。

「大垣城は攻めぬ。関ヶ原を抜いて佐和山を落とし、大坂へ進軍する。出陣は明朝といたす」

これで、西軍は今夜にでも動く。そして夜が明けた時、関ヶ原の盆地を埋め尽くす東軍の姿に驚愕《きょうがく》するだろう。いや、家康が自ら死地に飛び込んだと狂喜するだろうか。

どちらにしても、最後に笑うのは自分だと、家康は確信している。

四

大垣城は、関ヶ原への転陣に向けて人馬が忙しなく行き交っている。

日はとうに落ち、空を分厚い雲が覆っている。風は湿り気を帯びているが、ひどい寒さだった。

「伯父上、ただ今戻りました」

三の丸で麾下に指図を出していた惟新に、豊久が近づいてきた。

「いかがであった？」

「駄目です。治部殿は、決戦前にいたずらに仕掛けるべきではないと。島左近殿も、同様の意見でした」

「そうか」

惟新が提案したのは、赤坂への夜襲である。

東軍は明朝、赤坂を出て西進し、佐和山へ向かうという。間者からの報せを受けた三成は、すぐさま関ヶ原への転陣を命じた。予定されていた通りの行動であって、混乱はないものの、惟新はどこか釈然としないものを感じていた。

この情報は、西軍を大垣から誘い出すために意図的に流したものだろう。だが、こちらが大垣を出たところで、関ヶ原が東軍にとって死地であることに変わりはない。去就不明の小早川隊に松尾山を奪《と》られたとはいえ、東軍が関ヶ原へ踏み込めば、四方を囲まれることになるのだ。

「死地にあらず、ということか」

考えられるのは、小早川の内応である。南宮山の毛利、吉川らも、すでに内府と通じているのかもしれない。だとすれば、勝敗はすでに決しているも同然だった。

だが、その程度のことは三成も理解しているだろう。三成は、西軍主力を関ヶ原に移せば、小早川を再び取り込めると考えているようだった。

三成の思惑はともかく、東軍はこちらを追って、関ヶ原まで進出してくるだろう。そうなれば、三成の望むような長期戦にはなりようもない。

惟新もまた、時を欲していた。東軍に寝返った京極高次の大津城は、すでに落城寸前だという。あと二日か三日も待てば、大津攻めに当たっている一万五千の西軍が美濃へ駆けつけるはずだ。その中には、朝鮮の露梁《ろりょう》でともに戦った立花親成もいる。親成は、惟新が知る限り、西国でも屈指の名将だ。

来るかどうかもわからない秀頼や輝元よりも、惟新は親成らの一万五千に期待をかけていた。そのためには、出来る限り時を稼がねばならない。

だが、夜襲の提案は却下された。こうなった以上、今いる味方だけで東軍との決戦に臨むしかない。

「しかし、治部殿にはいささか呆れ申した。伯父上のお考えを尊重するという言葉を忘れたのでしようか」

日ごろは温厚な豊久が、珍しく憤りを露わにしている。将兵の三成に対する不満がいかに高まっているかは、推して知るべしだろう。

関ヶ原への転陣は、石田隊を先頭に、島津隊、小西隊が続き、殿軍は宇喜多隊が務める。大垣城には福原長尭、熊谷直盛《くまがいなおもり》、秋月種長ら七千余が残ることとなった。

東軍の物見の目を避けるため、南宮山の南麓《なんろく》を迂回《うかい》した後に、松尾山東方の牧田《まきた》から北上するという行軍路が採られた。東山道を真っ直ぐ西進するよりも、かなりの遠回りである。

降りはじめた雨が、激しさを増していた。

地面はぬかるみ、すでに道の体をなしてはいない。無数の針に身を刺されるような厳しい寒さの中、東軍の目から隠れるため松明《たいまつ》も灯さず、四万余の大軍は粛々《しゆくしゆく》と行軍を続けた。

関ヶ原のどこに布陣するかは、すでに通達が届いていた。島津隊は笹尾山の南西、北国街道を扼《やく》する位置である。笹尾山と北天満山《きたてんまやま》に挟まれた谷間の奥まった場所だが、小勢の島津隊には手ごろな広さではある。

惟新は三成から二ノ備、すなわち予備を命じられていた。敵が笹尾山の南に回り込むのを防ぐという意味もある。いずれにしろ、わずか千五百の島津隊は、大してあてにされていないということだ。

定められた持ち場に到着したのは、寅《とら》の刻《こく》（午前四時頃）だった。あと一刻もすれば、東の空が白みはじめる。

西軍は北から、笹尾山の石田三成隊六千。そのすぐ南に、豊臣家旗本の二千。島津隊千五百。北天満山には、小西行長隊四千。隣の南天満山《みなみてんまやま》に、宇喜多秀家隊一万七千。大軍の宇喜多隊は南天満山には収まらず、その前衛は平地にまで張り出している。

その南の藤川台《ふじかわだい》周辺には、大谷吉継、木下頼継《よりつぐ》、平塚為広、戸田重政《とだしげまさ》ら計五千。その東側に脇坂安治、小川祐忠《おがわすけただ》、朽木元綱《もとつな》、赤座直保《あかざなおやす》らの計四千二百。松尾山に、小早川秀秋の一万五千。

盆地を挟んだ南宮山には、毛利秀元、吉川広家の一万八千。南宮山東麓には安国寺恵瓊の千八百。その南に長束正家の千五百。東南の栗原山《くりはらやま》の麓には、長宗我部盛親の六千六百。

合計、八万三千近い大軍である。だが、このうちのどれだけに戦意があるのかは疑わしい。

大軍の移動には、入念な準備をしていてもかなりの混乱が伴う。しかも、降りしきる雨で視界はほとんど利かない。東軍はまだ赤坂に滞陣しているのか、それともすでに動き出しているのかもわからなかった。

三成の策は、関ヶ原へ移ることで東軍の西進路を塞ぎ、膠着に持ち込むことだった。そして家康は、それを読んだ上であえて関ヶ原まで進出し、小早川の内応で西軍を突き崩すのが狙いだ。三成は行軍の途上で松尾山に立ち寄ったという。恐らくは新たな恩賞を約束して、味方に繋《つな》ぎ止めようとしたのだろう。小早川の寝返りがなければ、家康の狙いは画餅《がべい》に帰す。

だが二人とも、この霧までは予期していなかったはずだ。それがどちらに有利に働くかは、惟新にも読めない。

「休む暇はないぞ」

着陣すると、惟新はすぐに陣地作りを命じた。

笹尾山、天満山にはすでに陣城が築かれているが、島津隊の持ち場には何の備えもない。やむなく、周辺の雑木林から伐り出した材木で即席の木柵を作らせた。同時に空堀を巡らし、掘り返した土で土塁《どるい》も築かせる。

雨は次第に弱まり、卯の刻《うこく》（午前六時頃）にはようやく上がった。だが、あたりには深い霧が立ち込め、視界の悪さに変わりはない。ほんの数間先の相手の顔さえわからず、自陣の周囲の様子はまったく把握できなかった。

「今のうちに、朝餉と休息をとっておけ。あと一、二刻のうちにも戦がはじまるやもしれん」

大垣城を出た時から、惟新は具足《ぐそく》をつけず、鎧直垂《よろいひたたれ》のままだった。六十六になるこの身では、きたるべき戦に備えて体力を温存しておかなければならない。

「伯父上は、東軍が関ヶ原まで出てくると？」

「来る。必ずな」

豊久の目つきが変わった。豊久率いる佐土原衆には、島津隊の前衛を任せてある。

「では、麾下のもとへ戻ります」

「待て、豊久」

踵を返しかけた甥を、惟新は呼び止めた。歩み寄り、脇差を抜くと、兜の緒の結び目から先を切り落とす。こうしておけば、戦の最中にも兜が脱げることはなくなる。

「一つだけ言っておく。わしはこの戦で、ただ一度の機会を待っておる。その機が熟するまで、攻め寄せる敵を打ち払うだけでよい。戦への深入りは避けるのだ」

それだけで、惟新の考えが伝わったのだろう。豊久の表情が厳しいものとなった。

「石田殿からの下知があった場合は、いかがいたしますか?」

「取り合うな。今日の戦は、各々が武功を顕《あらわ》すべきところ。己が進退は己で決すべし。そう答えてやれ」

「まことによろしいのですな?」

惟新は頷き、豊久の兜の緒を指した。

「その結び目は、戦が終わった時にわしが解いて進ぜよう」

「はっ、ありがたき幸せ」

一礼し、豊久は駆け去っていく。死ぬためには戦うな。ともに薩摩へ帰ろう。その思いは、きっと伝わったはずだ。

「さて、いかがあいなりますことやら」

長寿院盛淳が、ぼやくように言った。

「しかし、赤坂でのあれは、悔やんでも悔やみきれませんな」

盛淳が言うのは、昨日の朝の、予期せぬ家康との遭遇だった。

赤坂へ運び込まれる兵糧を焼くために潜んでいた島津の一隊が、間道を進む家康とその旗本を発見し、あと一歩のところまで追い詰めていた。

「すんだことだ。言うても詮無きことよ」

「さようにございますな。つまらぬ繰り言を申し上げました」

「戦の勝ち敗けは、天が決めること。我らは、我らの戦をするまでじゃ」

「できますかな、我らの戦が」

「できねば、我らは滅びるのみじゃ」

心に期しているものはある。その機を、果たして摑めるか否か。

摑めなければ、西軍は敗れ、島津家はまたしても窮地に立たされる。場合によっては、改易もあり得るだろう。たとえ生きて戦場を離脱できたとしても、龍伯には腹を切って詫びるしかない。

「すべては、霧の中か」

呟き、惟新は霧の向こうに目を凝らす。

その先にいる数万の軍兵が発する気を、惟新ははっきりと感じ取っていた。


視界を遮る濃い霧に、家康は歯嚙みする他なかった。

家康が赤坂の岡山の砦を出陣したのは、丑《うし》の下刻《げこく》(午前二時半頃)のことだった。こちらの読み通り、西軍が大垣を出て関ヶ原へ向かっているという報告を受けてのことである。

このまま東山道を西進すれば、敵が布陣を完了する前に襲いかかることができる。西軍は備えも整わないうちに戦に突入し、さらには小早川隊一万五千に側面を衝かれ、なす術もなく敗走するはずだった。

だが、誤算が一つだけあった。日没後に降りはじめた、激しい雨である。

東山道はぬかるみ、泥濘《でいねい》と化していた。荷車が泥にはまり、馬は暴れ、行軍はしばしば滞った。諸侯の寄せ集めということに加え、月明かりもない夜中とあって、連携もはかどらない。家康は親指の爪を噛みながら、行軍の進捗《しんちょく》を黙って見守るしかなかった。

家康本隊が関ヶ原へ到着するまで、二刻（約四時間）近くを要した。雨はやんだものの、あたりは深い靄《もや》と霧に包まれ、敵はおろか味方がどこにいるのかさえ把握できない。

家康は桃配山《ももくばりやま》を仮の本営とし、周囲に徳川本軍三万を配した。桃配山は、南宮山西麓に位置する小高い山で、盆地の入口に当たる。霧さえ晴れれば、戦況が一望できるはずだ。

この関ヶ原ではかつて、壬申《じんしん》の乱の際にも一大決戦が行われていた。その際、後の天武天皇《てんむてんのう》がこの山に本陣を置き、配下の将兵を激励するために桃を配って勝利を収めたのが、桃配山の由来だという。

本陣が設えられると、家康は各隊に使い番を放ち、味方の居場所を確認させた。このままでは、自軍の状況さえわからないまま、決戦に突入することにもなりかねない。

使い番が次々と戻り、卓に広げた絵図に各隊の位置が書き込まれていく。

先鋒の福島正則隊六千は、盆地の奥深く、南天満山を正面に睨む明神《みょうじん》の森あたりまで進出しているとのことだった。福島隊の後ろには藤堂高虎《とうどうたかとら》隊二千五百、京極高知隊三千、寺沢正成隊二千四百が続く。

北天満山に対しては、田中吉政《たなかよしまさ》隊三千、加藤嘉明《よしあき》隊三千、筒井定次《つついさだつぐ》隊二千八百。その後方を支える位置には、井伊直政隊三千六百と家康の四男・松平忠吉《まつだいらただよし》の三千が控えている。

東山道の北側、笹尾山に向き合うあたりには、黒田長政隊五千四百、細川忠興《ただおき》隊五千。その後ろに古田重勝《ふるたしげかつ》、織田有楽斎《おだうらくさい》、金森長近《ながちか》、生駒一正《いこまかずまさ》らおよそ五千。

家康本陣の後ろ備えには、西から有馬豊氏隊九百、山内一豊《やまうちかずとよ》隊二千、浅野幸長《あさのよしなが》隊六千五百、池田輝政隊四千五百が並んでいる。もしも南宮山の毛利軍が約定《やくじょう》を違えて攻め寄せてきても、家康が戦場を離脱するくらいの時は稼いでくれるだろう。

先鋒の福島隊から最後尾の池田隊まで合わせて、八万八千を超える大軍だった。これほど大規模な軍勢を揃えて戦に臨むのは、家康にとってもはじめてのことだ。

無論、不安はある。これだけの大軍を統率しきれるのか。小早川、毛利は約定を守るのか。本多正信がいれば不安も口にできるが、正信は東山道の秀忠軍に属している。すべてを、家康一人で決断するしかなかった。

「倅《せがれ》さえおればな」

呟くと、側に控えていた本多正純が「申し訳ございません」と頭を下げた。秀忠と、与力《よりき》の正信を詰ったように聞こえたのだろう。

「違う。秀忠などではない」

吐き棄て、家康はもうこの世にいない長男の顔を思い描いた。

脳裏に浮かぶ我が子の顔は二十一歳の時のままだが、生きていればもう四十二になっている。奇しくも今日は、信康《のぶやす》の二十一度目の命日だった。

何を今さら。鼻を鳴らし、家康は自嘲の笑みを漏らした。

信康を自害に追い込んだのは、織田家との関係悪化を恐れた徳川家臣団であり、最終的に決断を下した家康自身だった。家臣領民を守るためといえば聞こえはいいが、要は保身のため、息子を売ったのだ。今頃あの世で、信康は不安に戦《おのの》く父を嗤《わら》っているかもしれない。

信康に自害を命じた時の苦しみにくらべれば、目の前の戦などどうということもなかった。

時刻はすでに、辰の刻《たつのとき》（午前八時頃）に近い。関ヶ原には朝の光が降り注いでいるが、霧はいまだ晴れる気配がない。

差し当たっては、この厄介な霧だった。敵陣の様子がわからないまま、戦端を開くわけにはいかない。霧が晴れるまで開戦は見合わせるよう、諸将に命じるべきか。

そう思案して使い番を呼んだその時、はるか前方で鉄砲の斉射音が轟《とどろ》いた。

「どこの手の者だ！」

家康は思わず腰を浮かせた。確認のため、使い番が本陣を飛び出していく。

その間にも、筒音は立て続けに鳴り響き、その数を増していく。地鳴りに似た喊声も聞こえてきた。

はじまってしまった。舌打ちし、家康は床几《しょうぎ》に腰を下ろした。こうなってしまっては、なす術がない。東軍諸将の奮戦を願うばかりだった。

「申し上げます。最初の鉄砲は井伊兵部《ひょうぶ》様、並びに松平下野守《しもつけのかみ》様の手勢との由」

「兵部だと？」

使い番によれば、直政は忠吉を連れ、少人数で物見に出たところ、宇喜多隊の前衛と遭遇、鉄砲を撃ちかけて素早く後退したのだという。

「兵部め」

この大合戦の火蓋《ひぶた》を切るのは、徳川勢であるべきだ。直政はそう考えたに違いない。加えて、忠吉は直政の娘婿でもある。戦後を見据え、直政には直政なりの目論みがあるのだろう。

抜け駆け功名は軍令違反だが、咎《とが》め立てれば徳川直臣の士気に関わる。黙認する他なかった。

「鬨《とき》の声を上げよ。徳川内府がここにあると、豊臣公儀に弓引く逆賊どもに教えてやるのだ」

命じると、家康は再び前方に目を向けた。

風が吹きはじめていた。関ヶ原西方の山々を覆う霧が、徐々に晴れはじめている。

家康は目を細め、笹尾山の中腹に翻る旗を凝視した。大一大万大吉《だいいちだいまんだいきち》の文字が大書されている。

それは、石田治部少輔三成の旗印だった。

あそこに、三成がいる。鬨の声が響き渡る中、家康は久方ぶりに血が昂《たか》ぶっていくのを覚えていた。

五

昨夜の風雨が嘘のように空は晴れ渡り、山間を縫うように走る風が、目を瞠《みは》る速さで霧と朝靄《あさもや》を吹き飛ばしていく。

そして目の前に現れたのは、一面の大軍勢だった。

三成は笹尾山の中腹に置いた本陣から、桃配山に林立する葵《あおい》の紋と、『厭離穢土《えんりえど》　欣求浄土《ごんぐじょうど》』の文字が大書された旗印を睨んでいた。

徳川本軍三万の兵が、鬨の声を上げていた。その声に背を押されるように、眼下の平地を埋め尽くす大軍が勢いを増している。その圧力に、三成は軽い眩暈《めまい》を覚えた。

すでに戦端は開かれている。最初にぶつかったのは、宇喜多隊と福島隊だった。互いに何の小細工もなく、真正面から押し合っている。

大谷吉継らの藤川台、小西行長の北天満山でも、戦ははじまっていた。大谷隊には藤堂、京極隊、北天満山には古田隊らが襲いかかっている。絶え間ない筒音と地鳴りのような足音、十数万の将兵の咆哮《ほうこう》は、耳を聾《ろう》するほどだ。

そして、三成が本陣を置くこの笹尾山にも、黒田、細川両隊を先頭に東軍諸隊が殺到している。霧が晴れたため、石田家の旗印が東軍の目からもはっきり見えるのだろう。黒田、細川の後ろには加藤、田中、金森らの隊も続いている。笹尾山に向かってくる敵だけでも、石田隊六千の二倍から三倍はいそうだった。

麓では、すでに激戦が展開されていた。前衛の島左近と蒲生郷舎《がもうさといえ》の二千は小関村《こせきむら》に陣取り、三重に構えた柵《さく》の内側から猛烈な射撃を加えている。

統率もなく遮二無二突き進んでくる敵は、左近たちにとって格好の標的だった。敵は柵の向こう側に、早くも屍の山を築きつつある。麓の敵は、左近と郷舎に任せておけばよさそうだ。

「それにしても、よもや、内府自ら関ヶ原まで出向いてこようとはな」

傍《かたわ》らに控える渡辺勘兵衛《わたなべかんべえ》に向かって言った。

齢《よわい》五十をいくつか過ぎた勘兵衛は、五百石の微禄《びろく》だが、かつては秀吉や柴田勝家《しばたかついえ》にも仕官を請われた豪の者である。三成はこの勘兵衛を召し抱えるため、「自分が百万石の大名になったら、そのうち十万石を与える」と約束していた。

「内府め、よほど我らを侮っていると見える」

「小早川の内応を、信じて疑ってはおらんのでしょうな」

三成は頷いた。

こちらが関ヶ原に陣取れば、敵は迂闊には動けない。そう踏んでいた三成だが、敵の進軍を聞いても慌てることはなかった。

確かに、膠着に持ち込んで秀頼の出馬を待つという当初の策は崩れた。大津の立花親成らも、間に合いはしないだろう。

だが、家康があてにしているであろう小早川隊一万五千は、すでに三成の掌中の珠《たま》となっている。

その一事で、三成は勝利を確信していた。

大垣から関ヶ原へ移る途上、三成は松尾山を訪ねた。

その席で、小早川秀秋には、この戦に勝った暁には恩賞として播磨《はりま》一国に加え、関白《かんぱく》の地位まで約束した。稲葉正成、平岡頼勝の両家老にも、それぞれ十万石の加増と黄金三百枚を与えると言ってある。三成の大盤振る舞いに、小早川主従は明らかに狼狽していた。そして、改めて西軍に与することを誓ったのだ。

もしも東軍が関ヶ原へ進出し、決戦となった場合、小早川隊は松尾山を動かず、三成が狼煙《のろし》を上げたところで東軍へ攻めかかる手筈となっている。

小早川が動けば、南宮山の毛利も動く。その時、敵は完全に袋の鼠《ねずみ》と化し、家康の首は胴から離れることになるだろう。

気づけば、開戦から一刻近くが過ぎていた。改めて、三成は戦場を睥睨《へいげい》する。

小関村では、左近と郷舎が相変わらず黒田、細川両隊を翻弄していた。左近は自ら騎乗し、時折柵の中から打って出て敵を掻《か》き回している。南天満山の麓では、宇喜多隊が兵力に物を言わせ、福島隊を押しまくっていた。小西、大谷らも、東軍の猛攻をよく凌《しの》ぎ、時には反撃に出ている。

「よく戦っているな、味方は」

敵は行軍直後に戦闘に突入したため、隊伍《たいご》が整わず、統率も取れていない。だがそれを差し引いても、予想以上の健闘ぶりだった。

三成は視線を南西の方角に転じた。笹尾山と北天満山に挟まれた狭い谷間。島津隊千五百は、そこでじっと動かず、戦況を窺っている。奥まった場所に陣取っているため、攻めかかる敵はいない。戦場をあまねく覆う喧噪の中、その一角だけが静寂を保っていた。

「あれをいつ投入するか、お決めになりましたかな?」

訊ねたのは、八十島助左衛門《やそじますけざえもん》だった。

その問いに、三成は頭を振る。

「まだ早い。島津隊の投入は、戦の終盤だ」

たった千五百とはいえ、兵の質は西軍で最も高い。ここぞという時まで、島津隊は温存しておくつもりだった。矢は、ぎりぎりまで引き絞った方がよく飛ぶのだ。

「殿のお下知通りに動いてくれればよいのですが」

助左衛門は、石田家と島津家の取次役を務めている。島津家をよく知るだけに、その鈍重ともいえる家柄には不満を抱いているようだった。

「動くしかあるまい。この戦に敗れれば、島津は潰れる」

「さようにございますな」

静まり返る島津隊から視線を外し、再び戦場に目を向ける。

どこを見ても、西軍が優位だった。左近と郷舎は群がる東軍諸隊に痛撃を与え、黒田、細川両隊は壊乱しかかっている。南では、宇喜多隊が福島隊を五町(約五百五十メートル)ほども押し返し、大谷隊も藤堂、京極らを追い散らしていた。

「今が、機か」

戦っている味方は、わずか三万余りだった。それだけの軍勢で、敵を押しまくっているのだ。ここで小早川と毛利が動けば、間違いなく家康の首を獲れる。

「狼煙を上げよ！」

三成は命じた。

白い煙が、勢いよく天に伸びていく。盆地は土煙と硝煙《しょうえん》に包まれているが、高所に陣取る小早川と毛利からは、見落としようがない。あるいは、桃配山の家康も今頃は、この狼煙を歯嚙みしながら見上げているのかもしれなかった。

三成は家康本陣を見つめ、笑みを浮かべた。関ヶ原へ足を踏み入れた時点で、東軍の敗北は決したのだ。悔やむなら、己の傲慢《ごうまん》を悔やむがいい。

にやりと笑ったその時、家康の本陣が慌ただしく動きはじめた。母衣《ほろ》を付けた使い番らしき騎馬武者たちが忙しなく駆け、徳川本軍の各隊に何事か触れ回っている。

「よもや、勝ち目なしと見て退却をはじめるのでは」

助左衛門が嘲《あざけ》るように言うが、勘兵衛は首を振った。

「ようご覧《ろう》じられよ。あれは、退却などではござらぬ」

徳川本軍の兵が、再び鬨の声を上げた。続けて法螺貝《ほらがい》が鳴り響き、三万の軍が前進を開始する。

「馬鹿な。内府は血迷ったか！」

助左衛門の悲鳴にも近い声を聞き流し、三成は徳川本軍を凝視した。

見惚《みと》れていたと言ってもいい。敗色濃厚な東軍にあって、いささかの混乱も見せず、一糸乱れず整然と行軍を続ける。その様は、敵ながらある種の威厳さえも感じさせる。

「恐ろしい男だな、内府は」

ともすれば震え出しそうになる両膝に力を籠め、三成は絞り出した。

「死中に活を求める。まさに、海道一の弓取りの面目躍如にござるな」

「あの連中は、死を恐れてはおらんのか」

「配下の将兵に生死の境を超えさせる。それができるか否かが、名将と凡将との差というものにござろう」

「私には理解できんな」

言いながら、三成は己の中に、恐怖とは別の何かが芽生えつつあるのを感じていた。

それは、圧倒的な闘争心だった。心の奥底から湧き上がる強い感情に、三成は戸惑う。これまでの人生で、戦に胸躍らせたことなどただの一度もない。どんな苦境に立とうとも、一切の情を排し、冷徹に物事を処理する。それが、石田治部少輔三成という男だったはずだ。

徳川本軍は十町ほど前進すると、盆地の只中で足を止めた。その覇気《はき》に押されるように、東軍は諸方で盛り返している。そして小早川も毛利も、いまだ動く気配はなかった。

「殿、あれを！」

近習の声に、三成は笹尾山の麓へ目を向けた。

左近が再び柵を開き、突撃を敢行していた。今度は適当なところで引き上げず、敵中深くまで攻め入っている。朱色の前立《まえたて》の兜と、木綿浅黄《もめんあさぎ》の陣羽織《じんばおり》。先頭を駆ける騎馬武者は、左近本人だった。

まさに、鬼気迫る戦ぶりだった。家康の前進で戦の流れが変わりかねないことを、左近も察知したのだろう。

群がる敵兵を蹴散らしながら、左近はなおも突き進む。その先には、黒田長政の本陣があった。その距離は、わずか二町足らず。

あと一歩で長政の首に届く。三成が拳を握りしめた刹那、筒音が連続して響いた。

馬が膝を折り、左近が地面に投げ出される。鉄砲を放ったのは、左手の草むらに隠れた五十人ほどの伏兵だった。

左近は配下の肩を借り、立ち上がった。まだ何事か喚いているが、すでに攻守は逆転している。

「左近を死なせるな!」

三成は叫んだ。蒲生隊と第二陣の舞兵庫《まいひょうご》隊が、島隊の撤退を支援するため柵外へ飛び出していく。そこへ加藤、田中、細川らの隊が襲いかかった。

「殿、あれを!」

助左衛門の声に顔を振り向け、三成は舌打ちした。

温存していた島津に、井伊、松平の両隊が向かっていくのが見えた。千五百の島津隊に対し、井伊と松平は合わせて六千余。さしもの島津も、四倍を超える相手には敵うべくもないだろう。

今や、西軍はそこかしこで追い立てられていた。福島隊は三倍近い宇喜多隊を押し返し、小西隊も防戦一方で、その場に踏みとどまるのがやっとの有様だ。

すべては、徳川本軍の前進がきっかけだった。

「おのれ、毛利、小早川はまだか！」

助左衛門が怒声を放った。

「あの狼煙が見えなかったわけではあるまい。よもや、内府に味方するつもりではあるまいな！」

助左衛門を無視して、三成は言った。

「勘兵衛。私は、あの男に勝ちたい」

亡き秀吉のためでも、豊臣公儀のためでもない。ただ、あの男に勝ちたかった。家康を打ち破るためなら、何もかも失ってもかまわない。

思えば自分は、どんな戦もはるかな高みから見物していた。血を流しながら戦う将兵を、心のどこかで見下していたのだ。

だが、今は違う。かなうことなら、自ら馬を駆って槍を振るい、あの三万の軍を蹴散らしたい。戦場に立って、己の力で勝利を摑みたい。

「殿はようやく、武人になられましたな」

勘兵衛が白い歯を見せて笑った。

「よい物があるではござらぬか」

そう言って、勘兵衛は後ろを振り返る。

「これで、内府に一泡吹かせてやりましょう」

まだだ、抑えろ。豊久は玉除《たまよ》けの竹束に身を隠しながら、己に言い聞かせていた。

敵との間合いはまだ、一町以上ある。敵はすでに射撃をはじめているが、威嚇《いかく》にすぎない。こちらへ届く頃には玉は勢いを失っているので、倒れた味方はまだ一人もいなかった。

「もっとだ。もっと引きつけよ」

わずかに顔を覗《のぞ》かせ、間合いを測る。

敵は、家康四男の松平忠吉。その後ろには、徳川家にあってその勇名を轟かせる井伊直政も控えている。相手に不足はなかった。

島津隊は、前衛の豊久と後衛の惟新が、それぞれ七百五十ずつを率いていた。このあたりは左手の笹尾山と右手の北天満山に挟まれているため、敵は広く展開できない。そのため、前衛だけでも十分に敵を食い止められると、豊久は踏んでいた。

「ようやく戦ができますな、豊久殿」

豊久とともに前衛の指揮を任されている、山田有栄《やまだありなが》だった。父が生前親しくしていた島津家老中・山田有信《ありのぶ》の息子で、気心も知れている。まだ二十三歳と若いが、朝鮮では見事な働きを見せていた。

「逸《はや》るな、有栄。くれぐれも、敵中に深入りするでないぞ」

「わかっております。さあ、来ましたぞ」

間合いが半町ほどに詰まっていた。

豊久は立ち上がり、手にした采配を前方へ振り下ろす。

「放てぇ！」

百五十挺《ちょう》の鉄砲が、一斉に火を噴いた。

放たれた玉のほとんどが、的を捉えた。射手は空になった鉄砲を後ろの玉込め役に回し、代わりに装塡《そうてん》を終えた鉄砲を受け取る。島津家では、雑兵ではなく士分の者が鉄砲を放つので、命中率は他家と比べてはるかに高い。

豊久の下知がなくとも、兵たちは各々の判断で射撃を行う。間断なく筒音が轟き、見る見る屍が折り重なっていった。松平兵は骸《むくろ》を乗り越え、喊声を上げながら迫ってくるが、新たな屍を築くばかりだ。

「やめよ！」

豊久の下知で、筒音がやむ。周囲は硝煙に包まれ、視界が遮られている。今撃っても、効果は望めないだろう。できる限り、玉薬《たまぐすり》は節約しておきたかった。

敵の喊声もやんでいる。容易には近づけないと見て、後退したのだろう。

次の刹那、地を震わすような足音が響いてきた。

煙の向こうに、無数の人影。現れたのは、赤い具足に身を包んだ一団だった。

井伊の赤備《あかぞな》え。徳川家中最強を謳《うた》われる、井伊直政の麾下だ。

豊久は再び射撃を命じた。だが、敵は先頭に竹束を押し立てながら、凄まじい速さで突き進んでくる。瞬く間に間合いを詰められ、空堀も突破された。

「撃ち方やめ。槍で迎え撃て！」

柵を挟んでの攻防になった。豊久も槍を取り、柵をよじ登ろうとする敵兵を突き落としていく。

それでも敵は、怯むことなく押し寄せてくる。

柵に次々と鉤縄《かぎなわ》がかけられ、数ヶ所が引き倒された。そこから、敵兵が殺到してくる。

「一の柵は放棄。二の柵まで下がれ！」

信じ難いほどの圧力だった。兵一人一人の発する気が、松平隊とは桁違《けたちが》いだ。これが、井伊の赤備えか。驚嘆しながら、豊久は血が熱くなっていくのを感じる。

自ら殿軍《しんがり》を務め、二の柵まで後退した。柵は二重で、もう後はなかった。振り返る。惟新のいる後衛は静まり返り、動く気配もない。前衛だけでしのぎきれということだろう。

「何としても踏みとどまれ。薩摩武士の力量を天下に示すは、今この時ぞ！」

叫んだその時、甲高い音が鳴り響き、直後、轟音とともに地が揺れた。左手前方、笹尾山の麓のあたりに、巨大な土煙が上がっている。

大筒。すぐにわかった。石田隊が、麓の東軍に向けて砲撃を浴びせたのだ。

「あんなものを隠しておったとはな」

有栄が笑みを見せた。砲撃はさらに続き、そのたびに地面が震えた。細川、黒田ら東軍諸隊が大混乱に陥り、さらにはその後方の敵中にも砲弾が降り注ぐ。

目の前の井伊隊に、かすかな動揺が走った。

「今だ。撃てる者だけでよい、放て！」

玉を込めてあった兵が、即座に下知に従う。数は五十挺にも満たなかったが、至近距離から射撃を浴びた敵に、混乱が広がる。

「よし、押し出せ！」

柵を開き、打って出た。

先頭に立つ有栄の家臣、指宿忠政《いぶすきただまさ》が槍を縦横に振るい、群がる敵を薙《な》ぎ倒していく。いったんは勢いに呑まれたが、個々の力量では、薩摩兵は徳川兵に劣るものではない。銃撃を受け、統率も乱れている。味方は一気に、敵を一の柵の向こう側まで押し戻していく。

「有栄、兵を戻せ。佐土原衆は玉込め急げ！」

突出しかかっていた有栄の隊が引き返し、彼我の間に間隙《かんげき》が生じた。すかさず、銃撃を加える。法螺貝の音が響いた。井伊隊が後退をはじめる。さすがに算は乱さず、付け入る隙はない。

不意に、自分に向けられた視線を感じた。

目を凝らす。一人の騎馬武者が、こちらをじっと見据えていた。朱塗りの具足に、同じく朱色の頭形兜《ずなりかぶと》。井伊直政に間違いない。

視線がぶつかったのは、ほんの束の間だった。直政は馬首を巡らせ、駆け去っていく。

井伊、松平は後退して隊伍を整え直すと、矛先《ほこさき》を転じ、小西隊へ向かっていった。

「何とか、しのぎきりましたな」

有栄が荒い息を吐きながら言った。

笹尾山からの砲撃は、今も断続的に続いている。笹尾山を攻めていた東軍諸隊は軒並み混乱に陥り、宇喜多隊も福島隊を押し戻したようだった。再び、戦の流れは西軍に傾きはじめている。

「今のうちに、柵を立て直せ。鉄砲も、不具合がないか確かめておくのだ」

命じると、三成の陣から数騎が駆けてくるのが見えた。

知っている顔だった。石田家臣の八十島助左衛門だ。

「島津中書《ちゅうしょ》殿はおられるか」

名乗りを上げると、助左衛門は下馬もせずに言った。豊久に気づくと、馬を進めてくる。

「八十島殿、いかがなされた。火急の用向きか？」

「何を悠長な。戦は今がたけなわ。疾《と》く、押し出して東軍へ攻めかかられよ」

居丈高な物言いに、疲れて座り込んでいた兵たちが立ち上がる。有栄も、射るような視線を助左衛門に向けていた。

「見ての通り、我らはつい今しがた、井伊の赤備えを打ち払ったばかり。兵たちは疲れ、休息を必要としております」

「ぬるいことを。我ら石田勢は、開戦以来戦い通しにござるぞ。天下に名だたる薩摩兵が、あの程度の戦で疲れたと言われるか」

こめかみのあたりが震えるのを感じた。有栄らの手が、刀の柄《つか》に伸びる。かろうじて堪え、目で有栄らを制した。

「さあ、早う戦場へ向かわれよ。それとも、石田治部が下知は受けられぬと仰せか」

「我ら島津は、石田治部殿が家来にはあらず。それよりも、せめて馬を下りられてはいかがか」

使い番は、下馬して口上を述べるのが礼儀だった。しかも、豊久はれっきとした大名であり、助左衛門は石田家の家臣にすぎない。

ようやく気づいたのか、助左衛門の顔色が変わった。

「さ、さような些事《さじ》にこだわっておる時ではござらぬ。こうしている間にも、戦は……」

「下馬せぬか！」

腹の底から怒声を放ち、刀の鞘《さや》を払った。切っ先を助左衛門に向けると、周囲の将兵も一斉に抜刀する。

「馬鹿な、使い番に刃を向けるなど……」

震える声で言うと、助左衛門は馬首を巡らせ、一目散に駆け去っていった。

「豊久殿がお怒りになるのを、はじめて見ました」

刀を納めると、有栄が笑いながら言った。

「鬼神もこれを避く、とはこのことですな。いやはや、恐ろしゅうござった」

「我ら佐土原衆は、墨俣で置き去りにされておるゆえな。ちと、頭に血が上ってしまった。少しばかり、やり過ぎたやもしれん」

「なに、構うものですか。豊久殿が言われた通り、我らは治部めの家来にはあらず」

気づけば、玉薬が尽きたのか、砲撃の音はやんでいた。だが、いったん西軍に傾いた流れは、いまだ続いている。

ほどなくして、再び笹尾山から数騎が駆けてきた。

「先ほどは、家臣がご無礼仕《つかまつ》った」

今度は、三成本人だった。馬を下り、真っ直ぐに豊久の目を見て言う。

「我らの勝機は、今をおいて他にござらぬ。何卒、島津の力を貸していただきたい」

豊久は意外な思いがした。三成の言葉には、傲慢さも卑屈さもない。ただひとえに、戦いに勝つことだけを望んでいる。どうやらこの戦は、三成の中の何かを変えたらしい。

だが、首を縦に振るわけにはいかなかった。

「治部殿。我らはまだ、動くべき時ではないと見ております。戦機は伯父、惟新入道が判断いたすゆえ、お引き取りなされよ」

「ならば、惟新殿に直接掛け合おう」

「無駄なこと。惟新入道の言葉をそのままお伝えいたす。今日の戦は、各々が武功を顕すべきところ。己が進退は己で決すべし」

しばし豊久を見つめ、三成はふっと笑った。

「なるほど。惟新殿は、人の力をあてにするなと言われるか」

何かが吹っ切れたように、三成は踵を返し、颯爽《さつそう》と馬に跨る。

「惟新殿に伝えていただきたい。委細、承知いたした。卿が言のごとくなさるべし」

好きなようにしろ。皮肉や嫌味の感じられない調子で言うと、三成は馬腹を蹴った。

「私は少しばかり、あの御仁を見誤っていたのかもしれん」

遠ざかる三成の背を見つめながら、豊久は呟いた。

「加賀前田ですら屈した内府を相手に、たった二十数万石の分限で戦を挑み、互角以上の戦いをしているのだ。有栄、そなたが治部殿の立場だったとして、同じ真似ができるか？」

「御免蒙《こうむ》りますね。誰かの命で槍を振るっていた方が、ずっとましだ」

苦笑し、豊久はあたりを見回した。

柵の再構築は、あらかた終わっている。今は西軍が押しているので、しばらくは兵たちを休めることもできるだろう。豊久は腰袋から干し飯を取り出し、竹筒の水で流し込む。

惟新が狙っているという機は、いつ訪れるかわからなかった。その時のために、力を蓄えておかねばならない。

三成という人物を見直しはしたものの、この戦で命を捨てる覚悟は、次第に萎《な》えつつある。所詮、今日の戦は三成と家康のものであって、自分たちはたまたま居合わせたにすぎない。できることなら、この兜の緒は、惟新に解いてほしいものだった。

豊久は天を仰ぎ、日の位置を確かめた。

開戦からすでに、一刻半が過ぎようとしている。

六

なぜこれほどまでに粘れるのか、家康は理解できずにいた。

実際に戦っているのは石田、小西、宇喜多、大谷ら、三万程度だった。

毛利も小早川も、松尾山の北に陣取る脇坂、朽木らも動かず、戦を傍観している。三成麾下の勇将、島左近も深手を負い、本陣へ運ばれていったという。石田隊に与えた衝撃は、決して小さくはないはずだ。

「それでなぜ、これほど手こずるのだ」

爪を噛みながら、家康は独りごちた。

いいや、手こずるどころではない。東軍はすべての方面で押され、狩り立てられている。すでに軍勢の体を為していない隊も、いくつかあった。その穴埋めのため、家康は南宮山の毛利に備えていた山内、有馬、浅野らの隊だけでなく、三万の旗本のうち半数近くまでを前線へ投入している。

確かに、予期せぬ霧の中での開戦で、味方の統制は乱れていた。加えて、島左近の巧みな用兵や、宇喜多勢の奮戦、石田隊からの砲撃と、苦戦の理由はいくつもある。

だが最大の誤算は、あの小僧だ。

秀秋さえ約定通り開戦早々に内応していれば、今頃西軍は総崩れとなり、三成の首級も挙げられていたはずだ。

しかし今や、首の心配をしなければならないのは家康の方だった。西軍勝利を確信すれば、秀秋は山を下り、こちらへ軍を進めてくるだろう。一万五千もの新手を、疲弊しきった味方が支えられるはずもない。そして秀秋が動けば、南宮山の毛利も参戦する。関ヶ原からの退路は塞がれ、家康は首を差し出す以外ない。

忌々《いまいま》しさに顔を歪め、家康は松尾山を見上げた。

開戦時から今にいたるまで、小早川の陣は変わることなく森閑としていた。林立する無数の旌旗《せいき》は、何百年も昔からそこにあるかのように、いささかも揺るがない。

神か仏にでもなったつもりか。十数万の兵が殺し合う様を、はるかな高みから眺めているであろう秀秋の顔を思い浮かべ、家康は吐き棄てる。

「伝令！」

声を張り上げ、駆け寄った使い番に告げる。

「鉄砲頭、布施孫兵衛《ふせまごべえ》に伝えよ。松尾山の麓まで進み、山頂へ向けて鉄砲を放て」

「しかし、小早川隊はお味方のはずでは」

「構わん。そうじゃ、福島隊からも鉄砲足軽と旗印を借りよ。徳川と福島の旗を掲げ、金吾めを撃ち抜くつもりで放つのだ」

銃撃に怒った秀秋がこちらへ矛を向ければ、そこで終わりだった。その時は、旗本と一丸となって敵中へ斬り込み、秀秋と刺し違えてやるまでだ。

「さあ、行け！」

追い立てるように、使い番を送り出す。

伝令を受けた布施孫兵衛が、十名の配下を連れて動き出す。途中で福島隊の鉄砲足軽十名を加えると、藤古川《ふじこがわ》を渡り、松尾山麓の小高い丘に陣取った。丘の頂に徳川、福島両家の旗印が翻る。その様は、秀秋の目にもはっきりと見えているはずだ。

やれ。心中で念じると、射撃がはじまった。

射撃は十挺ずつ、計八回繰り返された。筒音は戦場の喧噪に掻き消され、家康の耳には届かない。

山頂の秀秋にも聞こえはしないだろう。だが、徳川兵が小早川に筒先を向けたという事実さえあればいい。

射撃を終えた孫兵衛たちが引き上げはじめると、家康は床几から立ち上がった。

「いま一度、本陣を前に進めよ」

命じると、本多正純が血相を変えた。

「殿、これ以上は危のうございます。その儀ばかりは何卒」

「黙れ。己の身を危ぶんで、将兵に死ねと命じられるか！」

「されど……」

「我ら一同、死兵と化さねばこの戦、勝てはせぬ」

なおも反対する正純を押し切り、再び本隊を前進させた。

無論、危険は大きい。だが、ここは前に出るべきだと、長い戦陣暮らしで培った勘が告げている。すべての将兵に、総大将が不退転の覚悟を示すべきなのだ。

馬を進めるほど、喊声や筒音は大きくなる。鼻を衝く血と硝煙の臭いが、自分が紛れもなく戦場にいるのだと教えてくれる。

全身に、覇気が満ちていく。麾下の将兵からも、気魄が溢れ出している。

もはや、秀秋のことなど眼中にない。天下獲りのための戦という思いさえ、頭から消えていた。ただ目の前の敵を打ち破る。為すべきことは、それだけだ。

笹尾山まで五町ほどの距離に新たな本陣を定めた時、『大一大万大吉』の旗が揺れた。

一千ほどの軍勢が山を駆け下り、黒田隊に向かっている。長政の首を獲りにきたか。そう思った直後、一千はいきなり転進し、こちらへ向かってきた。

なるほど、狙いはわしの首か。面白い。

「来るぞ。しかと陣を組み、迎え撃て。忠勝に伝令。あの不埒者《ふらちもの》どもを打ち払うのだ！」

前衛の本多忠勝に命じながら、家康は身の内を満たす生の実感に浸っていた。


さすがは、海道一の弓取りと称される男だ。

こちらの意図を読みきり、即座に迎撃の態勢を整えた家康に、三成は舌を巻いた。

重臣の大山伯耆《おおやまほうき》、高野越中《たかのえっちゅう》に託した一千は、本多忠勝の率いるおよそ千五百とぶつかり、一進一退の戦を繰り広げている。亡き秀吉から『家康に過ぎたる者』と讃えられた忠勝を相手に、伯耆と越中は見事な戦ぶりを見せていた。

だが、伯耆らの戦いを眺めている暇はない。

「まいるぞ」

渡辺勘兵衛に声をかけ、三成は馬に跨った。

勘兵衛の後に続いて馬腹を蹴り、温存してあった二千とともに笹尾山を駆け下りた。黒田、細川、加藤らには、残る二千余と、豊臣家旗本衆二千を当てて防がせている。

北へ大きく迂回して、麓に群がる敵を避けた。そこから南へ転じて、家康本隊へ向かう。

本多忠勝は伯耆と越中、井伊の赤備えは小西隊に、それぞれ向かっている。今が家康の首を挙げる、千載一遇の好機だった。

家康本隊が、目の前に迫ってきた。筒音が響き、隣の騎馬武者が馬から転げ落ちる。

ぶつかった。先頭を駆ける勘兵衛が槍を振り回し、雄叫びを上げながら敵兵を薙ぎ払っていく。

矢が唸りを上げ、耳元を掠める。怒号。悲鳴。立ち込める火薬の煙。噎《む》せ返るほどの死臭。吐き気と恐怖。そしてそれを上回る、圧倒的な血の昂ぶり。

これが戦か。改めて、三成は思い知らされる。己を震い立たせ、大音声《だいおんじょう》を放った。

「徳川内府は目の前ぞ。者ども、命を惜しむな！」

ほんの一町足らずの距離に、金扇の馬印が見える。姿こそ見えないが、家康はそこにいるはずだ。

慣れない槍を握る手に、自然と力が籠もる。

とその時、右手からいくつかの悲鳴が上がり、凄まじい殺気が全身を打った。弾かれたように、顔を振り向ける。

鹿角の兜に、馬体九尺（約二・七メートル）はあろうかという黒毛の馬。本多忠勝。十数間先で、血に濡《ぬ》れた槍の穂先をこちらへ向けている。

「石田治部少輔はあれにある。討ち取って、末代までの手柄といたせ！」

忠勝が吼《ほ》える。その檄で、押されていた敵兵が息を吹き返した。忠勝に向かっていった二騎が、瞬く間に突き落とされる。忠勝の槍がどう動いたのかさえ、三成には見えなかった。

「おのれ……」

怯むな。叫ぼうとした刹那、視界の隅に違和を覚えた。

松尾山。夥《おびただ》しい数の旌旗が揺れ、雪崩のように麓へと向かっていく。その先にいるのは、大谷隊六百だった。

「殿、もはやこれまでにござる」

勘兵衛が馬を寄せ、三成の馬の轡を摑んだ。

「小早川の内応は明白。まずは、笹尾山へ」

「まだだ。内府さえ討てば……」

「戦はこれで終わりではござらん。まだ、佐和山も大坂もありまする。されど殿が討たれては、再挙はかないますまい」

強引に、馬首の向きを変えられる。気づけば、周囲の味方の数が激減していた。さらには、家康の危機に周辺の東軍諸隊も駆けつけ、あたりは敵だらけになっている。

「さあ、急がれませ。殿が討たれては、戦は終わりにござるぞ」

唇を嚙み、頷いた。ここで華々しく散ったところで、何の意味もありはしない。

「殿が百万石の大大名になった暁には、それがしに十万石。約束、お忘れ召さるな」

微笑し、勘兵衛は槍の柄で三成の馬の尻を打つ。

そうだ。まだ、終わったわけではない。大津と大坂には、いまだ六万の味方がいる。秀頼を奉じて大坂へ立て籠もれば、家康とて容易には攻められない。

勘兵衛が名乗りを上げる声に、三成は馬を駆けさせながら振り返った。勘兵衛は槍を振り上げ、忠勝に向かっていく。

それから先を、三成は見なかった。

生き延びてやる。口惜しさに涙するのも、家臣の死を悼《いた》むのも、すべてはここを切り抜けてからだ。


見事な戦ぶりではないか。

石田隊の猛攻に、惟新は素直に敬意を抱いた。たとえ一時にせよ、あの徳川家康の心胆《しんたん》を寒《さむ》からしめるには十分な戦いだった。

三成という男はどういうわけか、自身が抱える将兵からは、絶対的な忠誠を獲得しているようだった。でなければ、たった三千での家康本隊強襲などという無謀な策に、兵たちが従うはずがない。

三成はどうやら、激戦地からは離脱し、笹尾山まで引き上げたようだ。それも、殿軍に立った石田兵たちの奮戦あってのことである。

とはいえ、小早川隊の参戦によって、戦況は一変していた。無傷の小早川隊一万五千は松尾山を駆け下り、藤堂、京極らを相手に優位に戦っていた大谷、平塚、木下らに襲いかかったという。

「申し上げます」

前線に出していた物見が、片膝をついて報告する。

「大谷隊、小早川隊一万五千を三度にわたって押し戻したものの、脇坂、朽木、小川、赤座の四隊が東軍に寝返り、大谷隊の側面を衝いた由にございます」

惟新は無言で頷いた。

吉継は恐らく、その場で死ぬことを選ぶだろう。不治の病に冒された吉継は、己の死すべき場を求めて、西軍に与したのかもしれない。

いずれにせよ、これで西軍は一気に瓦解へ向かう。大谷隊を壊滅させた小早川、藤堂、京極らは、次は宇喜多隊の右側面を衝く。戦い疲れた宇喜多隊がこれを支えることは不可能だろう。

惟新は前方を見据える。石田隊の突撃をしのぎきった東軍は、勢いに乗って笹尾山に殺到しようとしていた。三成が戻っても、今の石田隊では到底持ちこたえられはしないだろう。

盆地中央では、井伊、松平が小西隊を押しまくり、福島隊は相変わらず宇喜多隊との激闘を繰り広げている。

そして、静まり返る島津隊に目を向ける者は、誰もいない。

耐えに耐えて待ち続けた機が、ようやく訪れようとしている。

惟新は床几から立ち上がり、具足の用意を命じた。兜をかぶり、緒の結び目から先を切り落とす。

「主立った者たちを集めよ。前衛の豊久、有栄らもだ」

集まった一同を、惟新はゆっくりと見回した。

一族の豊久。惟新の直臣である新納旅庵、長寿院盛淳。島津家重臣の種子島久時《たねがしまひさとき》、川上忠兄、久智兄弟、入来院重時。木脇祐秀《きわきすけひで》や押川郷兵衛ら馬廻衆。龍伯の反対を押し切り、ほとんど身一つで駆けつけてきた中馬大蔵の姿もある。

「殿。退かれるならば、今のうちかと」

口を開いたのは、新納旅庵だった。

「じきに、東山道も北国街道も敗走兵で満ち溢れ、退却どころではなくなります。後は我らに任せ、殿は何卒、生きて薩摩へお帰りくだされ」

「まだだ。まだ、為すべきことがある」

「それは」

「皆の者、聞け」

静かに言うと、一同が背筋を正した。

「これまで、皆には苦しき思いをさせてきた。この天下分け目の大戦で、ろくに戦えぬことを不満に思う者もおったであろう。かくなる仕儀と相成ったは、ひとえに、この惟新の不徳の致すところである」

諸将は咳《しわぶき》一つ立てず、惟新の言葉に聞き入っている。

「味方は間もなく総崩れとなろう。そして敵は、西軍の主立った将たちの首を求め、西へ向かう」

「そうなれば、家康本陣は手薄となりましょうな」

笑みを浮かべながら応じたのは、豊久だった。

「幸い、敵は小勢の我らなど眼中にない様子。放っておけば退却すると、決めてかかっておるのでしょう」

「さよう。その隙に我らは敵本陣を衝き、徳川内府の首を獲る」

それまで沈みきっていた諸将の顔つきが、一変した。

「家康さえ討てば、この戦は我らの勝ちぞ。その後は大垣城へ駆け込み、守兵と合流いたす。そこからは、成り行き次第じゃ」

「討ち損じた場合は？」

旅庵が問う。

「その場で死ねばよい。我ら島津の戦ぶりを天下に示した上で揃って討死し、国許の龍伯様にお詫びいたすのだ」

押川郷兵衛が、声を放って笑った。

「なるほど、それは面白うござる。その賭け、乗り申した」

「それがしも、お供いたしまする」

「拙者はまだ、薩摩を出て以来まともに戦をしておらん。腕が鈍っておったゆえ、ちょうどようござる」

一同が口々に賛意を示す中、旅庵の表情だけが晴れない。

「旅庵、いかがじゃ？」

「一つだけ、お約束くだされ」

「申してみよ」

「もしも内府を討ち漏らしたその時、殿はいかなる犠牲を払ってでも、薩摩へお帰りください。殿は島津家にとって、欠くべからざる御方。その後に襲いくるであろう危機から、島津家をお救いくだされ」

「それは、承服できんな。わしが生きて帰れば、徳川からの追及はより厳しいものとなろう。仕損じたならば、その場で死ぬより他あるまい」

「なりません！」

常日頃声を荒らげることのない旅庵の怒声に、虚を衝かれる思いだった。

「殿には他にも、為すべきことがござろう。殿の他に誰が、大坂の亀寿様、宰相殿ら女房衆をお守りいたすのです。方々を薩摩へお連れしてはじめて、殿のお務めは果たされる。違いますか？」

旅庵の思わぬ剣幕に、惟新は返答に窮する。

「それがしは」

それまで黙していた中馬大蔵が、はじめて口を開いた。

「それがしは、殿様を死なせるために、薩摩からはるばる駆けてきたわけではござらん。殿様には、生きて薩摩へお帰りいただかねば困る」

大蔵は平素から寡黙で、ほとんど口を開くことがない。これほど長く話すところを見るのははじめてだった。

「伯父上。旅庵と大蔵の申すことはもっともにござる」

「豊久、そなた」

「なに、内府を討ちさえすればよいのです。内府亡き後、東軍が瓦解いたしましょう。さすれば、女房衆の身を危うくする者はどこにもおらぬ。すべては丸く収まるのです」

あまりの楽観は、意図してのものだろう。だが、それで皆が納得するのであれば、致し方ない。

「よかろう、約束いたす。内府を討とうと討てまいと、わしは必ずや女房衆をお連れし、生きて薩摩へ帰る。これでよいな?」

旅庵が頷くのを確かめると、脇差の鯉口《こいぐち》を切り、金打《きんちょう》を打った。一同も、それに倣う。薩摩武士にとっての約束は、一命を賭したものだ。

これで、この戦で死ぬことはかなわぬか。内心で苦笑し、再び一同を見回す。

「では、それぞれ仕度にかかれ。我が合図とともに、一丸となって徳川本隊目指し突撃をはじめよ」

「先鋒はこれまで通り、それがしと豊久殿でよろしいのですな?」

有栄の問いに、惟新は頷いた。

「ありがたき幸せ。では、内府の首は、それがしが頂戴《ちょうだい》仕るといたしましょう」

有栄が不敵な笑みを見せた。父の有信に似ず、血気に逸るところはあるものの、その武勇と用兵の才は確かなものがある。

「内府以外の首を獲ることは、固く禁ずる。たとえ主君や親兄弟が倒れようと、足を止めるな。ただひたすら、内府の首だけを狙え」

諸将が駆け去ると、惟新は周囲の戦況を窺った。

小西隊はすでに崩れ、北天満山は東軍が制圧しつつあった。宇喜多隊も小早川、藤堂らに側面を衝かれ、敗走に移っている。残るは、笹尾山だけだ。

だが、石田隊は信じ難いほどの粘りを見せていた。山裾《やますそ》を敵に取り囲まれながら、それを防ぐだけでなく、時には逆襲にも転じている。

今や、東軍諸将の誰もが三成を見ていた。最大の手柄にありつこうと、小早川や藤堂、京極、福島らの隊も、じきに笹尾山へ軍を進めるだろう。

前方に目を凝らす。宇喜多隊を敗走させた福島隊が、笹尾山へと向かっている。

その先には、葵の紋の旗印を掲げる数千の一団。分厚い兵の壁の向こうに、金扇の馬印が見えた。距離は五、六町ほど。三万いた旗本の多くは前線に出しているのだろう。周囲を固めるのは、五千程度か。

「馬曳け」

曳かれてきた馬に跨り、槍を手にした。将兵の視線を一身に浴びながら、声を張り上げる。

「ただ今より、我ら千五百は一本の剣となる。一人一人が刃と心得よ。刃が欠けるほど、切れ味は鈍る。内府が首を刎《は》ねるまで、一人たりとも欠けることは許さん。よいな？」

「おお」と、千五百の将兵が声を揃える。

味方の士気は今や、衝天の勢いにある。大きく息を吸い、手にした槍を高く掲げた。

「いざ、進めぇ！」

咆哮し、槍の穂先を徳川本隊へ向けた。

先鋒の豊久と有栄が、柵を開いて打って出た。その後を、全軍が一丸となって追っていく。惟新も馬腹を蹴り、馬を進めた。

三成の戦は終わった。だが、島津の戦は、たった今からはじまるのだ。
家康の馬印を凝視しながら、惟新は久方ぶりの高揚に身を浸していた。

第八章 薩摩へ

一

馬を進めながら、豊久《とよひさ》は敵陣に視線を注いでいた。

こちらの前進に、家康はすぐに気づいたらしい。千五百ほどの敵が家康本陣と島津隊の間に割って入り、迎撃の態勢を整えはじめている。

左手には、福島隊が見えた。だが、こちらは島津隊の前進にも動きを見せない。

「もはや、東軍の勝利は目に見えております。ここでいらぬ犠牲を出したくないのでしょうな」

「なるほどな」

豊久は視線を前へ戻した。

家康本陣との間に立ち塞がる敵の旗印は、白地胴黒に『本』の一字。

「本多忠勝《ほんだただかつ》か」

槍を握る手に、思わず力が籠もった。石田隊の突撃を食い止めた忠勝の鬼神の如《ごと》き戦いぶりは、豊久も目の当たりにしている。

敵は三段に分かれ、槍衾《やりぶすま》を作ってこちらを待ち構えている。すでに使い果たしているのか、矢玉は飛んではこない。

間合いが二十間（約三十六メートル）ほどに詰まった時、豊久は命じた。

「鉄砲衆、駆けながら放った後、脇へ退《の》けよ！」

最前衛の鉄砲武者たちがそれぞれに発砲し、左右に分かれる。その間を、豊久と馬廻衆が一丸となって突き進む。駆けながらの発砲に意表を衝かれたか、敵の隊列は乱れている。

「続けぇ！」

ここで勢いを止めれば、家康には届かない。腹の底から雄叫びを上げ、敵中へ飛び込んだ。向かってくる槍の穂先を掻き分け、数人の足軽を突き伏せながら、ただひたすらに前へ進む。

敵の前衛を突き抜けた。こちらの勢いに、敵は明らかに呑《の》まれている。この期に及んで突撃してくる者がいるなどとは、思ってもみなかったのだろう。

「止まるな。足を止めれば、待つのは死のみぞ！」

第二陣とぶつかった。鉄砲武者を左右に広げ、銃撃を加える。そこへさらに有栄《ありなが》らが突っ込んだ。向かってきた騎馬武者を、槍の柄で叩き落とす。さらにもう一騎の喉を貫いた。

あと一押しで、第二陣は抜ける。そう確信した刹那、敵の第三陣が動き出した。第二陣の背中を押すように、前へ出てくる。

敵味方が入り乱れた。舌打ちしながら、なおも馬を進める。

不意に、全身の毛が逆立った。視線を左右に走らせる。鹿角の兜。本多忠勝。有栄のいる方へ、一直線に馬を駆けさせている。

有栄の家臣らしき騎馬武者が、主を守ろうと前へ出た。

「退けぇ！」

地を震わすような叫びとともに『蜻蛉切《とんぼきり》』が一閃《いっせん》した。首を失った騎馬武者が、数歩進んで馬から転げ落ちる。

豊久は我知らず、馬を忠勝へ向けていた。

「本多平八郎《へいはちろう》殿！」

呼ばわると、忠勝が馬を止めた。

「この島津中 務 大輔《なかつかさたいふ》豊久がお相手いたす！」

「これは、よき相手」

こちらへ向き直った忠勝の頬に、笑みが浮かぶ。

駆けながら、豊久は鞍《くら》を両腿で挟み込み、両手で槍を握った。忠勝は動かず、こちらを待っている。渾身《こんしん》の力を籠め、槍を繰り出した。

馳せ違う。甲高い音とともに、両腕から体の芯まで凄まじい衝撃が走った。反転しながら槍を構え直した時、忠勝はすでに馬を駆けさせていた。

忠勝の殺気に、馬が怯《おび》えている。怯《ひる》むな。念じながら、両腿で鞍を締め上げた。忠勝が雄叫びを上げながら、槍を振り上げた。蜻蛉切の穂先。頭上に迫る。止められない。だが、相討ちなら。咄《とっ》嗟《さ》に判断し、槍を突き出す。

忠勝は振り上げた蜻蛉切を止め、上体を捻《ひね》った。豊久の繰り出した槍が、宙を突く。

再び間合いが開いた。肩で息をする豊久に対し、忠勝の顔にはいまだ笑みが浮かんでいる。

惟新《いしん》以外にも、これほどの武人がいるとは。やはり、この国は広い。血の滾《たぎ》りとともに、喜びにも近い感情が込み上げる。

「いざ！」

馬腹を蹴った刹那、筒音が響いた。

忠勝の馬が足を折り、主人を投げ出した。主君を守ろうと、本多隊の兵が駆けつける。豊久の周囲にも、味方が集まってきた。

「豊久殿、無茶な真似を」

有栄だった。邪魔をするな。言いかけて、豊久は口を噤《つぐ》んだ。今は、一騎打ちに興じている時ではない。

忠勝はすぐに立ち上がり、別の馬に乗り替えていた。だが、忠勝の落馬を目の当たりにした本多隊の兵には、動揺が広がっている。

「一つに固まり、突き崩せ！」

有栄の下知で、止まりかけていた味方が再び動き出した。忠勝は家臣たちに囲まれ、遠ざかっていく。そこへさらに、後続の味方の圧力が加わった。

押し出されるように前へ出る。敵兵の壁が崩れ、視界が開ける。

だが、そこにあったはずの家康本陣が見えない。代わりに見えたのは、赤い具足に身を固めた三千ほどの軍勢だった。家康本陣の旗は、その先に翻っていた。

「やられたな、有栄」

「我らが本多隊と戦っている間に本陣を下げ、井伊隊を呼び戻したということですか」

「さすがは、海道一の弓取りと呼ばれる男だ」

「で、どうします。諦めますか？」

「馬鹿を言うな」

ようやく面白くなってきたところだ。そう言いかけて、豊久は頭を振った。どうやら自分は、思っていたよりも戦を、命のやり取りを愉しんでいるらしい。

ふと頭に浮かびかけた亀寿《かめじゅ》の顔を振り払い、豊久は槍を握り直した。


あの者たちは、いったい何なのだ。こんな戦が、あっていいものか。

恐怖を気取られないよう、家康は全身に力を籠めていた。だが、膝は震え、肌には粟《あわ》が立っている。誤魔化すように、親指の爪を嚙んだ。

すでに、笹尾山の石田隊は完全に崩れていた。三成は恐らく、伊吹山《いぶきやま》を越えて佐和山《さわやま》へ落ち延びている途上だろう。味方の多くがそれを追って、北国街道《ほっこくかいどう》を西へ進んでいる。

勝った。薄氷を踏むような戦だったが、ついに勝利を収めたのだ。家康も周囲を固める旗本たちも、ようやく安堵の吐息を漏らした。

そこへいきなり、島津隊が突っ込んできたのだ。

迎撃させた本多忠勝隊千五百は、激戦の末に突き破られていた。乱戦の中、忠勝は愛馬の『三国黒《みくにぐろ》』を失ったという。そして本多隊を突き破った敵は足を止めず、井伊の赤備え三千五百に突撃していた。

井伊隊は先刻、島津隊に攻めかかったものの撃退されている。とはいえ、それは瀬踏みのようなもので、損害もそこまで大きくはなかった。今度は背後が家康本陣とあって、井伊隊の士気は高い。

しかし井伊隊は、押されに押されていた。直政《なおまさ》は、個人の武勇こそ忠勝に及ばないが、その麾下の赤備えは徳川家中でも最強を謳《うた》われている。直政がこれほど苦戦する様を、家康ははじめて目の当たりにしていた。

「忠吉《ただよし》を前に出せ。藤堂、筒井らにも島津を食い止めさせろ。あの痴《し》れ者どもを、何としても討ち果たすのだ！」

家康の怒声に、使い番たちが駆け出す。

本陣を一町（約百九メートル）ほど下げたのは、咄嗟の判断だった。もしもとどまっていれば、この首は胴から離れていたかもしれない。

だが、島津の鋭鋒《えいほう》はようやく鈍りつつある。敵は半数ほどに討ち減らされ、前衛の豊久と後衛の惟新はすでに一体となっている。剽悍無比《ひようかんむひ》の薩摩《さつま》兵とはいえ、人である以上、戦えば疲弊していく。

崩れかかる井伊隊を、忠吉の三千が支えた。さらに、右手からは藤堂、京極、左手からは筒井、加藤らが襲いかかっている。

それでも敵は、小さく固まったまま、足を止めようとはしない。その数を減らしながらも、遮る者を薙ぎ払い、少しずつ、着実に家康に近づいてくる。

「島津の強兵ぶり、よもやこれほどとはな」

ぽつりと、家康は呟いた。

いったんは伏見入城を打診しながら、鳥居元忠《とりいもとただ》に拒むよう命じたのは、家康自身だった。

考えを変えたのは、惟新の率いる兵力があまりにも少なかったからだ。伏見入城を拒まれれば、惟新は西軍に付くしかない。そして、いかに剽悍な薩摩兵であっても、ほんの数百ならば戦場で討ち取ることはそれほど難しくはない。

武の柱である惟新を討てば、島津家の力は半減する。戦後の九州統治を考えれば、島津の力を削いでおくにこしたことはないのだ。

しかし、誤算もいいところだった。薩摩からは続々と将兵が駆けつけ、惟新の兵は千五百まで増えた。岐阜から赤坂へ向かう途上では、首まで獲られかけた。

惟新を討ち、力を削ぐだけでは足りない。島津家は改易し、この世から跡形もなく消し去るべきなのだ。

慌ただしい足音とともに、本陣に使い番が駆け込んできた。

「申し上げます！」

注進は、赤坂に残した味方からだった。

大垣城には三成の女婿である福原長尭《ふくはらながたか》ら、七千余の西軍が籠もっている。これに対し、家康は昨夜の出陣前、水野勝成《みずのかつしげ》、松平康長《まつだいらやすなが》らに、隙があれば大垣城を攻めるよう命じていた。

注進によれば、味方は今朝から城攻めを開始し、三の丸を攻め落としたという。城からは火の手が上がり、振り返ると、東の空には幾筋かの黒煙が立ち上っているのが見える。

「承知した。勝成らには、そのまま攻め続けよと伝えておけ」

今はそれどころではない。使い番が駆け去ると、家康は視線を島津に戻した。

残る敵は、六百ほどか。だが、味方は島津の戦ぶりに気を呑まれている。藤堂や筒井などの兵は、明らかに腰が引けていた。家康から島津隊の先頭までは、もう半町もないだろう。

「殿、いま一度、本陣を後ろへ」

「ならん。ここで逃げて、天下に恥を晒《さら》せるか」

本陣の正面はがら空きだが、左右にはまだ、五千の兵が残っていた。家康の馬廻衆を中心とした精鋭である。これが打ち破られるまで、退くわけにはいかない。

「されどこのままでは、ようやく摑んだ勝利が……」

「わしが首を獲られると申すか！」

叫ぶや、床几を蹴って立ち上がる。

その時、味方の最後の壁が崩れ、島津兵の姿が見えた。

一人の騎馬武者が、槍を手にじっとこちらを見据えている。その紺糸縅《こんいとおどし》の具足には、見覚えがあった。恐らく、島津豊久だろう。全身を返り血に染めながら、顔には笑みさえ浮かべている。その後に続く者たちも、完全に死兵と化していた。足取りはさながら幽鬼のようだが、発する気は尋常ではない。

「殿……」

言いかけた正純《まさずみ》の顔は、恐怖に強張っていた。家康の肌にも、再び粟が立っている。あれは、戦っていい相手ではない。直感がそう告げている。

さらにもう一騎が、島津兵を掻き分けるように前へ出てきた。

時代遅れの、赤糸縅《あかいとおどし》の大鎧《おおよろい》。島津惟新。その身から溢れ出る闘気は、六十六の老人とは到底信じられない。

自分は今、何かとてつもなく大きなものと向き合っているのではないか。そんな思いが、家康を捉えて離さない。自分が圧倒されているのか、それとも魅了されているのか、それさえもわからなかった。

「……殿、殿！」

正純に袖を引かれ、家康はようやく我に返った。

「後ろへお下がりください。ここは、それがしが」

刀を抜いて前へ出ようとする正純を、家康は制した。

「まだ、五千の旗本がおる。ここで恐れをなして退くようでは、天下など夢のまた夢よ」

床几から立ち上がり、刀を抜き放つ。

「旗本衆、前へ。わしが陣頭に立つ。島津惟新が首は、我が徳川勢の手で獲るのだ」

正純がまだ何か訴えているが、耳には入らない。家康が見ているのはただ一人、島津惟新だけだった。

肚《はら》は据わった。ここを超えなければ、天下には届かない。天下とは、己が力で掴み取るものだ。

惟新は、東の空を見上げていた。

折から強さを増した風に煽《あお》られ、彼方で立ち上る黒煙が揺れている。

「大垣の城が燃えておるな、豊久」

「これで、我らの逃げ込む場所はなくなりました」

「それにしても、我ながら、下手糞な戦をしてしまったものよ。残った兵は、六百といったところか」

「ですが、兵たちはよく戦ってくれました」

「そうだな。わしはよき兵らに恵まれた。それは、誇りに思おう」

「しかし、徳川内府の旗本衆も見事なものです。ここにいても、その力はひしひしと伝わってまいります。あれを破るのは、容易ではありますまい」

惟新はふっと息を吐き、微笑する。

今は亡き息子や弟たちは、あの世で自分たちの戦いぶりを見ているだろうか。よくやったと、褒めてくれるだろうか。家久《いえひさ》あたりは、兄の下手な用兵を笑っているかもしれない。

せめて五千の手勢があれば。弟たちが生きていれば。思ったが、口にしても詮無きことだった。

「帰るといたすか、我らが故郷へ」

力の限り、戦った。家康の首には届かなかったが、もはや思い残すことはない。

「それがしは引き続き、先鋒を務めます」

「頼む」

井伊、松平、藤堂、筒井といった敵は、いまだ混乱から立ち直れず、こちらを遠巻きにしている。あたりには、先ほどまでの喧噪《けんそう》が嘘のような静けさが漂っていた。

「忠兄《ただよし》」

惟新は、近くにいた川上《かわかみ》忠兄を呼んだ。

「はっ」

「内府に口上を。他の者は、隊伍を整え直せ。これより、薩摩へ帰国いたす」

忠兄が、家康本陣から十間ほどのところまで馬を進める。

「我ら、徳川殿にお味方いたさんとするも、不本意ながら戦場にて相見《あいまみ》えることとなり申した。これより帰国いたすゆえ、委細は他日を期す所存。では、御免！」

不自然なほどの静寂の中、忠兄の大音声が響く。口上は、あらかじめ言い含めてあった。

忠兄が戻ると、惟新は進発を命じた。

ほどなくして、誰かが大声で歌を唄いはじめた。薩摩でよく唄われる、船歌の一つだ。唄声は一人、二人と増え、次第に大きくなっていく。

「まったく、困った者どもよ」

惟新は苦笑する。この船歌は、まるで戦場に似つかわしくない、どこまでも陽気な旋律だった。故郷へ帰るのがよほど嬉しいのだろう。歩きながら唄う兵たちの顔も、今の今まで死線に立っていたとは思えないほど明るい。呆気に取られたのか、攻めかかってくる敵はなかった。

家康本陣を掠《かす》めるように南東へ進み、伊勢街道《いせかいどう》を目指す。

「殿」

轡《くつわ》を並べる新納旅庵《にいろりょあん》が、前方を指した。

三千ほどの軍勢が、行く手を塞いでいた。違い鎌の旗と、九曜《くよう》の紋の旗を並べて掲げている。小《こ》早川秀秋《ばやかわひであき》の家老、平岡頼勝《ひらおかよりかつ》の軍だった。

「武功の上積みを狙っておるのでしょうな。いかがいたします？」

「勝ちに乗じているだけの軍だ、怖くはない。このまま突き抜ける」

「承知」

寡勢と侮ったか、敵は数を恃《たの》みに押し寄せてくる。惟新は行軍を停《と》め、鉄砲武者を前列に並べて敵が近づくのを待った。唄声が止み、敵の喊声と足音だけが聞こえる。

やれ。心の中で念じると同時に、豊久の下知が響いた。筒音とともに、敵の前列が崩れる。間を置かず、豊久が突撃に移った。同じく先鋒の山田有栄も同時に飛び出し、敵の側面へ回り込む。

「意気の合った、よい攻めをいたすな」

「では、我らも続くといたしましょう」

槍を握り直した時、後方から馬蹄《ばてい》の響きが聞こえた。

舌打ちし、振り返った。井伊、本多、松平の三隊に、福島隊の一部まで加わっている。

「やはり、ただでは帰してくれんか」

「殿。ここはそれがしが」

言ったのは、長寿院盛淳《ちょうじゅいんもりあつ》だった。

止める間もなく馬首を巡らせると、五十人ほどの手勢を率い駆けていく。

「殿、急がれませ。後ろは盛淳に任せ、前方の敵を蹴散らすしかありませんぞ」

「わかっておる」

馬腹を蹴り、乱戦の中へ突っ込む。敵はすでに、豊久と有栄の突撃で混乱していた。槍を振るい、足軽雑兵を蹄《ひづめ》にかける。

「突破した者は、反転して敵の背後を衝け。多勢といえど、敵は弱兵。恐れるまでもないぞ！」

豊久の声。亡き家久に勝るとも劣らない、見事な将に育った。誇らしさと同時に、あれが我が子であればという思いが込み上げる。

「小勢相手に何をしておる。囲め。囲んで討ち果たせ！」

馬上で喚《わめ》いているのは、平岡頼勝本人だった。手綱を引き、そちらへ馬を駆けさせる。

遮ろうと出てきた騎馬武者を、一撃で叩き落とす。さらにもう一騎の喉を抉《えぐ》り、投げ捨てた。恐怖に歪む頼勝の顔が、はっきりと見える。

「大谷刑部《おおたにぎょうぶ》の仇《かたき》、討たせてもらう」

だが、槍を繰り出す前に、頼勝は馬から落ちた。そのまま、振り向きもせず逃げていく。惟新はそのまま馬を進め、敵兵の壁を突き抜けた。

槍を一振りし、穂先の血を払った。息が上がっている。いま少し若ければ、頼勝は難なく討てただろう。

頼勝の逃走により、敵は西へ向かって敗走をはじめていた。だがその向こうから、井伊隊が怒《ど》濤《とう》の勢いで駆けてくる。すでに呑み込まれたのか、盛淳らの姿は見えない。

「殿、あれを」

旅庵が、肩で息をしながら言った。

敵の一騎が掲げる槍。その先に、首が突き刺さっている。

「恐らく、盛淳の首でしょう」

「そうか。盛淳が死んだか」

決して武芸に秀でているわけではないが、奉行《ぶぎょう》として惟新をよく支えてくれた。

「伯父上」

残敵を蹴散らしながら、豊久が馬を寄せてきた。

「これより、采配《さいはい》はそれがしが預かります」

「何を言っている」

「我らはここで時を稼ぎまする。伯父上には五十人ほどの護衛を付けますゆえ、先をお急ぎくださ い」

「ならん。そなたは……」

「言い合いをしている時ではござらぬ。伯父上は、我らとの約束を違えるおつもりか」

豊久の怒気に、惟新ははじめて気圧されるものを感じた。旅庵をはじめとする他の諸将も、豊久の言葉に頷いている。

「そうだな。約束を違えるわけにはいかん。ここは、そなたらに任すとしよう」

「ならばお急ぎください。伊勢貞成《いせさだなり》、伯父上の警固はそなたが差配いたせ」

「はっ」

「中馬大蔵《ちゅうまんおおくら》、木脇祐秀《きわきすけひで》。そなたらも、伯父上の側《そば》に付け。必ずや、生きて薩摩へお帰しいたすのだ」

「承知」

惟新は、豊久の兜の緒を指した。

「そなたも、わしとの約束、忘れるでないぞ」

豊久は笑みを見せ、大きく頷いた。

二

恐怖に震える手で、柏木源藤《かしわぎげんとう》は鉄砲の玉込めを急いでいた。

周囲では、味方と井伊隊の激闘が繰り広げられている。鼻を衝く血の臭いと火薬の煙は、吐き気を催すほどだ。

あたりは乱戦模様だが、目につくのは赤い具足ばかり。薩摩に帰るどころか、味方はこの場で全滅しかねない。そもそも徳川内府の首を狙うなど、正気の沙汰《さた》とは思えなかった。

早合《はやごう》と呼ばれる玉と火薬を詰めた紙包みの口を破り、銃口に注ぎ込む。それを槊杖《さくじょう》と呼ばれる棒で突き固め、火皿に口薬を入れて火蓋《ひぶた》を閉じ、火縄を火挟みに挟む。

これだけの作業をしなければ、玉は撃てない。だが、他の武芸が不得手な源藤にしてみれば、鉄砲はまさに命綱だ。今日の戦でも、鉄砲がなければ何度斬り殺されていたかわからない。

二十一歳で、唐入りの戦にも出陣していない源藤にとって、この戦は初陣だった。

島津家が上り調子だった時代を、源藤はほとんど知らない。秀吉の九州征伐は八歳の時で、父もその戦の中で死んだ。

それからはずっと、困窮の中で生きてきた。敗戦の後に柏木家の禄《ろく》は大きく削られ、源藤は武芸を磨くよりも、母とともに鍬《くわ》を手に畑を耕す時間の方が長かった。

薩摩は武士と民を問わず、誰もが貧しい。それが当たり前で、豊かさなど望んだこともない。このまま土とともに生き、そして死んでいく。源藤はその一生を受け入れ、またそれをよしとしていた。

唯一の慰みは、父の遺した鉄砲だ。才には恵まれていたらしく、稽古でも山に入っての狩りでも、的を外したことはほとんどない。そして、鉄砲を構えて狙いをつけ、引き金を引くまでの間だけは、無心でいられる。

だが、鉄砲の腕にそれなりに自信があっても、源藤は剣も槍も不得手で、馬など乗ったこともない。薩摩武士にはあるまじきことだが、生来の臆病で、戦に出るのも恐ろしかった。命懸けで手柄を求めるより、貧しさに耐えながら今の暮らしを守る方が、自分の性に合っている。病がちな妻を迎えてからは、より強くそう思うようになっていた。

それがなぜ、こんなことになってしまったのか。歯噛みしていると、背後から奇声が聞こえた。敵の武者が一人、刀を振り上げて迫ってくる。

源藤は思わず悲鳴を上げた。玉込めはまだ途中だ。反撃の手段はない。ここで死ぬのか。観念して目を閉じようとした刹那、敵の横合いから味方が飛び出してきた。

肉を斬る音。恐る恐る顔を上げると、味方の刀の切っ先が、敵の首筋に突き刺さっていた。

味方の顔を確かめる。確か、惟新馬廻衆の押川郷兵衛《おしかわごうべえ》とかいう男だ。

押川は刀を引き抜くと、こちらを睨みつけて怒鳴った。

「何を愚図愚図《ぐずぐず》しておる。さっさと玉を込めよ！」

「は、はい！」

もどかしい手つきで火蓋を切り、火縄を装着した。その間にも、押川は向かってくる敵兵を数人斬り伏せている。

「よし、終わったらあの将を狙え」

厳《いか》めしい顔つきで、押川が前方を指差す。朱塗りの具足と頭形兜。かなり身分の高そうな騎馬武者だった。距離は、十五間ほどか。

「あれが、井伊直政だ。外したら、敵の手に委《ゆだ》ねるまでもない。わしがその素《そ》っ首を刎《は》ねてやるゆえ、心してかかれ」

その目つきは、戯言《ざれごと》を言っているようには見えない。殺気に震えながら、源藤は膝立ちで構えた。

落ち着け。普段の稽古通りやればいい。大きく息を吸い、吐き出すことを数回繰り返す。

間合いと風の向きを確かめる。相手は絶えず動いているが、しっかりと狙えば外す距離ではない。だが、源藤との間にはかなりの人数がいる。機会は、ほんの一瞬だろう。

どれほど待ったのか、直政との間を遮る人垣が、わずかに割れた。その機を逃さず、引き金にかけた指に力を籠める。

だが、鉛玉が銃口から飛び出す寸前に、直政がこちらに顔を向けた。

気づかれた。焦りから、銃身がほんのわずかにぶれた。直後、轟音が響き、直政が馬から転げ落ちる。

「やったか！」

押川の声。だが、馬から落ちた直政は、肘を押さえながら立ち上がった。かなりの出血だが、命取りになるほどの傷には見えない。思わず振り返り、押川の顔を見上げる。

「まあよい、深手は負わせた。首は繋《つな》がったな」

言い捨て、押川が駆け出す。何とか、味方に斬られることだけは避けられたらしい。

直政が負傷したことで、味方は勢いを盛り返していた。敵は浮足立ち、徐々に後退していく。

「よし、我らも退くぞ。急げ！」

采配を預かる豊久の下知が聞こえた。

生き延びられた。胸を撫で下ろした刹那、国許での記憶が蘇ってきた。病の妻と、老いた母。そして、忠恒《ただつね》の言葉。

自分が生きて帰るだけでは駄目だ。あの密命を果たさなければ、生き延びたところで意味はない。

決意を新たに、源藤は鉄砲を手に駆け出す。

豊久は井伊隊を追い払った後、追手に『捨《す》て奸《がまり》』を施した。

島津家に伝わる戦法の一つで、退路に少人数の兵を置き、追撃してくる敵に対して発砲の後、突撃を敢行する。それを幾度も繰り返して本隊が逃げる時を稼ぐというものだ。

無論、残される兵は置き去りが前提であり、生還は望むべくもない。

これほど苛烈《かれつ》な戦法は、他家には類を見ないだろう。島津家の長い歴史の中でも、実際に使われたという話は聞かない。それでも、惟新を逃がすためには用いるしかなかった。

井伊隊を退けた時、味方は四百ほどが残っていた。だが、五度の捨て奸で、その半数の兵を失っている。それだけ、井伊隊をはじめとする敵の追撃は激しく、執拗だった。

多大な犠牲を出しながら、どれだけの時を稼いだだろう。一刻（約二時間）か。それともまだ、半刻も経《た》っていないのか。日の位置を確かめようにも、空は厚い雲に覆われている。

関ヶ原の南東端に位置する、烏頭坂《うとうざか》と呼ばれる場所だった。このあたりの道は曲がりくねり、関ヶ原からは上り坂、ここから南へ向かってはなだらかな下り坂になっている。道幅も狭く、待ち伏せには適した場所だった。

豊久は街道の東側、坂をやや下ったあたりに位置する山中に身を隠していた。周囲には、百人ほどの麾下が潜んでいる。

この攻撃で最後だろうと、豊久は思った。上手くいこうといくまいと、これ以上の戦いは不可能だ。

兵たちは疲れきり、ほとんどの者が傷を負っている。戦えないほどの重傷を負った者は、自害するか、味方が止《とど》めを刺した。残る鉄砲は三十挺。玉薬も、ほとんど尽きかけている。豊久自身も全身に浅手を負い、馬も槍も失っていた。

「そろそろですかな」

すぐ隣に控える川上忠兄が、小声で言った。その隣には、弟の久智《ひさとも》の姿もある。

「来ましたぞ」

久智が短く言った。

坂の向こうから、喊声と無数の足音が聞こえてきた。五十人ほどの味方を、十数倍の敵が追ってきている。

逃げてくるのは、有栄らの隊だった。追手は、後退した井伊隊に代わって先頭に立った、松平忠吉の隊だ。

「まだだ。逸るでないぞ」

息を殺し、有栄らが目の前を通り過ぎるのを待った。さらに、松平隊の先頭もやり過ごす。

「今だ、やれ」

「はっ」

種子島久時《たねがしまひさとき》をはじめとする五十人が、長く延びた松平隊の横腹へ向け、一斉に鉄砲を放った。

同時に、道の反対側の雑木林からも、五十人の伏兵が鉛玉を浴びせる。

「よし、続け！」

刀を抜き、斜面を駆け下りる。有栄らの隊も反転し、敵中へ突っ込んだ。

亡き父が最も得意とした、釣り野伏《つりのぶ》せである。父はこれを数千、数万の相手に仕掛け、見事に成功させていた。

不意を突かれ、敵は混乱の極みにあった。川上兄弟や押川郷兵衛らが、いいように松平兵を斬り伏せていく。

井伊隊や本多隊、家康の旗本衆に比べれば、松平隊の兵は腰が弱い。下り坂で勢いに乗っていた分、崩れるのも早かった。

「ええい、退くな。返せ！」

馬上で声を張り上げているのが、忠吉だろう。まだ、二十歳をいくつも過ぎていないはずだ。

「松平忠吉殿、覚悟！」

一人の徒武者《かちむしゃ》が、槍で忠吉に突きかかった。穂先で肩を抉られ、忠吉が馬から転げ落ちる。徒武者の姿は、たちまち忠吉の旗本に取り囲まれて見えなくなった。

直政に続き、忠吉も負傷させた。これで、追撃もいくらか鈍るだろう。そう思った矢先、坂の上に本多隊が現れた。坂を駆け下る勢いのまま、松平兵を掻き分けてこちらへ迫ってくる。

戦況は完全に逆転していた。本多隊の突撃で、味方は徐々に討ち減らされていく。さらに、本多隊に続いて福島隊まで戦いに加わってきた。

下り坂で仕掛けたのが仇になったか。歯噛みしたが、悔やんでいる暇などない。忠勝は味方を次々と槍の穂先にかけながら、十数間先まで近づいている。

「豊久殿。貴殿は落ち延びられよ」

傍《そば》にきて言ったのは、押川郷兵衛だった。

「死ぬ気か、郷兵衛」

「何の。それがしには、石田治部《じぶ》殿に賜った黄金がござる。あれを薩摩へ持ち帰るまで、死ぬわけにはいき申さぬ」

そう言って、具足の胸を叩く。郷兵衛は合渡川《ごうとがわ》での戦の折、敵兵を討ち取った褒美として、三成から天正大判《てんしょうおおばん》一枚を与えられていた。天正大判は、普通の小判十枚分という、郷兵衛の身分では一生見ることもないような大金である。

「では、ここは任せる。無理はいたすな」

「わかっておりまする」

歯を見せて笑う郷兵衛の肩を叩き、豊久は踵《きびす》を返した。

戦場を逃れた味方は、わずか三十人ほどだった。残りのすべてが討たれたわけではないだろうが、千五百の島津隊のうち、生きているのは三分の一にも満たないだろう。有栄や久時、旅庵、川上兄弟らの姿も見えなくなっている。

街道の西側を流れる藤古川《ふじこがわ》を渡るとすぐに、背後から馬蹄の響きが聞こえてきた。福島正則の甥でその養子となっている正之《まさゆき》と、その兵たちだ。数は、五十騎ほどか。

「山へ入れ。少人数に分かれ、大坂を目指すのだ」

叫んで、豊久は目の前の山へ飛び込んだ。

味方は散り散りになって、思い思いの方角へ駆けていく。豊久に従うのは、中村源助《なかむらげんすけ》、富山庄太夫《とみやましょうだゆう》ら、数名の近習のみ。

斜面を駆け上り、また下る。それを幾度か繰り返すと、大粒の雨が降り出した。鳥頭坂からどれだけ進んだのかはわからないが、追手の気配は消えている。

雨は徐々に、激しさを増していった。強い風が木々を揺らし、彼方では雷鳴も轟いている。全身が濡れ、たまらなく寒かった。喉の渇きは雨で癒せるが、疲労と空腹は限界に近い。

戦場へ立った以上、覚悟はできている。だが、ここで死ぬつもりなど毛頭なかった。惟新との約束。生きて、ともに薩摩へ帰ろうという亀寿の願い。どちらも、蔑《ないがし》ろにはできない。

豊久も惟新も、この大乱を愉しんでいるという亀寿の言葉は、やはり正しかった。豊久は自分でも気づかないうちに、未曾有《みぞう》の大戦に心を躍らせ、戦場の高揚に酔い、強大な敵に血を滾《たぎ》らせていたのだ。それはきっと、惟新も同じだろう。

そしてその結果、多くの敵兵を殺し、味方の将兵をも死に追いやった。どんな言葉を並べたところで、残された者たちは自分を赦《ゆる》しはしないだろう。

それでも、生きたかった。あと一度だけでも、亀寿の顔を見たい。その声を聞きたい。

「……生きろ」

ほとんど無意識のままに足を進めながら、何度も呟いた。家臣たちを励ましているのか、それとも己に言い聞かせているのか、自分でもわからない。

どれほど歩き続けたのか、雨がやみかけていた。

雲の切れ間から、日の光が射し込んでくる。束の間足を止め、豊久は西の山々に沈みかける、赤く染まった日輪を見つめた。

見飽きた血の色に、よく似ている。そんな感慨を抱いた刹那だった。

何かが、耳元を掠《かす》めた。矢。咄嗟に身を伏せると、頭上をさらに数本の矢が通り過ぎていった。

右手の深い森から、喊声が沸き起こる。十人。いや、二十人は下らない。いずれも粗末な具足で、旗指物《はたさしもの》もない。

「落ち武者狩りだ。走れ！」

叫んで立ち上がり、刀を抜いて走り出す。

敵が現れたのとは反対側の森へ飛び込んだ。だが、足は思うように動かない。すぐに追いつかれた。後方で、いくつかの悲鳴が上がる。甲高い笛の音が響き、さらに多くの敵が集まってきた。

前方にも、数人が現れた。

刃毀《はこぼ》れだらけの刀で斬り結んだ。体は鉛のように重い。一人を斬り伏せる間に、槍で左肩を突かれた。さらに喉元へ向かってきた穂先を刀で撥《は》ね上げ、体ごとぶつかる。

刃を相手の首筋にあてがい、力任せに引いた。激しく噴き出した血が、顔を濡らす。背後に殺気。振り向き様に、刀を薙ぐ。刀身は相手のこめかみを捉え、頭蓋が砕ける感触が伝わってきた。

「ここは我らが。殿は、薩摩へ！」

中村源助の声。束の間逡巡《しゅんじゅん》し、豊久は再び駆け出した。

斬り合いの音が、徐々に遠ざかっていく。濡れた落ち葉や倒木に足を取られ、何度も転んだ。それでも、気力を振り絞って立ち上がる。兜を捨てるか。思ったが、そのままにした。薩摩の武人が、約束を反古《ほご》にはできない。

いつの間にか、日が落ちていた。喧噪はもう聞こえない。耳に入るのは、獣や虫の声だけだ。はじめて足を止め、座り込んだ。握ったままだった刀を置き、木の幹にもたれかかる。傷は、思ったほど深くはない。肩口を縛っておけば、血も止まるだろう。寒さのせいか、血を失ったからか、眠気と寒さは堪えられないほどだ。少し休んだら、夜露をしのげる場所を探さなければ。

ふと、火薬の臭いを嗅《か》いだような気がした。刀を摑み、すぐに立ち上がれる姿勢を取る。前方の茂みの先。人影が見えた。影は鉄砲を抱えたまま、左右を窺《うかが》いながらゆっくりと近づいてくる。

雲の切れ間から差し込む月明かりが、その顔を照らした。

「そなたは確か……」

川上忠兄の家来で、名は柏木源藤といった。井伊直政を狙撃して負傷させたという、鉄砲武者だ。

「島津中書《ちゅうしょ》様……にございますか」

震える声で、源藤が訊ねた。

「そうだ。何とかここまで逃げ延びてきた。そなたも、よくぞ生き残ってくれたな」

微笑みかけると、源藤はうっと呻くような声を上げ、体を震わせた。見たところ、それほど腕が立ちそうでもない。この戦で、よほど恐ろしい目に遭ったのだろう。

「もう大丈夫だ。ともに、薩摩へ帰ろう」

一歩前に出ると、源藤は困惑し、怯えたように後ずさる。源藤が持つ鉄砲の筒先は、こちらへ向いていた。

「どうした。このあたりにはもう、敵は……」

言い終わる前に、何かが体を貫いた。

胸の真中あたりから、背中へ。筒音のようなものが聞こえたような気がしたが、判然としない。源藤のものだろうか、足音が遠ざかっていく。

気づくと、月が見えていた。

なぜかわからないが、自分は倒れているらしい。ずいぶんと長く、苦しい戦いをしてきた。だから、疲れているのだろう。

月は、美しかった。遠い大坂で、亀寿も同じ空を見ているのだろうか。こんな穏やかな気持ちで夜空を見上げるのは、ずいぶんと久しぶりな気がする。

亀寿様。伯父上。すぐにまいります。呟いたが、声になったかどうかはわからなかった。

三

眠ったという感じは、まるでなかった。

体の芯に響くような寒さに、惟新は身を震わせた。あたりは深い森で、焚き火はすでに消えている。

九月十六日払暁《ふつぎょう》、美濃・伊勢国境近くの山中だった。

関ヶ原の戦場から離脱した惟新一行は、人目につく伊勢街道沿いを避け、牧田峠《まきたとうげ》を越える道を選んでいる。ここから伊勢へ入り、鈴鹿峠《すずかとうげ》を越えて京、大坂を目指すつもりだった。

「すぐに出立いたします。東軍の残党狩りも迫っておりましょう」

直臣の伊勢貞成の言葉に、惟新は頷く。三十二歳と若く、文武ともに秀でている。惟新は大坂までの行程を、貞成に一任していた。

従う将兵は五十人。貞成の他、身一つで薩摩から駆けつけた中馬大蔵、大薙刀《おおなぎなた》を得物として『今弁慶』の異名を取る木脇祐秀、唐入りの戦でも活躍した後醍院喜兵衛《ごだいいんきへえ》などがいる。昨夜の深更過ぎには、山田有栄らも合流してきた。

「申し訳ございません。敗軍の中、豊久様のお姿は見失い申した」

関ヶ原にとどまった味方は、井伊直政、松平忠吉を負傷させるという戦果を挙げたものの、本多忠勝隊の突撃を受け、散り散りとなっていた。

その中で、豊久だけでなく、新納旅庵や川上兄弟、種子島久時ら主立った者たちの行方もわからなくなったという。それほど、厳しい戦だったということだ。

「頭を上げよ、有栄。豊久のことだ、そう容易《たやす》く死ぬはずがあるまい。今頃は我らと同じように、皆と大坂を目指しておろう。そなたが合流できただけでも、よしとしようではないか」

それは有栄ではなく、自分に言い聞かせる言葉だった。

出立してしばらく険しい山道を進むと、小さな村が見えた。

「殿。それがしに食糧の調達をお命じくだされ。今度こそ、首尾よく果たしてご覧に入れまする」

申し出たのは、井伊隊との戦いで活躍した帖佐彦左衛門《ちょうさひこざえもん》だった。

彦左衛門は昨日の夕刻、通りがかった村で食糧を購《あがな》おうと数人の郎党を連れて出向いたが、村人数十人に襲われ、命からがら逃げ延びていた。その際に、彦左衛門の郎党が五人、打ち殺されている。その失敗を、まだ気にかけているようだった。

「よかろう。頼んだぞ」

「ははっ」

しばし待つと、彦左衛門が笑顔で戻ってきた。

「村人と話を付け申した。五十人分の粥《かゆ》を、用意してくれるそうです」

彦左衛門の報告に、歓声が上がる。

「よもや、無理強いしてはおるまいな」

「無論、代価は支払うと約束いたしました。されど、我らは東軍の残党狩りの兵ということになっております。そこのところ、ご留意くだされ。また、念には念を入れ、殿にはそれがしの下人を演じていただきとうございます」

「待て、彦左衛門。殿に下人の真似をせよと申すか！」

食ってかかる祐秀を、惟新は静かに制した。

「我らは落人《おちゅうど》じゃ、致し方あるまい。いかなる恥辱《ちじょく》に耐えてでも、薩摩へ帰りつかねばならん。彦左衛門、ようやってくれた」

「ははっ」

惟新は身を軽くするため具足を脱ぎ、木綿の合羽《かっぱ》を着ていた。頭は、木綿の手拭いで包んでいる。老いた下人と言えば、村人も信じるだろう。

粥が炊かれる間、主立った者は座敷に上がり、惟新は他の従者たちとともに、村長の屋敷の土間で待った。それでも、一日半ぶりの食事は体に沁《し》みる。ほんの少しだが、力を取り戻せた気がした。

中村源助、富山庄太夫ら数名が追いついてきたのは、村を出てすぐのことだった。いずれも、豊久が目をかけていた佐土原島津家の家臣である。

源助らは憔悴《しょうすい》し、疲弊の極みにあった。無傷の者は、一人もいない。その様子を見て、惟新は覚悟を決めた。

「我らがついていながら、申し訳ございません」

絞り出すように言うと、源助は声を放って泣いた。

犠牲を出しながらも落ち武者狩りを振り切った源助らは、森の中で先に逃げたはずの豊久の亡《なき》骸《がら》を見つけたのだという。死因は、胸を貫通した鉄砲傷によるものだった。運悪く、鉄砲を持った敵と遭遇したのだろう。

源助らは亡骸を埋葬し、豊久の死を伝えるため、昼夜を分かたずひたすら駆けてきたという。すべてを話し終え、自害しようとする源助らを、惟新は厳しく制した。

「今は、一兵でも惜しい。そなたらが豊久を想うのであれば、我らが揃って薩摩へ帰れるよう、力を尽くせ。それが、忠義というものであろう」

源助らは手をついて項垂《うなだ》れ、ぼろぼろと涙をこぼした。

「豊久殿……」

有栄が嗚咽《おえつ》を漏らした。それはすぐに、周囲の家臣たちにも広がっていく。

そうか。逝ってしまったのだな。惟新は天を仰いだ。

将来の島津家を、安心して託せる男だった。いずれは忠恒を支え、傾いた島津の屋台骨を建て直してくれるという、身勝手な期待をかけてもいた。

どれほど不利な戦でも、臆することなく自分に従い、見事な働きを見せた。その戦功に驕《おご》ることなく、家臣領民にも慈しみをもって接していたという。豊久でなければ、家康本陣に迫ることさえできなかっただろう。

だがそれ以前に、愛すべき甥だった。できることなら、あの兜の緒は、自分の手で解いてやりたかった。

すまぬ、家久。お前の息子を、死なせてしまった。惟新は心の中で、亡き弟に詫びるしかできない。

自分が家康の首を獲るなどという無謀を行わなければ、豊久を死なせることはなかったのだろうか。

湧き上がる後悔を、惟新は振り払った。今の自分には、悔やむことさえ許されてはいない。

その後も、山中を進んで伊勢国内を南下した。亀山《かめやま》まで下ると北西へ転じ、鈴鹿峠を越えて近江に入る。

だが十七日、惟新らが土山《つちやま》近郊まで達した頃、東軍が三成の居城佐和山を攻略し、家康が上洛を果たしたという噂が耳に入ってきた。詳細は不明だが、関ヶ原の戦からまだ二日しか経っておらず、家康の入京は信じ難い。とはいえ、佐和山の陥落は十分にあり得た。

「ここはいったん引き返し、大和路《やまとじ》から大坂を目指すべきにござろう」

伊勢貞成の意見で、一行は来た道を戻ることとなった。

この日も、山中での野宿である。ほとんど飲まず食わずで山道を歩き続けてきた一行の疲労と空腹は、すでに限界に達していた。倒れたまま、二度と立ち上がれなくなる者も出はじめている。

「やむを得ん。弱った馬を一頭だけ選び、肉を食らう」

それでも、一人が口にする量はわずかなものだが、何も口にしなければ、倒れる者が増えるばかりだった。

選ばれた馬が屠《ほふ》られ、手際よく解体されていった。火が熾《おこ》され、枝に刺した肉を炙る。じきに、えも言われぬ匂いが漂ってきた。惟新は思わず唾を飲んだ。誰もがじっと黙り込む中で、自分の胃の腑《ふ》が上げる情けない鳴き声が、やけに大きく聞こえる。

従者は焼けた肉を、まず惟新へ差し出した。

だがそれを受け取ろうとした時、別の誰かの腕が伸びてきて、肉を刺した枝を摑んだ。

「この肉は、それがしがいただき申す」

中馬大蔵だった。

「何をいたす！」

「控えよ、無礼者！」

口々に批難が飛ぶが、大蔵は意にも介さない。

「いざという時に戦うのは我らで、殿様は腹を切るだけじゃ。ゆえに、肉は必要あるまい」

「待たんか！」

肉に食らいつこうとする大蔵を、祐秀が大声で制した。

「だとしても、何ゆえその肉をお主が食うのじゃ。そこは、最も武勇に秀でたわしが食うべきであろう」

「待て、祐秀。そなたが最も武勇に秀でておると、誰が決めたのじゃ？」

「何じゃ、喜兵衛。何ぞ文句があるのか？」

それからは、誰が惟新の分の肉を食うかで揉めに揉めた。惟新に肉を食わせないことには、誰も異存はないらしい。どうやら、自分は肉にはありつけなそうだ。嘆息しつつも、家臣たちには改めて頼もしさを感じる。

この者たちが側にいる限り、望みはある。

翌十八日、夜明け前に土山を発ち、再び鈴鹿峠を越えて伊勢へ戻ると、楠原《くすわら》から西へ向かい伊賀《いが》上野《うえの》へ向かった。伊賀国は、関ヶ原でも干戈《かんか》を交えた筒井家の所領である。幸い、筒井の兵はほとんどが出払っているらしく、軍兵の姿を見かけることはなかった。

「伊賀上野城へ使いを送り、領内を通過する旨、伝えよ」

「しかし、それでは」

「五十人の一行は嫌でも目立つ。人目を避けて山中を進むより、街道を進んだ方が早かろう」

予想通り、筒井家の留守居役《るすい》たちは惟新らの通過を黙認した。

安堵しつつ城下を抜け、しばし進んだところだった。

「殿。厄介なことになりましたな」

木脇祐秀が足を止め、肩に担いだ薙刀を撫でた。

「三日ぶりに、こやつの出番ですかな」

三町ほど先、槍や鋤《すき》、鍬、熊手などを手にした群衆が、行く手を塞いでいた。その数は、四百は超えているように見える。大方、筒井の留守居役どもが触れを出して集めた近隣の民だろう。惟新らを認めると、喊声を上げ、こちらへ向かってくる。目を凝らすと、弓鉄砲を携えた者も少なくない。

「武士たる者が、手柄欲しさに百姓どもを頼るとは。見下げ果てた連中よ」

上野城の方角を振り返り、後醍院喜兵衛が吐き棄てるように言った。

「喜兵衛よ。まずは目の前の百姓どもを蹴散らし、返す刀で上野の城を乗っ取るというのはどうじゃ？」

「それはよいな、祐秀」

「よさぬか、二人とも。我らの目的は、殿と女房衆の方々を薩摩へお連れすること。一刻も早く、大坂へ向かわねばならんのだぞ」

貞成は祐秀と喜兵衛を窘《たしな》め、惟新へ向き直る。

「ここは、二手に分かれるべきかと。我らが前面の敵へ斬り込み、その間に殿は別の道で大坂へ向かわれませ」

「ならん。恐らく、すでに別の道も塞がれておろう。それに、留守居役どもの動きを見誤ったは、わしの落ち度。ここは全員一丸となって、あの者らを打ち破ろうではないか」

敵はすでに、目前に迫っている。議論している余裕はなかった。

「中央を一気に貫けば、敵は四散する。鋒矢《ほうし》の陣を組め。第一陣は祐秀、喜兵衛。鉄砲武者を全員連れていけ。二陣は有栄。三陣はわしと貞成じゃ」

「ははっ！」

祐秀と喜兵衛が、勇み立って先頭に立つ。惟新もそれまで曳《ひ》いていた馬に跨り、槍を手にした。

間合いが一町ほどに詰まると、互いに矢玉を応酬した。敵はばたばたと倒れるが、味方に被害はない。

「百姓づれの矢玉が当たるか！」

祐秀の怒号を機に、全軍の突撃がはじまる。薙刀が一閃し、首が二つ、三つと飛んだ。怯んで背を見せた敵に、喜兵衛が槍を突き立てていく。

所詮は、寄せ集めの百姓にすぎない。恐怖が伝われば、得物を捨てて逃げ出す者が続出する。四百人以上を蹴散らすのに、四半刻《しはんとき》（約三十分）もかからなかった。こちらも数人の手負いを出したが、死者は一人もいない。

「首をいくつか、上野城に投げ込んでこい」

これでもう、筒井の留守居役たちもおかしな気は起こさないだろう。

もはや、手段は選んでいられない。何があろうと大坂へたどり着き、亀寿を救い出さねばならないのだ。

百姓たちの骸《むくろ》をしばし苦い思いで見つめると、惟新は進発を命じた。

四

伊賀を抜けた惟新一行は再び近江に入り、信楽《しがらき》から木津川《きづがわ》沿いに南下、木津の渡しを経て西へ進む。生駒《いこま》の山々を越えると、河内《かわち》の飯盛山《いいもりやま》、摂津《せっつ》の平野《ひらの》を経由してようやく住吉《すみよし》に到着した。

関ヶ原での戦から、五日目である。

想像をはるかに絶した、苛酷な道のりだった。道は険しく、食糧もろくに手に入らない。馬は、いざという時に惟新が乗って逃げるものを除き、すべて食べ尽くした。しばしば落ち武者狩りに襲われ、一つの村が丸ごと敵に回ったことさえある。

道中では一人、二人と兵たちが追いついてきて、今は七十六人になっている。だが、飢えや病、落ち武者狩りとの戦闘で倒れた者も少なくはなかった。

「ここまで来れば、大坂は目と鼻の先にござる」

貞成の言葉に、一同が安堵の色を浮かべる。

「だが、まだ気を抜くわけにはまいらぬ」

東軍主力の位置も、三成らの行方も、何もわかってはいない。大坂城にはまだ毛利輝元《もうりてるもと》の大軍もいるのだろうが、その動向もはっきりとはしていなかった。もしも輝元が東軍と和を結んでいれば、惟新を捕らえて家康に差し出すことも考えられた。

惟新は、町外れの荒れ果てた廃寺へ入ると、前もって大坂の様子を探らせていた物見の報告を受けた。

「では、御上《おかみ》様らは皆、無事なのだな?」

「はい。大名衆の人質は皆、城内におられる由にございます」

まずは、安堵に胸を撫で下ろす。

「それにしても、わしが死んだことになっておるとはな」

戻った桂忠詮《かつらただのり》の報告を聞き、惟新は苦笑した。

大坂では、惟新がすでに討死したという風聞が流れているらしい。死んだと思われているのなら、こちらにとって好都合ではある。

そして毛利輝元は、東軍との和睦《わぼく》交渉をはじめていた。大坂城内では、毛利軍はじきに大坂を引き払うという噂がまことしやかにささやかれているという。

輝元は、大坂から退去する代わりに、本領安堵を求めているのだろう。関ヶ原における東軍の勝利は、毛利一族である秀元、吉川広家らが動かなかったおかげと言ってもいい。ゆえに、輝元は本領安堵を引き出せると踏んだのだろう。

「そんな虫のいい話を、あの内府が呑むとも思えんな」

だが、今は毛利のことなどどうでもいい。輝元は交渉決裂に備えて籠城の仕度も進めているというが、戦になれば、亀寿らの救出は絶望的となる。

とはいえ、大坂城がすぐに東軍へ明け渡されても、それは同じだ。惟新としては、交渉が長引くことを願うしかなかった。

大坂にはいまだ毛利軍三万がおり、さらには西軍の敗残兵も次々と流れ込んで、かなりの混乱になっているという。そこで、惟新はわずかな人数を残し、残りは大坂へ先行することを命じた。

大坂城下には、小さいながら島津家の屋敷があった。そこには留守居役の老中・平田増宗《ひらたますむね》をはじめ、数十人の家臣や中間《ちゅうげん》、小者たちがいる。その中に紛れれば、もしも追及を受けても逃れられると踏んでのことだ。

惟新の側には貞成、祐秀、忠詮、横山休内《よこやまきゅうない》、本田源右衛門《ほんだげんえもん》ら数人だけを残すことにした。惟新が少人数でこの地にとどまることに反対する者もいたが、どの道、この大人数で大坂へ入るのは危険が大きい。

「わしも数日のうちに、必ずまいる。薩摩へ船を出す時は、皆一緒じゃ。その時まで、何としても生き延びよ」

「武庫《むこ》様こそ、しかとご用心を。これで今生の別れとなっては、我ら、死んでも死にきれませんぞ」

しっかりと頷きを返すと、有栄はようやく笑みを浮かべた。

有栄たちを見送ると、惟新は田辺屋道与《たなべやどうよ》のもとに身を寄せ、さらに堺《さかい》へ移って塩屋孫右衛門《しおやまごえもん》の屋敷に入った。二人とも島津家の御用商人で、人となりも信用できる相手だ。

丸六日ぶりに、屋根のある場所で眠ることができる。だが、眠りはなかなか訪れない。

亀寿を、そして妻たちを、無事に大坂城内から連れ出すことができるのか。一つ間違えば、惟新ともども家康に差し出されるかもしれないのだ。首尾よく救出に成功しても、薩摩はまだまだ遠い。安心して眠るには、不安は大きすぎる。

まんじりともせずに迎えた翌朝、惟新は桂忠詮と横山休内の二人を大坂へ遣わした。改めて大坂の情勢を探るとともに、城内の亀寿たちと連絡を取り、脱出に関する談合をさせるためだ。

無論、惟新が城内に乗り込んで亀寿たちを連れ出すわけにはいかない。脱出の手筈は、大坂の平田増宗や亀寿付の家臣たちに託すより他なかった。

忠詮を通じて伝えた合流の刻限は明日、二十二日の午《うま》の刻《こく》（正午頃）。場所は木津川口。船の手配は、すでにすんでいる。

翌早朝、惟新はまだ暗いうちから船に乗り込み、木津川口へと向かった。

「まことに、大坂城を抜けられるのでしょうか」

貞成の声音は、やはり不安げだった。

「御上様は、利発な御方じゃ。増宗も付いておる。必ずや手立てを講じ、城を抜け出してまいられよう」

もはや、惟新にできることは何もない。後は、信じて待つしかなかった。

午の刻、木津川口の沖合に停泊する惟新の船に、一艘《そう》の小舟が向かってきた。

「おお、平田殿じゃ」

貞成が声を上げた。

「ご無事であられましたか」

惟新の船に乗り移ってきた増宗が、目を潤ませた。

「ご安堵なされませ。御上様、宰相《さいしょう》様、綾《あや》様、御三方とも無事に番所を抜け、こちらへ向かわれております」

「さようか。よう、やってくれた」

「それがしは何も。すべては、御上様のお働きにございます」

増宗が言うには、脱出の手立ては亀寿の考えによるものだという。

亀寿はまず、「惟新が討死した上は、その人質である宰相に帰国の許可と、通行手形を賜りたい。龍伯の人質である自分は、大坂城内に残る」と、豊臣公儀に申し出た。

その申し出はあっさり受け入れられ、亀寿は一通の手形を手に入れる。そして、自身は宰相の侍女に変装し、駕籠《こし》に乗った宰相に随従してまんまと城を抜け出したのだという。

「だが、それではすぐに露見するのではないか?」

「その点も、亀寿様にぬかりはございませんでした」

亀寿は城を抜けるに当たって、自身の身代わりを立てていた。長く亀寿に従い、年恰好《としかっこう》も近い、御松《おまつ》という侍女である。発覚すれば斬られかねない危険な役目だが、御松は自ら名乗り出たのだという。

だが、御松だけを残していくわけにはいかない。そこで、大坂島津屋敷に身を寄せていた山田有栄が、留守居役として居残ることを申し出た。結局、大坂には三十人ほどの家臣や侍女たちが残ることとなった。

「そうか、有栄が」

「御上様よりの言伝《ことづて》にござる。武庫様は先に出航し、西宮《にしのみや》あたりでお待ちくださいと」

万が一にも、惟新と亀寿が同時に捕らわれる危険を避けるためだろう。頷き、惟新は出航を命じた。

亀寿は大坂から、〝御重物〟の一つである島津家系図と、秀吉から拝領した名物、平野肩衝《ひらのかたつき》の茶入れを持ち出していた。そしてそれだけでなく、日向高鍋《ひゅうがたかなべ》城主・秋月種長《あきづきたねなが》の正室も連れて、城から出たのだという。

種長夫人は人質同士という境遇もあって、亀寿と親しくしていたらしいが、理由はそれだけではあるまい。種長は西軍に属していたものの、留守居として大垣に残り、十五日の戦の後の動向ははっきりしていない。最悪、秋月領を通る際には、種長夫人を人質として用いることもあり得る。そこまで読んだ上で、城から連れ出したのだろう。

女子にしておくには惜しいほどの聡明さと胆力に、惟新は舌を巻く他なかった。

それから一刻ほど後、西宮沖で待つ惟新のもとへ、島津の旗を掲げた三艘の船が向かってきた。小舟を使って、亀寿の御座船に乗り移る。

「殿、よくぞご無事で」

声を上げたのは、苗《なえ》だった。いくらか疲れの色が見えるが、それ以外に変わりはない。

「そなたも健勝の様子、何よりじゃ」

「殿が討死なされたと聞いた時は、もう……」

苗は声を震わせ、袖で目を拭った。綾も、病はすでに快癒したという。

「皆の者、よく御上様をお守りしてくれた。礼を申す」

啜《すす》り泣きの声が、甲板に広がっていく。船には彦左衛門や喜兵衛ら、住吉で別れた将兵の多くも乗っていた。ここにいないのは有栄ら、大坂に残った者たちだけだ。

惟新は亀寿に向き直り、その前に片膝をついた。生還と亀寿の無事を喜ぶ口上を述べる。だが、それを聞く亀寿の顔に、笑顔はなかった。

「叔父上《おじうえ》。一つだけ、お聞きしたいことがございます」

「何なりと」

覚悟を決めるように、亀寿は小さく息を吐いた。その大きな瞳が、惟新へ真っ直ぐに向けられる。

「叔父上は西軍が崩れ立つ中、徳川内府の首を狙って前へ進んだと聞いております。間違いございませんね？」

「はい。相違ございませぬ」

「その決断は、まことに正しかったのでしょうか。いくら戦が終わりかけ、敵が油断していたとしても、わずか千五百の寡兵で内府の首が獲れるとは思えません。そこは流れに逆らわず、西へ逃れるべきだったのでは？」

一瞬気圧されそうになるのを、惟新は感じた。曖昧《あいまい》な答えは許さない。そんな強い意志が、その目からは窺える。

甲板が静まり返った。亀寿を無礼だと咎める者はいない。亀寿の家中での地位は、惟新よりも上なのだ。

無数の視線を感じながら、惟新は腹に力を籠めて答えた。

「確かに、内府の首には届きませなんだ。されど、己が決断を間違っていたとは、露ほども思うておりませぬ。あのまま西へ逃れたとしても、敗走する西軍兵の波に呑まれ軍勢は四散、それがしも首を獲られておったやもしれません」

「口ではどんな理屈もつけられましょう。ですが、そのために多くの家臣や兵たちが命を落としました。豊久殿まで……」

その名を口にした瞬間、亀寿の目に深い悲しみの色が満ちた。それはすぐに、静かな怒りの色へと変わる。

「徳川本陣への突撃を下知した時、叔父上は、戦を愉しんでいたのではありませんか。内府の首を獲ろうと獲れまいと、島津の名はその勇猛さとともに、長く語り継がれる。そんな思いが、なかったと言いきれますか？」

「内府の首を狙ったは、己が名利《みょうり》を求めてのことと？」

声に思わず怒気が滲《にじ》んだが、亀寿に怯む気配はまったくない。無言のまま、惟新の返答を促す。

島津家のため。その思いに、嘘などない。家康の首を獲ることができれば、東軍は瓦解し、島津家は救われたのだ。だが、本当にそれだけだったのか。未曾有の大乱に臨んで、戦うことなく戦場を去るのが、耐えられなかっただけではないのか。

答えを出せないまま、惟新は口を開く。

「仔細《しさい》がどうあれ、多くの将兵を失った責は、それがしにございます。腹を切れと仰せであれば、従いましょう。されど、今は御上様を薩摩へお届けするという務めがござる。責めは、その後に」

数拍の間、亀寿が瞑目《めいもく》する。その胸中にどんな思いが去来しているのか、惟新には推し測ることもできない。

「わかりました」

再び目を開いた亀寿が、何かを振り払うように言った。

「叔父上。いまだ薩摩までは遠く、苦しき道のりが続くでしょう。恃《たの》みとしております」

「ははっ」

惟新は深く、頭を下げた。

「御上様、これより先はそれがしと同じ船にお乗りください。いつ、敵方の船が襲ってくるやもわかりませぬ」

「承知しました。薩摩へ帰るまでは、すべて叔父上に従いましょう」

「ありがたく存じます。この命に代えても、御上様をお守りいたしまする」

亀寿を伴って、自船へ戻った。計四艘、男女合わせておよそ四百人の一行である。

そのうち関ヶ原で戦った者は、わずか八十名にも満たない。今も多くの者が、惟新を追って大坂を目指していることだろう。しかし、全員を待っている余裕などない。後ろ髪引かれる思いで、惟新は出航を命じる。

だが、船が動き出す前に見張りが叫んだ。

「殿、あれを！」

南東の方角から、五十艘近い大船団が近づいてくる。亀寿の脱出が露見したのか、あるいは大坂から引き上げる毛利の軍勢か。緊張が走る中、惟新は遠眼鏡《とおめがね》で船団の掲げる旗印を確かめた。

「白地裾黒《しろじすそくろ》に杏葉紋《ぎようようもん》。案ずるな、立花親成殿じゃ」

親成は四千の軍を率いて大津城攻略に参加していたが、西軍主力の敗北を聞き、筑後柳川《ちくごやながわ》へ帰国する途上なのだろう。惟新と同じく、大坂でもう一戦する気にはなれなかったということか。

「惟新殿、生きておられたか！」

小舟で惟新の船に乗りつけ、親成は歓喜の笑みを見せた。

「貴殿こそ、健勝の様子、何よりじゃ」

「何の。それがしが加わった戦は、何ともぬるいものにござった。惟新殿の御働きに比べれば、物見遊山に等しい」

自嘲するように、親成が言う。関ヶ原の本戦に加われなかったことが、よほど口惜しいのだろう。

「総崩れになった後、徳川本陣へ攻めかかったと聞いた時は、胸のすく思いにござった。しかも、生きて戻られるとは」

親成の実父・高橋紹雲《たかはしじょううん》は、今から十四年前に島津軍との戦で自害していた。その戦では、島津軍にも大きな犠牲が出ている。だが、唐入りの戦で同陣し、露梁《ろりょう》の戦いでは、惟新は親成の活躍で窮地を救われている。それ以来、双方の遺恨は過去のものとなっていた。

親成と話し合った結果、ここから伊予灘《いよなだ》までは舳先《へさき》を並べて進むこととなった。

並び立つ島津と立花の旗を見れば、襲ってくる者などいないだろう。関ヶ原に間に合わなかったのは惜しまれるが、今となってはその方がありがたかった。

これで、瀬戸内を渡る際の不安はかなり減った。問題は、九州へ入ってからだ。

豊前《ぶぜん》の黒田如水《くろだじょすい》が、東軍に与して活発に動いているという。大坂で得た情報によれば、関ヶ原の戦の二日前、三成の求めに応じて豊後《ぶんご》で挙兵した大友義統《おおともよしむね》を打ち破ったという。

先はまだ長い。苦しい道のりはまだまだ続く。だが、薩摩へ帰りついた後も、苦難の時が終わるわけではない。むしろ、島津家全体の試練はそこからはじまる。

久方ぶりに、惟新は兄の顔を思い浮かべた。

恐らく、兄は自分に切腹を命じるだろう。西軍参加は惟新の独断であり、龍伯も忠恒も、徳川に二心《にしん》などない。そう申し開く他、島津家を救う手立てはないのだ。西軍に付くと決めた時から、覚悟はとうにできている。

水夫たちの掛け声が響き、船が動き出す。帰りついた故郷で待つのが己の死であっても、足を止めるわけにはいかない。

五

夢を見ていた。

故郷の夢だ。母も、床に臥《ふ》せっているはずの妻も、元気に畑を耕している。鍬を振り下ろすたび、小気味いい音が響く。ただそれだけの夢だった。

柏木源藤は、自分が生きているのか死んでいるのか、それさえもよくわからなかった。ここがあの世だとしたら、それはそれで悪くない気もする。

「……おい、しっかりいたせ！」

「息はあるぞ！」

声が聞こえる。重い瞼《まぶた》を持ち上げると、具足を着込んだ二人の武者が見えた。日は出ているが、周囲は木々が鬱蒼《うっそう》と生い茂り、薄暗い。

東軍の兵か。思わず身を固くしたが、見えたのは十字の袖印だった。味方。しかも、島津の兵だ。

「そなた、川上四郎兵衛《しろべえ》様ご家中の者だな?」

返事をしようにも、喉がひりついて声が出ない。代わりに、小さく頷いた。

「よし、歩けるか?」

肩を借りて、何とか立ち上がった。

覚えているのは、深い山中の獣道を、あてもなく歩いているところまでだった。玉薬の切れた鉄砲も、重い具足と陣笠《じんがさ》も捨て、いくつもの山を越えた。

ここはどこなのか。あの戦から何日経ったのか。雨水を口にしただけで、ほとんど何も食べてはいない。幸いどこにも傷は受けていないが、疲労と空腹は限界をはるかに超えていた。

運ばれたのは、山中の炭焼き小屋だった。その周囲に、島津兵たちが屯している。

水を与えられ、ようやく人心地ついた。とはいえ、食べられる物は何もない。

「ここは?」

源藤を助けた侍たちに訊ねた。

「近江日野《ひの》に近い山の中だ。我らは、入来院弾正少弼重時《いりきいんだんじょうしょうひつしげとき》様の配下の者だ。まあ、そなたのようにはぐれた者も、かなり拾ってきたがな」

重時は、龍伯の従兄弟《いとこ》に当たる清水《きよみず》家当主・以久《もちひさ》の次男で、男子のない入来院家の養子に入った有力な一門だった。

「あの戦から、何日経ったのでしょう」

「そんなこともわからなくなったか。今日は、九月の二十三日じゃ」

信じられなかった。あの戦から、もう八日も過ぎているというのか。

「関ヶ原からは新納旅庵様らとともに逃れたのだが、人数が多すぎて目立つので、別行動を取ることにしたのだ」

「運がよかったな。物見に出た我らが、倒れているそなたを見つけなければ、あのまま野垂れ死んでおったぞ」

「はい、ありがとうございます」

思いがけない僥倖《ぎょうこう》だった。この侍はしばしば川上家に出入りしていたため、源藤の顔を覚えていたらしい。

一行は重時以下、三十余名。すぐにここを出立し、今日のうちに水口《みなくち》まで進む予定だという。水口は、西軍で五奉行の一人、長束正家《なつかまさいえ》の居城である。

「石田治部が居城、佐和山はすでに東軍の手に落ちた」

三十余名を前に、重時が言った。

「ここから先は、東軍の兵がいたる所におると心得よ。いざ戦となった時には、最期まで薩摩武士の矜持《きょうじ》を忘れず、一人でも多くの敵を道連れに死ね」

重時の言葉に、一同が頷いた。誰もが痩《や》せこけ、目だけが異様な光を放っている。

源藤は恐怖を覚えた。自分が豊久を撃ったと知ったら、この連中は即座に自分を血祭りにあげるだろう。

歩きながら、何度も豊久の顔が浮かんだ。

まさか、あんな所で出くわすとは思いもしなかった。豊久を探すうちに味方とはぐれ、深い山中を彷徨《さまよ》っていると、いきなり目の前に豊久が現れたのだ。

ともに、薩摩へ帰ろう。そう呼びかける豊久の笑顔は穏やかなもので、想像していた猛将とはほど遠い。その優しげな声音に、源藤は安堵さえ覚えた。

だが同時に、忠恒の言葉が脳裏に蘇った。戦場の混乱に紛れて、豊久を討つ。その密命を果たせば、忠恒の直臣に取り立てられ、褒美も出る。薬を手に入れて、妻の病を治してやれる。

迷いは、ほんの一瞬だった。豊久に筒先を向け、源藤は引き金を引いた。

間違ってはいない。俺は、主命を果たしただけだ。称賛こそされ、批難される理由などない。恥じることも、恐れることもないはずだ。

「……源藤。柏木源藤！」

その声に、源藤は我に返った。隣を歩く侍が、源藤の肩を揺すっている。

「どうした。顔色が悪いぞ」

「いえ、何でもありません」

歩きながら答えた。いまだ山は深いが、いつの間にか勾配《こうばい》はずいぶんと緩くなっている。

「見えてまいったぞ。水口の城じゃ」

誰かが前方を指差した。

山が途切れ、水口の城と城下が見える。目を凝らしたが、軍勢の姿はなさそうだった。

「誰ぞ、城へ使いしてまいれ」

重時が命じ、一人が駆け出したその時だった。

轟音が響き、目の前にいた侍の頭が弾けた。

「伏兵ぞ、退け！」

右手の森の中から、数十人の敵が湧き出した。咄嗟に来た道を振り返る。そちらにも、かなりの人数が回り込んでいる。

「おのれ、長束はすでに降ったか！」

「もはやこれまで。全員、この場で討死にせよ！」

すぐに乱戦となった。怒号と剣戟《けんげき》の音が響き、源藤のすぐそばでも斬り合いがはじまる。咄嗟に刀を抜いたものの、足が竦《すく》んで動けない。

敵はさらに増え続け、ゆうに百人は超えている。味方は次々と討たれ、もう半数ほどに討ち減らされていた。

「何をしておる。戦わぬか！」

敵兵と斬り結びながら、源藤を助けた侍が喚く。直後、侍の体を敵の槍が貫いた。

悲鳴を漏らし、源藤は後ずさった。

気づくと、踵を返して駆け出していた。逃げるのか。それでも薩摩武士か。そんな声が聞こえるが、かまいはしなかった。

鉄砲を持たない自分に、戦などできはしない。いや、ただただ死ぬのが怖かった。

「一人逃げたぞ。追え！」

脇目も振らず、走り続ける。あれほど疲れきっていた足が、もつれることもなく動いてくれる。こんな所で死ねるか。俺は薩摩に帰って、妻を救わなければならない。だから、何があっても死ぬわけにはいかないのだ。

山を駆け上り、転がるように下った。無数の擦り傷を作りながら、痛みを感じる余裕もない。どれほど走ったのか、喧噪は遠くなっていた。振り返る。諦めたのか、敵の姿は見えない。抜いたままの刀を鞘に納めた。荒い息を吐きながら、木々を伝うようにして進む。

日が沈みかけ、あたりは暗くなっている。

やがて、いくらか開けた場所に出た。ぽつりと、家の灯りが見える。猟師か木地師《きじし》の暮らす小屋だろうか。

誘われるように、小屋の前に立った。童の声。飯の炊ける匂い。耐えきれず、戸を叩いた。

「御免。飯を一杯、食わせてくれ」

絞り出すように、それだけ言う。

戸が開いた。出てきたのは、鉈《なた》を手にした大柄な男だった。

「立ち去れ。落ち武者なんぞには、関わりたくねえ」

「後生だ。握り飯一つでよい。いや、水一杯だけでも……」

「立ち去れって言ってんだ！」

思いきり突き飛ばされ、源藤は尻餅をついた。家の中では、若い女が怯える童を抱きすくめている。

「今なら見逃してやる。さっさと失せろ」

男が背を向けた刹那、頭の中で何かが音を立てて弾けた。

立ち上がり、刀を抜き放つ。振り向きかけた男の背中に、体ごとぶつかった。男の悲鳴。女子供の泣き叫ぶ声。夢の中にいるような気がした。

そこから自分がどう立ち回ったのか、まるで覚えていない。気づくと、源藤は血の海の中、手摑みで飯を貪り食っていた。

生きて帰る。念仏のように唱えながら、源藤は握り締めた飯を口へ運び続けた。

六

九月二十九日辰《たつ》の刻《こく》(午前八時頃)、惟新は日向細島《ほそしま》に上陸した。

だが、湊《みなと》に着いたのは惟新と亀寿の御座船だけだ。残る三艘は昨夜、豊後沖ではぐれ、いまだ姿を見せていない。

「致し方ない、ここでしばし待つ。高鍋城には、使いを送れ」

この地は、高鍋城主秋月種長の領地だった。惟新のもとには種長夫人がいるため、秋月家の軍勢が襲ってくることはないだろう。とはいえ、できることなら早く出立して島津領内に入りたかった。

しかし、後続の船には苗と綾が乗っているため、置いていくことはできない。

待つこと数刻、日が西に傾きはじめた頃、ようやく後続の船が見えてきた。

だが、現れたのは苗と綾の乗った一艘だけだった。上陸してきた将兵や女房衆は、一様に憔悴し、傷を負っている兵も少なくない。

「何があった。他の二艘はいかがしたのだ？」

聞けば、遅れた三艘は昨夜、豊後森江《もりえ》沖のあたりに篝火《かがりび》が見えたため、惟新の御座船と思ってそちらへ舳先を向けた。だが、それは黒田如水に雇われた能島村上水軍《のじまむらかみすいぐん》のものだったという。

夜が明けはじめ、惟新の船ではないと気づいた三艘は急いで沖合へ舵《かじ》を切ったが、大型で元々船足が遅い上、一艘に百人近くが乗った島津の船と、村上水軍の船では速さがまるで違う。十数艘の敵船に数刻にわたって追われた後、ついには追いつかれ、そのまま戦となった。

有川貞春《ありかわさだはる》、伊集院久朝《いじゅういんひさとも》が指揮を執る二艘は、苗の御座船を逃がすため、その場にとどまったという。

「何とか戦の場から逃れ、振り返ってみると、二艘からは火の手が上がっておりました。有川様、伊集院様は恐らく……」

報告を終えた家臣が、嗚咽を漏らす。二艘の将兵は元より、分乗していた女房たちも絶望的だった。

「おのれ！」

「直ちに取って返し、黒田の海賊どもを討ち果たしましょうぞ！」

口々に復仇《ふっきゅう》を叫ぶ家臣たちを、惟新は制した。

「狼狽《うろた》えるな。我らがまずなさねばならんのは、御上様を薩摩へお届けいたすこと。その務めを果たせぬと申すのであれば、わしはその者を手打ちにせねばならん」

それで、家臣たちは静まった。

その日は細島に宿泊し、翌朝、高鍋へ向かった。秋月家の留守居役たちは、種長夫人を伴ってきた惟新に深く感謝し、案内役を遣わしてくれている。細島から高鍋までは九里（約三十五キロメートル）ほどの道のりだが、これで秋月領内を通る際の不安はなくなった。

高鍋城で歓待を受けてそのまま一泊し、翌朝発った。

秋月家の家臣が言うには、先頃伊東祐兵《いとうすけたか》が挙兵し、佐土原を窺っているという。伊東家はかつて南日向に勢力を張っていたが、島津家に敗れ大友、ついで豊臣を頼り、秀吉の九州征伐後は日向飫肥《おび》に五万七千石を与えられていた。この機に乗じ、さらに旧領を奪い返そうというのだろう。当主の祐兵は病床にあるため、軍の指揮は重臣の稲津祐信《いなづすけのぶ》が執っているという。

惟新一行は、男女合わせて二百人足らずにまで減っている。襲われれば、ひとたまりもない。そこで、亀寿と苗ら女房衆に護衛を付け、山中を進んで諸県郡《もろかたぐん》の八代《やつしろ》へ先行させた。惟新は綾を送り届けるため、まずは佐土原へ向かう。

道中では、戦の風聞を聞いて北へ避難する民を多く見かけた。それだけ、事態は切迫しているということだろう。

先触れを出すと、門前まで忠仍《ただなお》が迎えに出てきた。豊久の弟で二十七歳になるが、蒲柳《ほりゅう》の質のため、兄から国許で留守を命じられている。

「伯父上、姉上、よくぞご無事で……」

「まずは、城へ入ろう。皆を集めてくれ。伝えねばならぬことがある」

それだけで察したのだろう、忠仍の顔が強張った。

城内の広間へ入り、集まった者たちを前に上座へ就いた。忠仍、家久正室で豊久の生母の葉《よう》、葉の兄で龍伯直臣の樺山忠助《かばやまただすけ》、そして留守居の家臣たちの視線が一身に注がれる。

「そなたたちの主、中書豊久は去る十五日、関ヶ原南方の烏頭坂において、見事な討死を遂げた。老いたわしを生きて薩摩へ帰すために、己の身を犠牲といたしたのだ」

惟新は、中村源助らに豊久の最期の様子を語らせた。広間に、啜り泣きの声が広がっていく。

「忠仍。豊久亡き後、佐土原島津家はそなたが継ぐこととなろう。兄に代わり、しかと家中を束ね、宗家を支えてくれ」

「承知いたしました」

目に涙を溜めながらも、忠仍はしっかりと頷いた。

「武庫様。伊東の軍勢は今日明日のうちにもこの佐土原へ攻め寄せてくるやもしれません。疾《と》くお発ちになり、御上様のもとへ」

「わかった。そうしよう」

腰を上げかけた刹那、惟新は自身に向けられる鋭い視線に気づいた。

「また、お逃げになられるのですか、義兄上《あにうえ》」

低く、怒りに満ちた声。葉だった。

「今、何と申した?」

「関ヶ原から豊久を置き去りにして逃れ、今また、この城を見捨ててお逃げになられるのですか。そう、申し上げました」

葉は、悪びれることなく言ってのける。

「武庫様に何たるご無礼を！」

兄の忠助が怒鳴りつけるが、葉は見向きもしない。

「たとえ伊東勢が押し寄せこの城が落ちたとしても、わたくしはとうに覚悟ができております。されど、我ら佐土原衆が本宗家より受けた仕打ち、お恨み申し上げます」

惟新のことだけではない。分家である佐土原家には兵を出させ、自らは傍観を決め込んだ龍伯のことも、葉は批難していた。葉と同じ思いなのか、豊久の家臣たちも項垂《うなだ》れ、拳を握りしめている。

「いい加減にせぬか。武庫様は……」

「よいのだ、忠助。どう言い繕《つくろ》おうと、わしが豊久を置き去りにして生き延びたは事実じゃ。されど、わしは豊久と約束いたした。御上様をお連れし、必ずや生きて薩摩へ帰るとな」

葉の目を真っ直ぐに見返し、惟新は続けた。

「その約束がある以上、この城へとどまるわけにはまいらぬ。兄上にお目通りいたした際には、すぐにこの城へ援軍を差し向けるよう申し上げるつもりじゃ。わしとて、そなたたちにこれ以上辛き目を見させとうはない」

言うと、惟新は床に両手をつき、頭を下げた。

「豊久の討死は、大将たるこのわしに責がある。詫びてすむことではないが、この通りじゃ」

「頭をお上げください」

葉の声が響いた。

「わたくしの方こそ、ご無礼を申し上げました。お詫びのしようもございませぬ」

「そう言いながらも、声音は硬いままだった。惟新を心から許したわけではないのだろう。我が子を奪われた苦しみは、惟新にも痛いほどよく理解できる。

城を発つ惟新たちを、葉は見送らなかった。

佐土原から八代城まではおよそ二里半。その日のうちに到着し、亀寿たちと合流した。

翌朝には八代を発ち、日州街道《にっしゅうかいどう》を南下、都城《みやこのじょう》を経て大隅《おおすみ》に入ったのは十月三日のことである。

「殿、あれを」

伊勢貞成が言ったのは、富隈《とみのくま》まであと一里ほどのところだった。

前方を流れる検校川《けんこうがわ》の河原に、二百ほどの軍勢が揃っていた。富隈の龍伯へは、すでに先触れの使者を送ったので、迎えを寄越《よこ》してきたのだろう。

だが、単なる出迎えにしては、数が多すぎる。

あるいはと、惟新の脳裏に別の考えが浮かんだ。この場で惟新を捕縛し、どこかへ幽閉するつもりかもしれない。同じ考えにいたった者も多いのか、一行に緊張が走る。

「何があろうと、手向かいはならん」

家臣たちに命じ、惟新は先頭に立って馬を進めた。

軍勢が割れ、床几に腰を下ろした一人の老人の姿が見えた。立ち上がり、こちらへ向かってくる。

「兄上……」

弾かれたように、惟新は馬を下りた。龍伯の面前まで駆け、片膝をついて頭を下げる。

「ただ今、戻りましてございます。御上様も無事、お連れいたしました」

なぜか、声が震える。兄の勘気を恐れてのことではない。切腹を命じられるのが恐ろしいわけでもない。ただ、龍伯の姿を見た瞬間、声も体も震えた。

「よくぞ、生きて戻ってくれた」

頭上から、声が下りてきた。

「亀寿のこと、礼を言おう。そなたには、長く苦労をかけた。すべては、わしの不徳のいたすところである。豊久にも、詫びねばなるまいな」

惟新が幼い頃からよく知る、穏やかな兄の声音。

顔を上げる。そこに、いつからか兄の顔に貼りついてしまったかのような、冷え冷えとした表情はない。

龍伯は、周囲の家臣たちを憚《はばか》るように、声を潜めて言った。

「そなたも薄々感づいておったやもしれぬが、忠恒が伊集院幸侃《こうかん》を斬るよう唆《そそのか》し、息子の忠真《ただざね》が謀叛を起こすよう仕向けたは、このわしじゃ」

「何と……」

「国許での戦が長引けば、上方の情勢がどうあれ、兵を送らぬ理由にはなる。そして上方が乱れておる間に、唐入りと検地で揺らいだ島津の屋台骨を建て直す。それが、わしの当初の考えであった。しかし、内府はそれを読みきった上で、強引に介入して庄内の乱を終わらせた」

「内府は、何ゆえそのような真似を」

「我ら島津を、上方の争いに巻き込みたかったのだ。内府としては、戦後の九州統治のため、島津の力を削いでおきたい。しかし、我らが国許の内紛にかかりきりでは、それはかなわぬ」

「では、内府は我らを上方の戦に加わらせるため、庄内の乱を終わらせたと？」

「そういうことだ」

惟新には想像もつかないほどの駆け引きだった。

「やむなく、わしはそなたに最小限の兵を付け、徳川に与させることに決めた。だがあろうことか、内府はそなたを拒み、島津を西軍へ押しやった。あわよくば戦場でそなたを討ち取り、島津の力を削いでおこうという魂胆であろう」

「そこまで見通しておきながら、何ゆえ兵を送ってくださらなかったのです。せめて五千の兵があれば、内府の首は獲れ申した」

「内府を討ってどうなる」

はじめて、龍伯が怒気を滲ませた。

「家久を毒殺し、我が手で晴蓑《せいさ》を討たせ、愚かな唐入りで多くの家臣たちを死なせた豊臣公儀を、これ以上生き永らえさせるつもりか。彼の者らの無念を、そなたは忘れたのか？」

河原に吹く風は冷たいが、惟新は背中を冷たい汗が伝うのを感じた。二人の弟や多くの一門衆を殺された憎しみを、今も龍伯は抱き続けている。

いや、胸の奥底にしまい込んだだけで、惟新も忘れたことなどなかった。亀寿らを守るために西軍に与しはしたが、豊臣公儀の存続を望んだわけではないのだ。

「豊家のことは、まあよい。そなたが朝鮮から戻った時、わしは言うたはずじゃ。我が生は、島津を守るために使いきる。次の天下人が誰になろうと、島津には指一本触れさせぬ、と」

「はい。しかと、覚えております」

「わしは、東と西のいずれが勝とうと島津の家が続くよう、手を打たねばならん。そのためには、そなたに援軍を送るわけにはいかなかったのだ。許せ」

龍伯としても、苦渋の決断だったのだろう。当主たる兄はやはり、自分とは背負っているものが違うのだ。

「兄上のお考え、よくわかりました。されば、独断で西軍に与したそれがしの罪を問わねばなりますまい。御家存続のため、この皺腹《しわばら》搔き切って……」

「よせ」

龍伯は遮ると、膝をついて惟新の手を取った。

「内府の心胆を寒からしめ、大軍の囲みを破り、さらには亀寿らまで救い出してくれた。凡庸な将のなせる業ではない。主君として、兄として、わしは誇らしく思う」

「ありがたき、幸せ……」

兄として。その言葉に、再び声が震えた。

「内府が何を言ってこようと、腹など切らせはせぬ。そなたはもうたった一人しかおらぬ、我が弟ではないか」

不意に、視界が滲んだ。何か答えようと思ったが、上手く言葉にならない。

「それに、戦はまだ終わったわけではない。内府の大軍を迎え撃つことになった時、そなたがいてくれねば困る」

「内府と、戦うおつもりですか?」

「場合によっては。今後、徳川に対しては和戦両様で臨む。内府があくまで我らを滅ぼすつもりなら、誇りにかけて迎え撃とうではないか。わしとて、まだまだそなたには負けぬ」

龍伯が歯を見せて笑った。その瞬間、惟新の目から熱いものが零《こぼ》れ、頬を伝う。

そうだ。まだ、終わってなどいない。関ヶ原での戦は敗けた。だが、この兄がいる限り、島津が敗れたわけではない。

「さあ、まいろう。皆が待っておる」

頷き、惟新と龍伯は立ち上がった。

終章　剣《つるぎ》は折れず

一

十月二十七日、龍伯《りゅうはく》は富隈《とみのくま》城の居室で、一通の書状に目を通していた。

差出人は筑後《ちくご》柳川《やながわ》城主、立花親成《たちばなちかなり》。惟新《いしん》とともに瀬戸内を渡り領国へ帰った親成だったが、黒田如水《くろだじょすい》、加藤清正《かとうきよまさ》、鍋島直茂《なべしまなおしげ》らの大軍に居城柳川を囲まれ、数日前に降伏を余儀なくされている。その親成が、島津家に対して降伏するよう勧告してきたのだ。

親成は家康から赦免され、島津攻めの先鋒を命じられていた。立花軍を先鋒とする東軍は、すでに肥後《ひご》南部まで進みつつある。

これに対し、龍伯は島津忠長《ただたけ》らの軍を肥後水俣《みなまた》城まで進め、備えさせていた。忠長らと東軍との間では、すでに幾度かの小競り合いも起こっている。

水俣の後方に当たる出水《いずみ》には惟新が入り、全軍の指揮に当たっている。安心して軍を任せられるのは、やはり惟新を置いて他にいない。

「近々、徳川秀忠《ひでただ》が薩摩攻めのため出馬いたすそうじゃ。今の徳川に、そんな余裕があるとは思えんがのう」

言うと、龍伯は書状を山田有信《やまだありのぶ》に投げ渡した。有信は書状を手に取り、読み進めていく。

秀忠が出馬する前に使者を送り、詫びを入れてほしい。ついては、自分が間に立って取り成そう。親成の書状は、おおよそそんな内容だった。

「条件については、何も記されておりませんな。さて、いかがなさいます？」

「無論、突っぱねる。本領安堵と惟新の赦免。この二つが確約されぬ限り、内府《だいふ》に屈することはない」

「しかし、肥後に集結中の東軍は三万を超えたとのこと。これを相手にいたすは、ちと苦しゅうございますな」

「案ずるな、ただの脅しじゃ。あの者らに、薩摩へ攻め入る度胸などありはせぬ」

「なるほど、武庫《むこ》殿の敵中突破が利いておるのでしょうな」

惟新が西軍に付いたと聞いた時は腹も立ったが、状況を聞けばやむを得ないところもあった。そして、結果として島津の武威を高め、亀寿たちまで救い出したのだ。その弟を、保身のために家康に売り渡すつもりなど、龍伯には微塵《みじん》もない。

島津は総力を挙げて、戦仕度に取りかかっていた。

出水の惟新の下には、続々と軍勢が集まりつつある。国境は封鎖し、領内の拠点となる城には兵糧、玉薬を運び込んだ。城の防備を高めるための普請も、各地で続いている。

先の唐入りの戦のように、理由を並べ立てて軍役を拒む者はいない。平素は何かといがみ合っていても、故郷を守るためなら一致団結して立ち上がる。それが、薩摩武士というものだった。

「内府は薩摩まで兵を出しては来ぬと、御屋形《おやかた》様はお考えなのですか」

「出すとしても、かなり先のこととなろう。内府の足元はいまだ、定まってはおらぬ」

毛利輝元《もうりてるもと》は、家康との和睦に応じて大坂城から退去し、城下の木津《きづ》屋敷に退いていた。九月二十七日、家康は大坂城へ入り、秀頼《ひでより》と淀殿《よどどの》に戦勝を報告している。

西軍首魁《しゅかい》の三成は、西軍敗走の後に近江で捕縛され、十月一日、六条河原《ろくじょうがわら》において小西行長《こにしゆきなが》、安国寺恵瓊《あんこくじえけい》とともに斬首されていた。三人の首は、豊臣公儀に弓引いた逆賊として、京の町に晒《さら》されたという。

続けて、家康は毛利家の罪を問い、その処分を発表した。八ヶ国、百二十万石から、長門《ながと》、周防《すおう》二ヶ国およそ三十万石という、大幅な減封《げんぽう》である。

だが形としては、家康はいまだ豊臣公儀の執政であり、一大名にすぎない。遠く九州まで大軍を派遣するほどの力はまだないと、龍伯は踏んでいた。

徳川方とはすでに、交渉がはじまっている。

最初に送られてきたのは、庄内《しょうない》の乱の仲裁に当たった寺沢正成《てらさわまさなり》と山口直友《やまぐちなおとも》が連名した詰問状だった。惟新が西軍に与したことを、龍伯と忠恒は承知の上だったのか、釈明しろという内容である。

龍伯はその問いを無視し、大乱の集結を祝うだけの返書を送った。

十一月の末になると、南肥後に集まった東軍は、それぞれの領地へと帰っていった。

「国境に軍勢がひしめいているので、上洛はかなわない」という龍伯の主張に、徳川方が折れた格好である。武力による威嚇には屈しないと示すことができたのは、一つの成果と言えた。

「これでようやく、まともな交渉に入れますな」

「喜ぶのはまだ早いぞ、有信。ここからしばらくは、長い我慢比べじゃ」

まずは龍伯の上洛と釈明を求める徳川方と、島津の本領安堵と惟新の赦免の確約を望む龍伯とでは、主張が大きく食い違っている。互いに譲歩するつもりはなく、大坂、薩摩間を幾度も使者が往復したものの、交渉が進展する気配はない。

徳川方で島津との交渉を担当するのは、取次役の山口直友と、関ヶ原で激しく戦った本多忠勝《ほんだただかつ》、井伊直政《いいなおまさ》らである。

直政は島津隊との戦いで鉄砲玉を受けて肘に重傷を負ったが、島津隊の勇戦に感銘を受け、交渉役を志願したということだった。

年が明けて慶長《けいちょう》六年（一六〇一）となっても、家康は大坂にとどまって戦後処理に当たっていた。全国で大名の改易、減封、転封《てんぽう》が相次ぎ、会津の上杉景勝《うえすぎかげかつ》もいまだ家康に膝を屈してはいない。当面の間は、家康に九州まで兵を出す余裕などないだろう。

三月、家康は焼け落ちた伏見城を建て直し、そこへ移った。大坂城には、秀頼と淀殿がいる。いつまでも豊臣家の大老ではないということを、天下に示す思惑だろう。

四月になると、関ヶ原の後に東軍に捕らわれていた新納旅庵《にいろりょあん》らが帰国した。

本多正信《まさのぶ》と面談した旅庵によれば、家康は上方の情勢が落ち着き次第、全国の諸大名に軍令を発して島津征伐の軍を起こすつもりだという。会津の上杉もすでに、降伏を受け入れることを匂わす使者を家康に送ったらしい。

半ば脅し、半ばは本気といったところだろう。旅庵の口ぶりからすると、家康直々の出馬がなくとも、前回を超える大軍を送り込んでくることはあり得そうだった。

「内府め、相当に焦っておるな」

旅庵の報告を聞くと、龍伯は帖佐《ちょうさ》の惟新を富隈に呼び出した。

「すまんが、そなたを流罪に処す」

「さようにございますか。承知いたしました」

命じると、惟新はあっさりと承諾した。関ヶ原から戻って以来、いくらか老け込んだように見える。それだけ、苛酷な旅路だったということだろう。

「案ずるな、すぐに呼び戻してやる。そうだな、向島《むこうじま》のどこかに屋敷を建て、しばらくはそこで過ごすがよかろう」

「しかし、向島はここから目と鼻の先ではありませんか。それでよろしいので？」

「無論、流罪など名ばかりのもの。内府とて、わしがそなたを罰したという形さえあれば、それでよいのだ」

すでに天下を掌握しつつある家康にとって、九州出兵はあまりにも得る物が少ない。できることなら、戦は避けたいはずだ。そこで、龍伯が惟新の罪を認めて罰すれば、出兵を取りやめる口実にはなるだろう。

「やはりそれがしは、戦以外は兄上の足元にも及びません」

「馬鹿を申すな。そなたに政でも上をいかれては、兄の立場がないではないか」

龍伯が笑うと、惟新もかすかに頬を緩ませた。その笑みには、やはり疲れの色が濃い。

「当面の戦が避けられたとしても、上杉が屈した以上、天下はことごとく敵となっております。島津は、まことに生き残れるのでしょうか」

「どうした、珍しく弱気だな。内府の首を狙った男とも思えんぞ」

茶化すように言ったが、惟新の顔からはわずかな笑みも消えている。

「心配いらん。内府に、島津を潰すことはできん」

「それは、何か根拠があってのことにございますか」

「島津にあって、徳川には無いものが、一つだけある。異国との繋がりじゃ」

「異国、にございますか」

「覇権を握った内府が早急に取りかからねばならんのは、明国《みんこく》との和睦じゃ。明国との商いが絶えたままでは、多くの商家が潰れる。さすれば、徳川の足元を揺るがすことにもなりかねぬからな」

惟新はまだ、理解が及ばないようだった。構わず、龍伯は先を続ける。

「だが、東国に地盤を持ち、唐入りの際にも渡海しなかった徳川には、明国との伝手がない。そこで、我らの出る幕というわけじゃ」

島津家は代々、琉球《りゅうきゅう》を通じた大陸との交易が盛んだった。薩摩、大隅の湊《みなと》には多くの明国人や琉球人が暮らしている。その伝手を辿《たど》っていけば、明国の朝廷に働きかけることも不可能ではない。

そこに目を付けた家康は、秀吉の死の直後、島津家に対して明国へ使節を派遣するよう依頼している。豊臣公儀の外交僧・西笑承兌《せいしようじようたい》が起草した国書を、島津家に託したのだ。

それを受け、龍伯は坊津《ぼうのつ》の海商・鳥原宗安《とりはらそうあん》の船に茅国科《ぼうこくか》を乗せ、明へ送っていた。茅国科は泗《し》川《せん》の戦いの後、島津軍の捕虜となっていた明軍の将である。

和睦そのものは成らなかったものの、明国は人質の送還を喜び、年二隻の商船派遣を認めた。今頃、その二隻の商船は大陸の荷を満載し、日本へと向かっているはずだ。

「では、明国との和睦を望む限り、内府は我らを取り潰すことはできぬと？」

「そういうことだ」

だが家康の狙いは、減封と惟新の処罰で島津の力を削いだ上で、明国との和睦交渉を命じることだ。そうなった場合、明国との講和が成った時点で島津は用済みとなる。島津が薩摩の地で生き残るには、島津領すべての安堵と惟新の赦免は絶対の条件だった。

「しかしあの内府が、こちらの要求をすべて呑《の》むとは思えませぬ」

「案ずることはない。言うたはずだ。島津には指一本触れさせぬとな」

策はあった。すでに、実行に移してもいる。だがそれを、惟新に打ち明けるつもりはない。


五月、ある報せが富隈の龍伯のもとへもたらされた。

日本へ向かっていた明国の商船二隻が、薩南諸島の硫黄島《いおうじま》沖で海賊に襲われ、荷をすべて奪われたのだ。商船は焼き討ちに遭い、かなりの死傷者も出たという。

下手人は薩摩山川《やまがわ》の海商、伊丹屋助四郎《いたみやすけしろう》とその一党だった。伊丹屋は、島津家の御用商人として唐入りの戦にも加わり、島津隊の兵站《へいたん》の一翼を担っていたこともある。伊丹屋はその見返りとして、惟新から釜山《ふざん》に店を出すことを認められ、そこを拠点に奴隷狩りや略奪などで巨利を上げていた。

だが捕り方が捕縛に向かったところ、助四郎一党は山川から姿を消したという。

「草の根分けても探し出せ。何としても、助四郎は生きて捕らえるのだ。捕り方だけでなく、山潜《やまくぐ》り衆《しゅう》も捜索に当たらせろ」

報せを受け、龍伯は命じた。

それからほどなくして、思いがけない人物が薩摩に現れた。前の備前美作《びぜんみまさか》五十七万石の太守、宇喜多秀家《うきたひでいえ》である。

秀家は関ヶ原《せきはら》から逃れた後、徳川方の目を避けながら方々に潜伏、堺から船に乗り、薩摩まで落ちてきたのだという。

「会おう。富隈へ呼べ。無論、人目につかぬようにな」

「よろしいのですか。万一、宇喜多様を匿《かくま》ったと内府に知れれば、交渉にも影響が出るかと」

「よいではないか、有信。窮鳥《きゅうちょう》、懐に入らばというやつだ」

それに、もしも徳川との交渉が決裂した場合、秀家には別の使い道もある。

「ご厚情、かたじけない」

頭を下げた秀家は、九ヶ月に及ぶ流浪に疲れ果て、かつての備前中納言《ちゅうなごん》の威厳は見る影もない。従うのも、わずか十数名である。

「治部《じぶ》は刑場の露と消え、毛利も上杉も内府に降った。御家だけがいまだ膝を屈しておらぬと聞き、恥を忍んで頼ってまいったのだ」

京や大坂で幾度か顔を合わせたことはある。だが、格別に親しいわけではない。

関ヶ原で秀家とともに戦った惟新は、向島で蟄居中である。そのことを、龍伯は黙っておいた。

「まずは、お休みになられることです。復仇《ふっきゅう》の時は、いずれまいりましょう」

「待てぬ。我が領国はよりにもよって、あの小早川金吾《こばやかわきんご》に与えられたのだぞ。ただちに兵を挙げて九州を制し、上方へ攻め上ろうではないか」

秀家の目には、憎悪が満ち満ちていた。その憎しみの一端は、関ヶ原へ兵を出さなかった龍伯にも向いているのかもしれない。

「兵を挙げたとして、今の内府に勝てると本気でお思いか?」

秀家は俯き、膝の上で拳を握り締めた。勝てるはずがない。十分に理解していながら、言わずにはいられないのだろう。

「龍伯殿。私は、口惜しいのだ。戦ではなく、策略で敗けた。華々しく散ることさえ、できなかった。せめて、内府に一太刀を……」

そこから先は、言葉にならなかった。秀家の拳の上に、滴が落ちる。

「人目につかぬところに、屋敷を用意いたしましょう。まずは体を休め、英気を養うことです」

秀家が力なく頷く。その肩は、小刻みに震えていた。

龍伯は大隅の牛根《うしね》という在所に、秀家の隠れ家を用意した。秀家はそこで出家し、休復《きゅうふく》と号したという。いったん休み、いずれは復活を遂げてみせる。そんな意志の込められた号だった。

七月には、会津の上杉景勝が上洛し、家康に恭順した。上杉家は会津百二十万石から、米沢《よねざわ》三十万石へ減封されるという。これで、徳川に降っていない大名は島津家のみとなった。

関ヶ原での戦から一年が経とうとしていた九月、上洛中の老中・鎌田政近《かまたまさちか》から、徳川方が島津家に対して起請文《きしようもん》を書いたという報せが入った。島津の本領安堵と惟新の赦免を約束するという内容である。

「ついに、やりましたな」

報せを聞いた忠恒《ただつね》が、富隈を訪ねてきて言った。

「早速、それがしが上洛いたし、内府と会うてまいります」

「ならん」

龍伯がにべもなくはねつけると、忠恒は眉根を曇らせた。

「本領安堵。父上の赦免。我らの望みは達せられました。これ以上、何の問題があるのです」

「政近の書状をよう読んでみよ。起請文を書いたのは、内府ではなく、本多正信と山口直友だと書いてあるではないか」

家康直々の起請文。その一点に、龍伯はこだわっていた。家臣からの確約だけでは後々、家康の鶴の一声で覆される恐れがある。実際、毛利家はその手で本領安堵の約束を反故《ほご》にされていた。

「内府本人の起請文。それを得るまで、上洛の儀はまかりならん」

言い聞かせたが、忠恒の顔には不満の色がありありと滲《にじ》んでいる。

これ以上家康の心証を悪化させれば、戦にもなりかねない。それよりも、減封の恐れはあってもここで手打ちにした方がいいとでも考えているのだろう。

「しかと見張っておけ。あの様子では、勝手に話を進めかねん」

忠恒が辞去すると、龍伯は有信を呼んで命じた。

「御屋形様。そろそろ、武庫殿を呼び戻してはいかがです?」

「惟新に、あれを押さえさせるか。よかろう。使いを出しておけ」

「承知いたしました」

龍伯と惟新、そして忠恒。三つに割れた島津家は、最大の危機を迎えている今も、一つにはなりきれていない。徳川方が交渉相手を忠恒に絞れば、厄介なことになりそうだった。

忠恒が自分を疎んじているのは明らかだ。それは、忠恒が相変わらず、大坂から戻った亀寿と同衾《どうきん》していないことでも察せられる。当人の意思だけでなく、龍伯の血筋を残したくないということでもあるのだろう。

龍伯は嘆息を漏らした。このところ、言いようのない疲れを感じる。食欲は衰え、軽い風邪でも数日間寝込むことが珍しくない。本来ならば、隠居してすべてを忠恒に任せるべきなのだろう。だが、忠恒では島津の家は保てない。交渉が決着を見るまで、力を振り絞るしかなかった。

その数日後、伊丹屋助四郎とその一党が捕縛された。

「一党は薩摩、大隅を引き回した後、全員磔刑《たっけい》に処す。助四郎の首は、内府のもとへ送りつけてやれ」

ろくに詮議《せんぎ》もせず、龍伯は命じた。龍伯の顔を見れば、助四郎は何を口走るかわかったものではない。

助四郎が明国船を襲うよう仕向けたのは、龍伯だった。島津がその気になれば、明国との和睦など容易く潰せる。そのことを家康に教えるため、助四郎らを利用したのだ。

無論、どう辿っても龍伯に辿り着けないようにはしてあるが、助四郎が薄々感づいている恐れもある。

汚い真似をしているという自覚はあった。だが手を汚さねば、守るべきものは守れない。己のすべてを、島津家の存続に懸けると決めたのだ。後悔はなかった。

その後も交渉は続き、親交のある公家の近衛前久《このえさきひさ》からも、本領安堵が約束された以上、龍伯か忠恒が上洛すべきであるとの書状が届いた。

だが、龍伯は言を左右して、上洛の求めを拒み続けている。そうしたやり取りの中で、龍伯は家康の焦りをはっきりと感じはじめていた。こちらが家康直筆の起請文を求めていることは、それとなく伝わるようにしてある。折れて起請文を書くか、痺《しび》れを切らして出兵を命じるか、きわどいところだった。

翌慶長七年（一六〇二）二月、井伊直政が死んだ。関ヶ原で受けた鉄砲傷が原因だという。島津家に好意的だった直政の死は、今後の交渉に影響を及ぼしかねない。

潮時だろうと、龍伯は思った。こちらも、これ以上長引けば、忠恒が独断に走る恐れがある。惟新の押さえが利いているうちに、片を付けねばならない。

そろそろ切札を出すか。大きな賭けだが、今が勝負に出るべき時だった。

二

天下人の座に、喜びなどありはしなかった。

江戸と上方を行き来し、大名や公家衆からの挨拶《あいさつ》を受け、政向きの煩雑な仕事を淡々と処理していく。ようやく関ヶ原の戦後処理も目途がつきはじめてはいるが、それで面倒な雑務が減るわけでもない。

慶長七年三月、家康は伏見城にあった。

上方は、花の盛りを過ぎている。書院に座した家康は、薬研《やげん》を動かす手をしばし止め、外の散りゆく桜を眺めていた。

この正月、家康は朝廷から、従一位《じゆいちい》を授かった。同時に叙任された豊臣秀頼は、正二位《しようにい》である。徳川が豊臣よりも上位にあると、朝廷も認めたという形だった。

豊臣家には今や、昔日の面影などない。関ヶ原後の論功行賞により、豊臣家は摂津、河内、和泉で六十六万石を領する一大名に成り下がっていた。これに対し、徳川家が領するのは四百万石である。

とはいえ、家康は依然、豊臣家の執政という立場に変わりない。豊臣公儀に逆らって兵を挙げた三成らを討つという大義名分を掲げた以上、秀頼を蔑《ないがし》ろにすることはできないのだ。

こんなものかと、つくづく思う。己が生涯で築いたものすべてを賭《と》した大戦に勝利し、手にしたものは、何の実感も湧かない四百万の大封と、些事《さじ》に追われる窮屈な日々だった。

「まあ、こんなものよ」

呟き、家康は再び薬研を動かす。

少なくとも、家康を脅かす者はもうどこにもいない。強者に怯え続けてきた自分が、最後にはこの国で最大の強者になったのだ。それだけでも、上出来というものだろう。

「殿」

廊下から、声がかかった。

「正信か。入れ」

関ヶ原では秀忠とともに遅参するという失態を演じたものの、家康の懐刀は相変わらず正信だった。正純をはじめ若く有能な家臣たちが育ってはいるが、家康の考えを十全に理解しているのは、この風采《ふうさい》の上がらない老人しかいない。

「して、いかがであった？」

「なかなか。薩摩の田舎侍と侮っては、痛い目に遭いましょう」

「忠長と申したか。確か、泗川の戦でずいぶんと活躍した将であったな。武勇のみならず、弁舌も立つか」

「思いの外、手強い相手にございます。舌先で丸め込むのは、ちと骨にござるな」

数日前に上洛してきた、島津家の使者の話だった。島津忠長、当年五十二。島津の有力な一門で、老中も務めているという。関ヶ原からの撤退戦で死んだという豊久の岳父《がくふ》でもあり、龍伯と世子の忠恒を除けば、島津家中では惟新に次ぐ実力者である。

「やはり、わしに起請文を書けと申しておるのか」

「御意。殿のご署名が無くば、龍伯は上洛できぬ。その一点張りにござる」

「まったく、頑固にもほどがあろうに」

当初、家康は西軍に味方した惟新を糾弾し、島津を薩摩一国に減封するつもりだった。その上で、大隅一国を餌《えさ》に、明国との和平交渉に当たらせる。そんな絵を描いていたのだ。そのために、家康は起請文に署名しなかった。

だが、龍伯にはすべて見透かされていた。家臣の起請文などいらぬとばかりに撥《は》ねつけた上、明国船を襲った海賊の首まで送りつけてきたのだ。

明国との和睦は、喫緊《きつきん》の課題だった。大坂や堺、博多《はかた》の商人たちからは、早期の和睦を求める声が高まっている。交易がかなわず傾きかけている商家も少なくはない。

「何とかならんのか、正信。このままでは、明との和睦が進まぬばかりか、はるばる薩摩まで戦に出向く羽目になるぞ」

「まあ、致し方ありますまい。元々は、殿が蒔《ま》かれた種にございますからなあ」

正信の皮肉に、家康は顔を顰《しか》めた。確かに、島津を西軍に押しやったのは家康の独断で、正信の与《あずか》り知るところではない。自分で何とかしろということだろう。

「まったくもって、厄介な家じゃ」

盛大に嘆息し、家康は呟く。

戦もやむを得ないと、家康は思いはじめていた。唐入りの陣に関ヶ原の戦、その後の領地替えと、諸大名の負担はかなりのものになっている。ここでさらなる戦は、出来ることなら避けたい。

しかし、島津を野放しにしたままでは、徳川の武名に傷がつく。結局のところ、従わぬ者は力で屈服させる以外ない。それが、天下の仕置というものだった。

「島津を攻めるとして、軍勢はいかほど集められる？」

「さて……集めるだけならば、二十万にはなりましょうが、その分、必要な矢銭や兵糧玉薬は膨大なものとなりまする。無理に無理を重ねて、半年といったところでしょうな」

「十万に絞っても、たったの一年か」

「しかも、島津家の所領はわずか六十万石足らず。勝っても恩賞が期待できぬとあれば、諸大名の戦意も高まりますまい」

「不利な条件ばかりじゃな」

島津領は山がちな上、そもそも他国に比して武士の数が多い。父祖伝来の地を守るためとなれば、あの剽悍《ひょうかん》窮まりない島津の武士が三、四万は集まるだろう。考えただけでもぞっとする。

「一つ、気がかりな噂が」

「何じゃ、申せ」

「かねてより行方をくらませておった宇喜多中納言が、薩摩に潜伏しておるとか」

「それはまことか」

「伊賀者《いがもの》の探ったところによれば、恐らく間違いないかと」

「龍伯め。やはり、交渉が決裂した後のことまで見越しておるわ」

宇喜多秀家が島津の掌中にあるとなると、事は厄介だった。旧領の備前、美作に送り込んで兵を挙げさせれば、かなりの数の牢人《ろうにん》が集まってくるだろう。

だが、やるしかあるまい。島津攻めの想定は、頭の中ですでに何度も行っている。薩摩、日向に大軍を集め、島津領に攻め入っていくつかの拠点を落とす。同時に、水軍を錦江湾へ突入させ、鹿児島と富隈を牽制する。その上で、薩摩一国の安堵を条件に降伏を迫れば、島津家は割れるはずだ。関ヶ原で禄を失った者たちを集めれば、士気の低さも補える。

惟新とぶつかるとすれば、どこになるのか。あの男の気性を考えれば、籠城はあり得ない。肥《ひ》薩《さつ》国境でこちらを迎え撃つか、それとも、平坦な場所で乾坤一擲《けんこんいってき》の決戦を挑んでくるのか。

気づくと、正信が微笑を浮かべていた。

「殿はよほど、今のお立場が退屈と見えますな」

「何が言いたい？」

「何の。お心の底では、戦を望んでおるようにお見受けしたまででござる」

「つまらぬ戯言を。戦など、関ヶ原でもう懲《こ》り懲《ご》りじゃ」

「さようにございますな」

神妙に答えながらも、正信の笑みは消えない。

関ヶ原は、薄氷の勝利だった。小早川秀秋が東軍へ向けて突撃していたら、あるいは島津隊にあと数千の兵力があれば、家康は彼の地に屍を晒し、江戸城も焼け落ちて、徳川家は逆賊の名のもとに滅び去っていただろう。

島津隊を目の前にした時の恐怖は、今も昨日のことのように覚えていた。返り血に染まった島津の将兵が夢に現れ、汗にまみれて跳ね起きることもある。

もう、あんな思いは二度としたくない。だがそれと同時に、生涯であれほどの戦をすることはないだろうと思うと、どこか寂しさも感じる。

確かに恐ろしかった。だが、家康は恐怖と戦い、それに打ち勝って惟新と対峙したのだ。あの時の自分は、確かに生きていた。

そうか、戦いたいのか。

覚えず、頬に笑みが浮かぶ。

「島津忠長を呼べ。わしが、直々に会う」

「かしこまりました」

「話し合いは、これで最後といたす。ここで折り合いが付かねば、戦よ」

「よろしいので？」

頷き、家康は薬研を握る両手に力を籠めた。

会見の場所は、伏見城内の茶室だった。

「結構なお点前《てまえ》。徳川内府様の点《た》てた茶を戴けるとは、望外の喜びにございまする」

作法通りに碗を置いた島津忠長の顔つきは、想像していたよりもずっと穏やかで、狭い茶室で天下人と差し向かいになっても、口ぶりは落ち着いている。伝え聞く猛将とは、別人なのかと疑いたくなるほどだった。

「さて、本題に入るといたそうか」

家康はいくらか腹を立てていた。忠長は図々しくも、余人を交えぬ二人だけでの会見を求めてきたのだ。

何か、切札があるのだろう。そう察した家康は承諾したものの、無論、床下にも天井裏にも伊賀者が忍んでいる。何かおかしな真似をすれば、忠長は瞬時に切り刻まれるだろう。

「わしの署名が入った起請文を寄越せ。そう、駄々をこねておるそうだな?」

挑発してみても、忠長は穏和な微笑を崩さない。

「はて、これは異なことを。手前どもは無体な要求をしておるつもりはございませぬが」

「我が家臣の署名では信用できぬ。そう申すのは、無体というものであろう」

「和睦とは、大名同士の約束にございます。島津家の当主である龍伯と、御家の家臣である本多殿、山口殿では、ご無礼ながら釣り合いが取れますまい」

「ほう、四百万石の徳川と、七十万石余の島津が同格であると?」

「無論、石高も官位も、徳川様の方が格上にござろう。されど、両家はともに、豊臣公儀を支える大名同士。我が島津は、徳川様の家臣となった覚えはございませぬ」

家康は内心で舌打ちした。確かに、豊臣公儀は形式上、今も存続している。諸大名は、家康に忠誠を誓ったわけではないのだ。

これは、正信が手を焼くはずだ。改めて気を引き締め、忠長を見据える。

「たとえそなたの申す通りであっても、わしは今や、一声かけるだけで十万の軍勢を薩摩へ差し向けることができる。日ノ本全土の大名を相手にしても、わしに従うことはできぬと申すか？」

我ながら、あまりに露骨な恫喝《どうかつ》だった。だが、構いはしない。交渉はすでに、その段階まできているのだ。

「我らとて、戦は好むところではありませぬ。されど、理不尽にも領内に攻め入る者あらば、誇りにかけて打ち払うまで」

「たとえ、万に一つも勝ち目が無くとも、か？」

「勝敗は天の命ずるところ。島津が滅ぶとすれば、それは定めというもの。我らは存分に戦い、死するまでにござる」

忠長は変わらず微笑を湛えている。虚勢でも、諦念《ていねん》でもない。この男なら、実際に十万の大軍を前に笑いながら死んでいくのかもしれない。忠長の笑みには、そう思わせるだけの何かがあった。

なるほど、これが薩摩の武士か。

己が利のために戦う上方の武士とも、主君に盲従するだけの三河武士とも違う。誇り。意地。武士としての名利。そうしたもののためなら、この男たちは平然と命を投げ出すのだろう。

滅ぼすしかないと、家康は思った。

島津を残しておけば将来、必ずや徳川に牙を剝く。ならば今、どれほどの犠牲を払っても滅ぼすべきではないのか。明国との和睦など、時をかければどうにかなる。それよりも、徳川家の未来のために、禍根を断っておくべきだ。

「よかろう」

射殺すつもりで忠長を睨み、家康は告げる。

「起請文は書かぬ。国許に帰り、龍伯に伝えよ。天下人の誇りにかけ、わしは島津を討つ。誇りとともに、滅ぶがよい」

はじめて、忠長の顔から笑みが消えた。

「まことに、よろしいのですか。島津に戦を仕掛ければ、この日ノ本は計り知れぬ傷を負うことになりましょうぞ」

「ほう、この期に及んでこのわしを脅しつけるか。しかも言うに事欠いて、日ノ本とはな」

鼻で嗤《わら》う家康に、忠長は懐から一通の書状を取り出した。無言で、家康の前に差し出す。

どこか嫌なものを感じながら、家康は書状を開いた。

すべてが漢文である。日付は万暦《ばんれき》二十六年（一五九八）の春。日本では、慶長三年か。とすると、秀吉の死の四月ほど前に書かれたものということになる。

読み進めるうち、家康の肌に粟《あわ》が生じた。悟られまいと必死に堪えるが、書状を持つ手がかすかに震える。

「これは……」

「明国福建巡《ふっけんじゅん》撫《ぶ》より、主龍伯に宛てた書状の写しにござる」

「ここに書いてあることは、まことなのか?」

明軍に加え、琉球、シャム（タイ）、安南《あんなん》（ベトナム）、さらにはイスパニアの連合軍が、秀吉を討つため、薩摩へ渡海の準備を進めている。ついては、龍伯には道案内を頼みたい。要約すると、そんな内容だった。文面を見る限り、すでに幾度かの交渉があったことが窺える。

「無論、まことにございます。結果として、その計画は沙汰止《さたや》みとなりましたが」

「龍伯は、何と返答したのだ」

「承諾いたしました。主の太閤殿下への憎しみは、それは深いものにございましたゆえ」

この計画が実行されていれば、少なくとも九州全土は明軍の手に落ちただろう。兵站を完全に断たれた外征軍も、全滅していたに違いない。日本という国が滅び去ることさえ、十分に考えられる。

「わしが島津を攻めれば、龍伯は明国に援軍を求めると申すか」

「御意」

「だが、明国がそれに応じるとは思えんな。朝鮮国を救うためならいざ知らず、日本の一領主のため、はるばる海を渡って軍を寄越すはずがあるまい」

「徳川様は先年、我が島津に明への国書を託されましたな」

秀吉の死の直後のことだ。その頃、徳川と島津に利害の対立はなかった。

頷き、先を促す。

「国書の内容は、ずいぶんと居丈高なものだったとか。二年以内に勘合貿易を復活させねば、再び出兵して朝鮮を滅ぼし、さらには福建、浙江《せっこう》にも攻め入るとまで、お書きになられた」

三年以上も前に認《したた》めさせた書状の文面が脳裏に蘇る。じわりと、掌に汗が滲んだ。

「それが、いかがいたした」

「明国朝廷では、徳川様を警戒する声が広がっておりまする。攻められる前に、日本へ兵を送るべし。そう主張する者も、少なくはありません。我らと徳川様が戦となれば、明国にとっては渡りに船でありましょう」

無論、再び異国に兵を出すことなど、家康は望んでいない。あくまでも、速やかに和睦するための恫喝なのだ。だが龍伯は、それを逆手に取ってきた。

「おのれ……」

爪を噛む衝動を、かろうじて抑えた。

「龍伯は己が保身のために、異国の軍勢を日ノ本へ引き入れるつもりか？」

「もとより、島津は戦など望んではおり申さぬ。されど、徳川様が理不尽にも討伐の兵を起こすと仰せであれば、己が身を守るため、策を講じねばなりますまい」

「だとしても、異国にこの日ノ本を侵させようなどと。武士としての、いや、この国に住まう者としての矜持《きょうじ》はないのか」

「重ねて申し上げます。島津は、戦を望んでなどおりません。ただひとえに、多くの血を流して手にした所領を、己の生まれ育った故郷を守りたいのみにございます。徳川様ご署名の起請文。それさえあれば、無益な戦は避けられますする。何卒、ご再考いただけますよう」

忠長が床に手をつき、頭を下げた。その声音は静かながら、こちらを圧倒してくるほどの気迫が籠もっている。

そうか。この男も、関ヶ原で娘婿を失っている。家康が島津を西軍に押しやらなければ、豊久も命を落とすことはなかっただろう。

関ヶ原で、島津は少なくとも千人以上の犠牲を出した。その親類縁者は、いざ戦となった時には死に物狂いで戦うだろう。そこへさらに、明国からの援軍が来る。

加えて、その機に乗じて豊臣が徳川討伐を号令すれば、全国の諸大名が一斉に叛旗を翻すことさえ考えられた。そうなれば、滅ぶのは島津ではなく、徳川の方だ。

「起請文か」

家康は呟いた。

「一筆認めるだけで再びの大乱を避けられるのなら、安いものかもしれんな」

「ご再考、いただけますか」

「追って沙汰いたす。せっかく伏見まで来たのだ、しばしゆるりとしてゆくがよい」

「徳川様」

「案ずるな。悪いようにはせぬ」

それだけ言って、家康は腰を上げた。

四月十一日、熟慮を重ねた末、家康は筆を執った。

薩摩、大隅、日向諸県《もろかた》の本領を安堵すること。

忠恒を龍伯の跡継ぎと認めること。

惟新の罪は問わないこと。

この三つを、八幡大菩薩《はちまんだいぼさつ》に誓って約束する。

そうした内容の起請文を書き上げ、家康は大きく息を吐いた。

島津の要求を全面的に認めた形である。西軍に与しながら寸土《すんど》の領地も失わなかったのは、島津ただ一家だった。

「正信。わしは、敗けたのか？」

筆を措《お》き、家康は訊ねた。

「何の。殿はお勝ちになり、天下を獲り申した。そして島津も、敗れはしなかった。それでよろしいではござらぬか」

「だがいつの日か、あ奴らは徳川に牙を剝く。その思いは、変わってはおらん」

「それも、時の流れにございましょう。その時の徳川家が天下を治める資格を失っておらねば、敗けることはございませぬ」

「そうだな。龍伯も惟新も老いた。島津が再び起つとしても、それは遠い先の話になろうて。その頃にはわしもそなたも、この世にはおるまい。あの世から、我が子孫と島津の戦を眺めるも一興よ」

「できることなら極楽にまいりとうござるが、それは無理でしょうなあ」

「いっそわしとそなた、惟新と龍伯で手を携えて、地獄で天下獲りを狙うか。あの者らを味方につければ、閻魔《えんま》とて恐れるに足りん」

「それはようござる。あの世での楽しみができましたな」

束の間顔を見合わせ、声を上げて笑った。

三

七月も残すところわずかとなり、鹿児島にも秋の気配が色濃く漂いはじめていた。

忠恒はしばし書見を休み、開け放した庭に目をやる。

この季節の庭を見て思い出すのは、なぜか幼い頃の兄の姿だった。

兄はいつも多くの童たちを従えて、この鹿児島内城《うちじよう》の庭を駆け回り、木に登り、棒を振り回して戦ごっこに興じていたものだ。豊久も、まだ男勝りだった頃の亀寿も、その中にはいた。

だがそこに、忠恒だけはいない。当時の忠恒は病がちで、外で遊ぶことはほとんどなかった。自分だけが疎外されているような思いに、あの頃はよく囚《とら》われていた。

兄はもとより、豊久も亀寿も、病床の忠恒をよく見舞いにきた。何くれとなく声を掛け、世話を焼こうとする。それが子供心に煩わしく、憐れまれているような気がして、忠恒の性根をより頑《かたく》ななものにしていった。

久保《ひさやす》と豊久、そして亀寿。思えば自分は、あの三人が眩《まぶ》しく見えていたのかもしれない。

成長するに従って、久保と豊久はその器量を見込まれ、小田原《おだわら》攻めや唐入りの戦で華々しい武功を立てていった。亀寿も、島津家の姫君として家中の信望を集め、それに見合う気品を身にまとっていく。そして、三人は次第に、忠恒から遠い存在になっていった。

久保と亀寿が夫婦《めおと》になると聞いた時に抱いた感情は、一言で言い表すことはできない。何か大切なものを兄に奪われた。あるいは、亀寿に裏切られた。そんな複雑な思いだった。なぜそんなふうに感じたのかも、我ながらよくわからない。

再嫁してきても、亀寿の目に忠恒が映ることはなかった。亀寿が見ていたのは、死んだ久保であり、この先、結ばれるはずもない豊久だった。

忠恒を認めなかったのは、亀寿だけではない。龍伯もまた、忠恒の器量を疑い、事あるごとに廃《はい》嫡《ちゃく》を匂わせてきた。家中にはかねてから、忠恒ではなく、龍伯の孫に当たる又四郎《またしろう》を当主に据えようという動きがある。その者たちは、いまだ諦めたわけではないはずだ。

まあいい。いずれ、島津の家は自分の掌中に収まる。苛立ちを冷笑で押し流し、忠恒は書見に戻った。

目を通している冊子は、手の者に命じて集めさせた琉球の地勢や軍備についての報告をまとめたものだ。

琉球国は、豊臣公儀から島津家の与力ということにされているが、それは形ばかりのものにすぎない。彼の国には王がいて、明国から冊封《さくほう》を受けている。自分たちが島津の下に置かれているという意識さえ、あの国に住まう者たちにはまるでない。

忠恒はいずれ、琉球を支配下に収めるつもりだった。

徳川との和睦が成り、本領が安堵されたといっても、元々抱える慢性的な財政難が解消するわけではない。むしろ、関ヶ原後も戦備えを続けたため、拍車がかかっている。これを解決するには、琉球を支配して交易の利を独占するしかなかった。

幸い、琉球の兵力はわずかなもので、戦の経験もほとんどないという。島津がその気になれば、わずかな期間で全土を制圧できるはずだ。

問題は、徳川が琉球攻めを許すかどうかだった。琉球は明の属国であり、一つ間違えば関係がさらに悪化しかねず、場合によっては明国から援軍が送られてくる恐れもあった。

だが、万難を排してでも琉球は手に入れたい。それだけの価値が、彼の国にはあるのだ。

「若殿。押川《おしかわ》殿がお目通りを願っております」

近習が告げた。

「そうか。通せ」

忠恒は目を通していた冊子を閉じた。

押川郷兵衛《ごうべえ》は関ヶ原の戦の後、一度は東軍の捕虜となったものの自力で脱出し、京の公家・近衛前久の屋敷に転がり込んでいた。近衛家は島津と縁が深く、徳川との交渉の際にも仲介役を果たしている。

その後、無事に帰国した郷兵衛は惟新から五十石の加増を受け、〝強兵衛《ごうべえ》〟の名を与えられていた。

書院へ通された強兵衛は、首桶を持参していた。

「仕遂げたか」

「御意」

強兵衛が蓋《ふた》を開き、中の首を取り出す。

首は、柏木源藤《かしわぎげんとう》のものに間違いなかった。臆病な男だったが、その顔はどこか穏やかですらある。

「抵抗はしなかったか」

「はい。世の無常にほとほと疲れ果てた。そんなことを申しておりましたな」

源藤は、惟新らに二月ほど遅れて薩摩へ戻っていた。関ヶ原から薩摩までどれほどの苦難があったのか、忠恒は知らない。

源藤は忠恒に命じられた通り、豊久を殺害していた。その報告を受けた忠恒は、折を見て口を封じるつもりだったが、そこに誤算が生じた。

柏木源藤の名は、井伊直政を撃った男として大いに高まっていたのだ。惟新は源藤の帰国を喜び、自らの直臣に取り立て、帖佐の城下に住まわせてしまった。

やむなく手の者に監視させるだけにとどめていたが、源藤は何を思ったか、一月ほど前に突如出家し、薩摩から出奔した。原因は恐らく、老いた母と病の妻が、相次いでこの世を去ったことだろう。忠恒はすかさず、強兵衛を刺客《しかく》として放った。

「約束の褒美じゃ。受け取れ」

銀の粒がぎっしりと詰まった袋を差し出した。

「ははっ、ありがたき幸せ」

頬を綻《ほころ》ばせ、中身を確かめて懐にねじ込む。その卑しい所作に眉を顰《ひそ》めたが、気にする素振りもない。

銭に汚くなければ、惟新の直臣である強兵衛が、こんな仕事を受けはしないだろう。関ヶ原から落ち延びる際も、石田三成から与えられた天正大判《てんしょうおおばん》は手放さなかったという。

「戻ったばかりのところすまんが、また仕事を頼むことになる」

「何なりと」

「私は近く上洛し、徳川内府と会う。その前に一人、始末したい者がいるのだ」

伊集院忠真《ただざね》。あの男を討っておかねば、後々に禍根を残す。忠真は庄内の乱終結後、帖佐の惟新に出仕し、他の一族もそれぞれ別の家臣のもとに預けられていた。

「忠真様は我が殿の娘婿にござるが、よろしいので？」

「御家のためだ。致し方ない」

褒美の額を伝えると、強兵衛はあっさりと引き受けた。

徳川との和睦は成ったものの、家中が忠恒と惟新、龍伯の三つに割れた状態はいまだ続いている。その中で生き残るためには、手段を選んではいられない。

強兵衛が退出すると、近習を呼んで命じた。

「その首はもういらん。どこかへ適当に捨てておけ」

これで、豊久の死の真相が世に出ることはなくなった。

島津中務大輔《なかつかさたいふ》豊久は、関ヶ原から惟新を逃がすため孤軍奮闘し、そして死んだ。そんな物語が、まことしやかに語られることになるのだろう。その最期の様子を知る者も、もう自分以外に誰もいない。

忠恒は、上方から戻った亀寿との再会を思い起こした。

形ばかりの挨拶を述べただけで、亀寿は忠恒の目を見ようともしない。気丈さも、忠恒に対する頑なな態度も変わりがない。だが、その心の奥深くに深い傷を負っていることが、忠恒にははっきりとわかった。

亀寿は大坂からの帰路、惟新を厳しく問い詰めたという。豊久の死の原因が、惟新の無謀な戦い方にあったと思っているのだろう。そしてその怒りは、国許から援軍を出さなかった忠恒にも向いている。

豊久を殺させたのが自分だと知ったら、亀寿はどんな顔をするだろう。誘惑に駆られたが、何とか堪えた。豊久の謀殺はあくまで、忠恒自身の地位を盤石にするためだ。豊久が亀寿の想い人であろうがなかろうが、自分は豊久を始末していた。

本当にそうなのか。浮かんだ自問に、答えは出ない。屈折しきった己の心の動きは、もはや自分自身でも捉えることができなかった。

八月、忠恒は上洛のため鹿児島を発ち、薩摩街道《さつまかいどう》を北上して日向に入った。

上洛に供奉《ぐぶ》する一行の中には、伊集院忠真とその家臣たちの姿もある。だが、忠恒に父を殺された忠真の表情は、やはり硬い。

八月十七日、忠恒は日向野尻《のじり》で鷹狩《たかがり》を行った。

忠真が茂みに潜んだ刺客に狙撃されたのは、その最中のことだった。刺客は押川強兵衛、淵脇《ふちわき》平馬《へいま》の二名である。

「おのれ、忠恒」

胸を撃たれた忠真は、血を吐きながら叫び、絶命した。主君を殺された忠真の家臣たちは、忠恒に斬りかかろうとしたため、その場で討ち果たされている。

同日、国許では忠真の弟小伝次《こでんじ》、三郎五郎《さぶろうごろう》、千次郎《せんじろう》、そして忠真の母までが襲撃され、全員が討ち取られた。

伊集院一族の粛清《しゆくせい》は惟新、龍伯とも合意の上だった。二人も、忠真の一党が家中の混乱に乗じて再び力を持つことを警戒していたのだ。実際に、忠真らは肥後の加藤清正《かとうきよまさ》と通じ、忠恒と惟新、龍伯の離反を画策していた気配があった。

「伊集院一族は、御家に対し謀叛を企てた逆賊である。以後、この件に関して言及することは、固く禁ずる」

後始末がすむと、忠恒は家臣たちに告げた。

今後も島津家中では、陰謀や暗殺、粛清が相次ぐだろう。惟新はともかく、龍伯や又四郎擁立派の家臣が、自分に刺客を放つことさえ考えられた。今回は協力したものの、龍伯との暗闘はこれから先も続くことになる。

忠恒の望みはただ一つ。己の地位を、盤石なものとすることだけだ。

そしてそれには、島津家そのものの安泰が絶対の条件となる。邪魔者は排除し、龍伯との暗闘に勝利して、割れた家中を一つにまとめ上げる。豊久の謀殺や伊集院一党の粛清、琉球の支配も、そのための手段にすぎない。

龍伯も惟新も老い、もう長くはないだろう。ここまでこじれた以上、亀寿が自分に心を開くこともない。忠恒は龍伯が死んだ後、何人かいる妾《めかけ》を側室に格上げして、子を産ませるつもりだった。

龍伯の血を引く男子は、機を見て消してしまえばいい。やがて龍伯の血筋は絶え、島津家は未《み》来永劫《らいえいごう》、忠恒の血統が支配することになる。

それは、自分を否定した亀寿と龍伯への復讐だった。


十月十六日、忠恒は大坂の秀頼のもとに伺候《しこう》し、江戸へ帰国中の家康を待つため、しばらく大坂にとどまった。

家康との謁見は十二月二十八日、伏見城内で行われた。

謁見そのものは儀礼的で短時間だったが、これで忠恒の地位は公儀から保証された。龍伯といえども、迂闊《うかつ》な真似はできなくなるだろう。

翌慶長八年二月十二日、家康は征夷大将軍《せいいたいしょうぐん》に就任し、同時に源氏長者、右大臣にも任ぜられた。家康は朝廷から正式に武家の棟梁《とうりょう》と認められ、豊臣家との主従関係も逆転したことになる。

その年の八月、忠恒は領内に潜んでいた宇喜多秀家を、家康に引き渡した。家康は秀家の命は取らないと約束してきているが、忠恒にとってはどうでもいいことだ。

江戸に幕府が開かれても、龍伯との暗闘は続いていた。

忠恒が幕府から陸奥守《むつのかみ》の官途を与えられた慶長九年、忠恒は鹿児島に新たに築いた鶴丸《つるまる》城へ移った。背後に山が控えているため、内城よりはいくらか防備が硬い。それは、富隈の龍伯に対する備えでもあった。

その年の暮れには、龍伯も富隈を離れ、国分《こくぶ》へと移った。

この地は薩摩と大隅の境にあり、清水《きよみず》城という堅固な山城が築かれている。龍伯は清水城を修復するとともに、その麓にも館を築き、城下も次第に整えられている。明らかに、忠恒に対抗しての居城移転だった。

慶長十一年六月、忠恒は家康の命により、名乗りを改めた。新たな名は、家康の〝家〟の字と、島津家当主が代々名乗る〝久〟の字を合わせた、家久《いえひさ》である。

よりにもよって、豊久の父と同じ名だった。家中にも、反発を覚える者は少なくないだろう。だが、家康が外様《とざま》の大名に自分の一字を与えることは、極めて異例のことだ。徳川家との親密さを誇示することもできる。断る理由などなかった。

同じ六月、忠恒改め家久に対し、かねてより奏請していた琉球攻めの許しが下りた。

島津家中の分裂もあり、明国との和睦交渉は捗《はかど》っていない。そこで家康は、琉球を名実ともに服属させて、明国との仲介役を果たさせようと考えたのだ。

この一年前、家久は琉球攻めの前段として奄美《あまみ》侵攻を計画していた。島津家は、江戸城普請のための運搬船三百隻を建造するよう幕府から命じられ、財政が逼迫《ひっぱく》している。ここで無理をしてでも琉球を支配下に収めなければ、家そのものがもたない。

しかしその計画は、琉球との宥和《ゆうわ》を唱える龍伯によって阻止されていた。家臣たちの中にも、唐入りの陣のように過重な軍役を押しつけられると危惧《きぐ》する者が多かったのだ。龍伯は家久の計画を「短慮の企て」などと罵《ののし》ったという。

とはいえ、家久が奏請し、幕府の許しが出た以上、実行しないわけにはいかない。家久は早速、軍船の建造を命じた。

それでも反対の声は根強く、琉球との外交交渉を経て出兵にいたるまで、三年もの時がかかった。

慶長十四年三月四日、樺山久高《かばやまひさたか》を大将とする総勢三千の軍が薩摩山川を出航した。龍伯らの反対を家久が押し切った形だが、軍の編成では妥協せざるを得なかった。三千の軍には、家久の直臣衆だけでなく、龍伯や惟新の家臣たちが多く含まれ、副将も龍伯の側近・平田増宗が務めている。

島津軍は、三月二十二日までに奄美大島、徳之島《とくのしま》を制圧、二十七日には沖縄本島の今帰仁《なきじん》沖に進出する。ここで琉球王府から和睦を求める使者が送られてくるが、樺山久高はこれを拒絶、海陸に分かれ那覇《なは》、首里《しゅり》を目指して進軍を開始した。

陸路を採った島津本隊は、途上の村々を焼き払い、略奪を繰り返しながら首里城へ迫る。幾度かの戦闘を経て琉球王尚寧《しょうねい》が降伏したのは、四月四日のことだった。

戦そのものは短期間で決着がついたが、家久の強いられた妥協は裏目に出ていた。派閥間の対立から多くの将兵が総大将の樺山久高に従わず、平田増宗に指示を仰いだという。結果、統制は行き渡らず、禁じたはずの略奪や寺院に対する放火が相次ぎ、首里城下では貴重な財物や文書が失われる結果となった。

慶長十五年五月、家久は鹿児島に連行された尚寧王を連れ、上洛の途についた。

国許を発つ直前、家久は再び押川強兵衛に密命を下していた。平田増宗の暗殺である。増宗は龍伯の懐刀であり、又四郎擁立派の筆頭でもあった。

六月十九日、増宗は自領の郡山《こおりやま》へ向かう途上、土瀬戸越《つせとごえ》で狙撃を受け、刀を半分抜いたところで息絶えたという。強兵衛は即座にその場を逃れたため、下手人は不明のままとなっている。多くの者が家久の関与を疑っただろうが、やがて事件について口にする者はいなくなった。

増宗の死により、又四郎擁立派は大きく力を削がれた。すでに八十歳近い龍伯にも、かつての求心力はない。あとは龍伯本人が力尽きるのを待つだけで、この長い暗闘は家久の勝利に終わる。

八月には、駿府《すんぷ》で将軍職を譲り大御所《おおごしょ》となった家康と、九月には二代将軍秀忠と謁見し、尚寧王を引き合わせた。仮にも一国の王を屈伏させ、駿府、江戸まで引き連れてきたのだ。関ヶ原での惟新の勇戦と合わせて、島津の武名はさらに高まるだろう。

龍伯が倒れたという報せが入ったのは、慶長十六年正月のことだった。この半年ほどは体調が優れず、寝たり起きたりを繰り返していたというが、医師の診立《みた》てによれば、もう起き上がることはないだろうとのことだった。

「とうとう、死ぬか」

一報を受け、家久は呟いた。

一時は九州の大半を制し、敗れたとはいえ、太閤秀吉の大軍を真っ向から迎え撃った武人。明国と手を組んで秀吉を討つという、壮大な謀《はかりごと》を巡らせた策謀家。そして、長きにわたって島津家の頂点に君臨し、老いてなお家久と暗闘を繰り広げた、亀寿の父。

「そうか。義父であったな」

当たり前の事実を思い出し、家久は苦笑する。

鶴丸城奥御殿の、普段は足を踏み入れない一角に向かった。通りかかった侍女たちが、慌てて平伏する。

「入るぞ」

返事も待たず、襖を開いた。案の定、射るような視線が向けられる。

「義父上《ちちうえ》が倒れられた。もう、長くはあるまい」

「さようにございますか」

「ほう、驚かんのか」

「あのお歳です。覚悟はしておりました」

そう言って、亀寿は顔を背けた。

家久よりも五つ年長なので、この正月で四十一歳になっている。その割には肌にも張りがあり、容色に衰えは見えなかった。この女子《おなご》は、久保以外の誰にも抱かれてはいないのだ。ふと、そんなことを思った。

つまらない意地を張らずに抱いていれば、二人の子を生していれば、今の島津家のありようは違うものになっていたのだろうか。

所詮、過ぎ去ったことだ。今さら考えたところで、何かが変わるわけでもない。

結局、家久は亀寿に指一本触れることはなかった。亀寿も、それを望みはしなかっただろう。この女子の目に自分が映ったことなど、ただの一度もなかったのだ。

「国分へ見舞いに行くがよい」

意外そうな表情を、亀寿が向けてきた。

「よろしいのですか?」

「行け。身の回りの品も、すべて持っていくがよい。もう、この城へ戻る必要はない」

亀寿の大きな目が、さらに見開かれた。疑念。不信。困惑。その目には、様々な色が入り混じっている。

「義父上が亡くなられれば、もうそなたに用はない。離縁するというわけにはいかぬが、どこへなりと好きなところへ行き、好きなように生きるがいい」

解き放ってやるわけではない。必要なくなったから、捨てる。ただそれだけだ。

「わたくしはまだ、〝御重物〟の一部を所持いたしております。それももう、必要ないと?」

家久は頷いた。

島津家伝来の系図や文書類。その一部は、いまだ亀寿の手にあった。だがそんな物が無くとも、龍伯さえ死ねば、家中で家久に対抗できる者などいなくなる。

沈黙の中、しばし視線が交錯した。

「これでもう、今生でそなたと顔を合わせることはあるまい」

何か言いかける亀寿に構わず、家久は踵《きびす》を返す。

互いに肚《はら》の裡《うち》を見せ合うことは、ついぞなかった。いや、誰が相手であろうと、家久は自分の思いを口に出したことなどない。

捕らわれていたのは亀寿ではなく、自分の方ではないのか。脳裏によぎった疑念を、家久は冷笑で押し流す。

奥御殿を離れ、城の外へ目をやった。ここからでも、向島の姿ははっきりと見える。

もはや、亀寿のことなどどうでもいい。龍伯は遠からず死に、惟新も家中の尊崇こそ集めてはいるが、政にはもうほとんど関わっていない。

これで名実ともに、自分の時代がはじまる。

新たな島津家の門出を祝うように、向島は盛大な煙を天に噴き上げていた。

四

国分の町を見るのはいつぶりか、惟新は上手く思い出すことができなかった。

「よきところではないか」

駕籠の中から町並みを眺め、誰にともなく呟いた。

町は碁盤の目状に整備され、異国の者たちが暮らす唐人町まであるという。往来は活気に溢れ、鹿児島に勝るとも劣らないほど栄えているように、惟新の目には映った。

内堀に架かる橋を渡り、朱門をくぐって城内に入る。龍伯が七年前に築いたこの城は、鹿児島の鶴丸城に対して、舞鶴《まいづる》城と呼ばれていた。

平地に築かれた、天守もない小ぶりな城だが、戦の際は背後の山城に籠もればいい。見かけよりも防備は固そうだった。

「殿、到着いたしました」

近習の声に「うむ」と応じ、駕籠から下りた。山から吹き下ろす一月の冷たい風が、駕籠で疲れた体に心地いい。

惟新が隠居城とした加治木《かじき》から国分までは、わずか二里ほどにすぎない。だが、喜寿を迎えた惟新の萎えた足では、その道のりさえも難儀だった。

兄は、七十九歳になっていた。徳川との和睦が成った後も、家久との暗闘に追われ、気の休まる暇などなかったはずだ。それでもこれだけの長寿を保ったのは、島津家の今後を思って気力を振り絞り続けたからに違いない。

一方の惟新は、徳川との和睦成立後に帖佐から加治木へと移り、伊集院一党を粛清した後は、政と距離を置いていた。家久には時折書状を送っているが、その内容は、華美や文弱を窘《たしな》めるものばかりだ。

正室の苗は、今から四年ほど前に没していた。それからは後妻も迎えず、身の回りの世話は若い近習たちに任せている。

関ヶ原で多くの将兵を死なせ、家を保つためとはいえ、娘婿の伊集院忠真とその一族にいたるまでを薄汚い手口で排除した。その自分はもう、表舞台に立つべきではない。そう思ってはいても、家中の若い者たちは毎日のように加治木を訪れ、惟新に手柄話や武人の心構え、戦陣での振舞いを訊ねにくる。

関ヶ原以来、戦乱も絶えて久しい。家中には、戦を知らない若い者たちが増えている。彼らにとって、関ヶ原で敵中突破を成し遂げた惟新は、軍神にも等しい存在なのだという。

気づけば惟新は、祖父・日新斎《じっしんさい》のように家中の尊崇を集める立場に立っていた。

島津の武を支えてきたという自負はある。だがそれは、龍伯あってのものだ。いや、兄だけではない。二人の弟や一族、家臣たちの犠牲を顧みない働きがあってこそ、今も島津家は存在できているのだ。

そして今、龍伯は死の床についていた。

屋敷に上がり、小姓《こしょう》の案内で控えの間へ通された。

「叔父上、お久しゅうございます」

襖を開くと、亀寿が一礼した。

「これは、御上《おかみ》様。おいでにございましたか」

家久が亀寿に暇を出したという噂は、耳に入っていた。離縁というわけではないようだが、亀寿が鹿児島に戻ることは二度とないだろうと言われている。

「愚息のご無礼、父としてお詫びのしようもございませぬ」

深く頭を下げると、亀寿は「もう、よいのです」と微笑した。

「あの方はあの方なりに、島津の家を守ろうとしていたのではないか。この頃は、そんなふうに思います」

「それは、いかなる意味にございましょう」

「わたくしを鹿児島に置くことで、父と家久様の戦は避けられた。違いますか？」

言われてみれば、確かにその通りかもしれない。これまで何度か、鹿児島と国分の間で戦になるという風聞が流れたが、結局は何事も起こりはしなかった。反家久派の家臣も、亀寿がいる以上、鹿児島を攻めることはできなかったのだ。

「それに、どれほど憎んでいても、あの方は、父にだけは刃を向けませんでした。心の底では、父に対して畏敬の念を抱いていたのでしょう」

あの息子の胸の裡は、惟新にもまるでわからない。不仲だったとはいえ、夫婦として過ごした亀寿の方が、理解は大きいのかもしれない。

「御上様は……」

家久を恨んではいないのですか。訊ねかけ、惟新は口を噤《つぐ》んだ。

恨んでいないはずがない。久保の死後、家久に再嫁しておよそ二十年。その間、女子として扱われることもなく、半ば幽閉同然の暮らしを送っていたのだ。積もりに積もった憎しみは、到底自分には想像できない。

「では、父のもとへ」

亀寿に促され、腰を上げた。二人で龍伯の居室に入り、枕元に腰を下ろす。

「よう眠っておいでじゃ」

床の中の龍伯は、穏やかな寝息を立てていた。侍医の許儀後《きょぎご》の診立てでは、あと数日もつかどうかというところらしい。

「惟新……か」

か細い声が聞こえた。龍伯の目が、うっすらと開かれる。

「兄上」

二度、三度大きく息をし、龍伯は目だけを惟新へ向けた。

「起こしてはくれぬか。外が見たい」

亀寿と顔を見合わせ、頷き合った。布団を重ねて背もたれにし、龍伯の上体を起こさせる。

「お体に障りますゆえ、少しの間だけ」

そう言って、亀寿が襖を開け放した。

城壁の向こうに、向島が見えた。澄みきった空の下、煙は噴き上げず、ただ悠然と佇《たたず》んでいる。

その姿はどこか兄に似ていると、惟新は思った。

龍伯はただ、じっと向島を見つめている。その顔には、隠しようのない死の陰が漂っていた。

「亀寿」

掠《かす》れた声で、龍伯が言った。

「忠恒とは、早々に離縁させるべきであった。たとえ、そのせいで戦になろうとも」

「父上」

龍伯は今も頑なに、家久を忠恒と呼び続けている。龍伯にとって家久とは、中書《ちゅうしょ》家久ただ一人なのだろう。

亀寿に顔を向け、龍伯は絞り出すような声で続けた。

「長く、辛き思いをさせてまいった。詫びてすむことではないが、許してくれ」

「詫びなどと。父上をお恨みしたことがないと申せば、嘘になります。ですが今は、父上の娘でよかったと思うております」

「許して、くれるか」

亀寿が頷く。その目から、一筋の涙がこぼれ落ちた。

「又四郎よ」

龍伯は懐かしい呼び方で、惟新を呼んだ。

「はい、兄上」

「忠恒をあれほどの化け物に育ててしもうたは、このわしじゃ。そなたには、すまぬことをした」

「そのような」

「あれはあれなりに、島津家の行く末を思うておるのだろう。されど、まだ若く、しかも屈折しすぎておる。わし亡き後は、そなたが手綱を握ってやってはくれぬか」

これが最後の言葉になるのだろうと、はっきりわかった。

「承知、いたしました」

「国分の家臣たちには、我が死後は忠恒に従うよう伝える。これで少しは、家中もまとまろう」

「御意」

龍伯は大きく息を吐き、少し悲しげに笑った。

「わしは、長く生きすぎたようじゃ。苦楽をともにした者たちは皆、先に逝ってしもうた。有信も忠長も、増宗も」

山田有信は一昨年に、島津忠長も昨年、病で世を去っていた。二人とも、島津家の先行きを案じながらの死だったという。

「そなたには、寂しい思いをさせることになるのう」

「なんの。それがしにはまだ、若い者を育てる役目がございます」

「又四郎。最後まで、いたらぬ兄ですまぬ」

「何を仰せになられます」

「わしは、弟たちを救うてはやれなかった。私怨《しえん》に駆られ、島津の家さえ危うくした。そして最後まで、家中を一つとすることもできなんだ。祖父《じい》様も父上も、きっとお怒りであろうな」

「もう、よいのです。世は泰平へと向かい、やがて家中もまとまりを取り戻しましょう。いかなる困難にも耐え、見事に家を守り抜いた兄上は、我ら兄弟、家臣領民の誇りにございます」

「わしは……わしは、胸を張ってもよいのか？」

大きく頷いた。龍伯の目から溢れた涙が、痩《や》せた頬を濡らしていく。

「家久も歳久《としひさ》も、兄上にお会いできるのを楽しみに待っておりまする」

「そなたたち三人の兄であったこと、わしは誇りに思う」

それきり、龍伯は目を閉じ、再び静かな寝息を立てはじめた。

慶長十六年正月二十一日。島津龍伯、没。享年七十九。

眠るような大往生だったと聞かされ、惟新は安堵の吐息を漏らした。

五

鬨《とき》の声が聞こえる。

「殿、戦にござる。殿！」

「まずは、腹ごしらえを。急がれませ！」

家臣たちの声に、惟新は布団を撥《は》ねのけ、寝床から飛び出した。

覚束《おぼつか》ない足取りで座敷に出ると、膳に朝餉《あさげ》が用意されていた。震える手で箸を摑《つか》み、口へ運ぶ。

半分ほど食べ終えたところで、箸を置いた。

「殿様、もうよろしいのですか？」

給仕の侍女に頷き、疲れた体を再び床に横たえる。

まったく、難儀なものよ。布団をかぶり、惟新は嘆息を漏らす。こう毎日毎日、戦が起こるものか。わしは、そこまで惚《ぼ》けてはおらんぞ。

関の声は、家臣たちの芝居だった。老いて食が細くなった惟新を奮い立たせようというものだったが、一度騙《だま》されてやったばかりに、今やすっかり、毎朝の恒例行事になってしまっていた。主君想いの家臣を持つのも、なかなかに苦労が多いものだ。

床に就くことが多くなってからは、毎日のように誰かしらが訪ねてくるようになった。関ヶ原の武勇譚《ぶゆうたん》を聞きたがる若い武士もいれば、とりとめもない昔話をしにやってくる、古参の家臣もいる。惟新から声をかけてやってほしいと、生まれたばかりの我が子を連れてくる者も少なくなかった。

さて、今日は誰が顔を見せるかの。蟬しぐれに耳を傾けながら、惟新は開け放した庭を眺めた。七月も半ばを過ぎ、降り注ぐ日射しはいくぶん弱まった気がする。直に、秋も深まってくるだろう。

この加治木の館に移ってから、何度目の秋を迎えるのだろう。十度目か、それとも十五度目か。はっきりとは思い出せない。

「殿。山田様がおこしになられました」

「うむ、通せ」

今日は、有信が来たか。あれにはずいぶんと困難な役目ばかりを押しつけてきたからな。わしがすっかり弱った今を見計らって、文句を言いに来たのだろう。有信の不満顔を想像しながら、床の中で上体を起こす。

だが、現れたのは有信ではなく、よく似た壮年の武士だった。

「武庫様、ご加減はいかがでございますか?」

「はて、誰であったかの?」

首を傾《かし》げながら訊ねると、男は笑いながら腰を下ろした。

「これはしたり。山田有信が嫡男、有栄にございますぞ」

男の腰に目をやる。

「おお。その脇差は、丹波守吉道《たんばのかみよしみち》か」

関ヶ原の戦の後、帰国した有栄に与えたものだ。

そうか。有信は、先に逝ってしまったのだった。有栄は、関ヶ原ではまだ二十歳をいくつか過ぎたばかりだったはずだが、時が経つのは早いものだ。

「みな、逝ってしもうたな。弟たちも、兄上も、多くの家臣たちも。何とも寂しいものよ。わしは少しばかり、長く生きすぎておるようじゃ」

「そのようなことを仰せになられますな。武庫様にはまだまだ、若い者たちを導いていただかねばなりませんぞ」

童を諭《さと》すような口ぶりに、惟新は苦笑した。

「そうじゃな。幕府と大坂方の戦も近い。若い者たちには、しかと働いてもらわねばならん」

大御所家康は、このところ大坂の豊臣秀頼に対する圧力を日に日に強めているという。何でも、豊臣家が建立した寺の鐘銘《しょうめい》に難癖をつけ、豊臣家に国替えを迫っているらしい。

秀頼はともかく、生母の淀殿がこれに応じるはずもない。遠からず、戦になるだろう。

ふと見ると、有栄が困ったような顔をしていた。

「何じゃ。いかがいたした」

「恐れながら、幕府と大坂方の戦は、もうとうに終わっておりまする」

「何じゃと?」

「去る慶長十九年の大坂冬の陣、翌二十年の夏の陣をもって大坂城は陥落、秀頼公、淀殿はともに自害し、豊臣家は滅亡いたしました」

「何と……」

思い出せない。惟新はしばし、虚空を見つめた。

「今はいったい、何年じゃ。わしは今、いくつになったのだ」

「元和《げんな》五年(一六一九)。武庫様は、八十五におなりです」

唖然《あぜん》とした。龍伯が没した時、惟新は七十七歳だったはずだ。あれからもう、八年もの月日が流れたというのか。

「して忠恒、いや家久は、どう動いたのだ?」

「殿は、豊臣家からの援軍要請を拒み、幕府方にお味方いたしました。ただ、兵を率いて上方へ向かったものの、戦そのものには間に合わず、平戸《ひらと》で大坂の落城を聞くこととなりました」

「さようであったか」

家康も、豊臣滅亡の翌年にこの世を去ったという。

豊臣家が滅びた以上、徳川の天下は盤石だろう。世はようやく、真の泰平へと向かいつつある。

「我が島津家は、最も苛烈な時代を乗り越えました。これで、御家は安泰にございましょう。すべては、武庫様と龍伯様のお働きがあったればこそ」

「いや、わしと兄上だけではない」

二人の弟と、多くの家臣。幾多の合戦で命を賭して戦った名もなき兵と、その家族。その全員が家を思い、故郷を思ったからこそ、島津家は今も存続しているのだ。

「ちと疲れた。横にならせてもらうぞ」

天井を見上げながら、己が生涯を振り返る。

思えば、ただひたすら槍と采配を振るい、目の前の敵と戦う日々だった。木崎原《きざきばる》、高城《たかじょう》、根白坂《ねじろざか》、泗川、そして関ヶ原。ほんの数日前のことさえ思い出せないのに、目を閉じればそのどれもが、昨日のことのように鮮やかに蘇ってくる。

「まこと、戦に明け暮れた生涯であったな」

「そして、そのほとんどすべてに、勝利を収められました。やはり、武庫様がおられずして、今の島津家はありますまい」

「何の。関ヶ原はひどい負け戦だったではないか」

「されど、あの戦によって島津の武名は天下に轟きました。大御所家康公は、己が骸《むくろ》を西に向けて埋めるよう命じたとの由。それは家康公が、我ら島津を恐れていることの他ならぬ証左《しょうさ》にございましょう」

「そうか。家康は、我らを恐れておったか」

もしもあの時、もっと兵力があれば。晴蓑《せいさ》や中書家久が生きて参陣し、本陣に腰を据えるのが龍伯だったなら。

全盛期の島津家ならば、家康に遅れを取ることなどなかった。いや、どんな敵であろうと、負けるはずがない。

そう思える自分を誇らしく思いながら、惟新は瞼《まぶた》を閉じた。


あたりを覆う深い霧が、ようやく晴れようとしていた。

具足に身を固めた惟新は、周囲を見渡し、自分が戦の場にいることを思い出す。

戦場は、四方を小高い山々に囲まれた狭い盆地だった。惟新も、その山の一つに置かれた陣に立っている。

釣り野伏《のぶ》せには、絶好の地形だった。囮《おとり》を使って敵を眼下の平地に誘い込み、四方の山々に陣取った味方が一斉に襲いかかる。どれほどの大軍が相手でも、ひとたまりもないだろう。

喊声が近づいてきた。霧を薙ぎ払うように駆けてくるのは、山田有信の隊だ。巧みな用兵で敗走を装いながら、敵を平地へと誘っている。

やがて、敵の姿がはっきりと見えてきた。旗印は葵の紋。徳川家康率いる、十万近い大軍だ。

「そろそろまいろうか、武庫兄者。どちらが徳川内府の首を獲るか、競争じゃ」

右隣に立つ家久が、笑みを見せながら言う。

「戯《ざ》れるな、中書。戦は遊びではないぞ」

童の悪戯を咎めるような声は、左隣の晴蓑だった。家久は口を尖らせて、不満を露わにする。その子供じみた様子に、義弘《よしひろ》は苦笑した。

「父上。先鋒は、是非ともそれがしに」

「いや、それがしにお命じくだされ！」

久保と忠恒が、意気込んで申し出た。その向こうでは、豊久が兜の緒をきつく締め直している。

義弘は歩み寄ると、脇差を抜き、その結び目の先を切り落としてやった。

「先鋒はわしが務める。よろしゅうございますな、兄上」

龍伯は床几に泰然と座したまま、大きく頷いた。

「行くがよい。わしはここで、内府の首を待つといたそう」

一礼し、曳かれてきた馬に跨る。

「いざ！」

槍を握り、馬腹を蹴った。本陣の置かれた山を、一息で駆け下る。

視線を左右に走らせた。家久も晴蓑も、遅れることなくついてきている。

中天に掲げた槍を、前方へ向けた。

「目指すは徳川本隊。狙うは徳川内府が首、ただ一つ！」

腹の底から声を放った。槍も具足も、信じられないほど軽い。

どこまでも駆けていけると、義弘は思った。

【参考文献】

『本藩人物誌　鹿児島県史料集13』鹿児島県史料刊行委員会編（鹿児島県立図書館）
『島津氏の研究　戦国大名論集16』福島金治編（吉川弘文館）
『文禄・慶長の役　戦争の日本史16』中野等（吉川弘文館）
『壬辰倭乱と秀吉・島津・李舜臣』北島万次（校倉書房）
『李舜臣のコリア史　秀吉の朝鮮出兵の全貌』片野次雄（彩流社）
『倭城を歩く』織豊期城郭研究会編（サンライズ出版）
『乱中日記　壬辰倭乱の記録』李舜臣／北島万次訳（東洋文庫）
『関ヶ原前夜　西軍大名たちの戦い』光成準治（日本放送出版協会）
『島津義弘の賭け　秀吉と薩摩武士の格闘』山本博文（読売新聞社）
『関ヶ原　島津退き口　敵中突破三〇〇里』桐野作人（学研新書）
『琉日戦争一六〇九　島津氏の琉球侵攻』上里隆史（ボーダーインク）

天野 純希（あまの すみき）
1979年生まれ。愛知県名古屋市出身。愛知大学文学部史学科卒業。2007年『桃山ビート・トライブ』で第20回小説すばる新人賞を受賞しデビュー。2013年『破天の剣』で第19回中山義秀文学賞を受賞。他の著書に『サムライ・ダイアリー　鸚鵡籠中記異聞』（人間社）『風吹く谷の守人』（集英社）『信長　暁の魔王』（集英社）『北天に楽土あり—最上義光伝』（徳間書店）『幕末!疾風伝』（中央公論新社）『覇道の槍』（ハルキ文庫）『青嵐の譜（上下）』（集英社文庫）『南海の翼—長宗我部元親正伝』（集英社文庫）『戊辰繚乱』（新潮文庫）などがある。

回天《かいてん》の剣《つるぎ》　島津《しまづ》義弘伝《よしひろでん》（下《げ》）

二〇一六年十二月八日　第1刷発行

著者　天野純希
発行者　角川春樹
発行所　株式会社　角川春樹事務所
〒一〇二－〇〇七四
東京都千代田区九段南二－一－三〇
イタリア文化会館ビル
電話　〇三－三二六三－五八八一（営業）
〇三－三二六三－五二四七（編集）
印刷・製本　中央精版印刷株式会社

Kadokawa Haruki Corporation

http://www.kadokawaharuki.co.jp/

ISBN978-4-7584-1297-1 C0093

本書は書き下ろし作品です。